FRIEDERIKE SCHMÖE

Schockstarre

PECHSTRÄHNE Jahresbeginn 2005. Privatdetektivin Katinka Palfy ist vom Pech verfolgt. Erst wird sie Opfer eines Anschlags, dann verschwindet ihre Beretta, um kurz darauf wieder aufzutauchen: als Mordwaffe in einem Fall ohne Beweise, dafür mit umso mehr Motiven.

Katinka folgt der Spur in das mittelalterliche Städtchen Coburg, wo sie sich sehr zum Missfallen der dortigen Polizei in die Ermittlungen einklinkt. Diese führen sie zur Arbeitsstelle des Toten, einer Werbeagentur. Als die Detektivin erkennt, dass seelische Abgründe hinter scheinbarem Glück und beruflichem Erfolg klaffen, wird der Burghof der trutzigen Veste Coburg zur tödlichen Falle.

Friederike Schmöe wurde 1967 in Coburg geboren. Heute lebt sie in Bamberg. Neben ihrer schriftstellerischen Tätigkeit ist die habilitierte Germanistin als Dozentin an den Universitäten in Bamberg und Saarbrücken beschäftigt. Mit Katinka Palfy, der kultigen Heldin ihrer ersten acht Romane, hat sie sich in der Krimiszene längst einen Namen gemacht. 2009 startete sie mit dem Roman »Schweigfeinstill« eine neue Krimiserie um die charismatische Ghostwriterin Kea Laverde.

Bisherige Veröffentlichungen im Gmeiner-Verlag:
Schweigfeinstill (2009)
Spinnefeind (2008)
Pfeilgift (2008)
Januskopf (2007)
Schockstarre (2007)
Käfersterben (2006)
Fratzenmond (2006)
Kirchweihmord (2005)
Maskenspiel (2005)

FRIEDERIKE SCHMÖE

Schockstarre

Katinka Palfys fünfter Fall

GMEINER *Original*

Besuchen Sie uns im Internet:
www.gmeiner-verlag.de

Im Ehnried 5, 88605 Meßkirch
Telefon 07575/2095-0
info@gmeiner-verlag.de

3. Auflage 2009

Lektorat: Claudia Senghaas, Kirchardt
Umschlaggestaltung: U.O.R.G. Lutz Eberle, Stuttgart
unter Verwendung eines Fotos von: © Marco Barnebeck / PIXELIO
Druck: Fuldaer Verlagsanstalt, Fulda
Printed in Germany
ISBN 978-3-89977-710-9

I want to know God's thoughts. The rest are details.
Ich will Gottes Gedanken kennen. Alles andere ist Kleinkram.

Albert Einstein

Gewidmet den Freunden des Mittwochs

Alle Handlungen und Charaktere in diesem Kriminalroman sind Geschenke der Fantasie und frei erfunden. Sollte es überraschenderweise Übereinstimmungen mit Handlungen und Personen des wirklichen Lebens geben, so sind diese zufällig und unbeabsichtigt zustande gekommen.

1. Offene Rechnungen

Freitag, 7. 1. 2005, 17:01 Uhr

Katinka Palfy saß im Mantel an ihrem Schreibtisch, einen Becher Kaffee in den klammen Händen, und studierte angespannt die Ausdrucke ihrer aktuellen Einnahme-Überschuss-Rechnung. Mit dem Ellenbogen schob sie ein paar Blätter hin und her, löste widerwillig die rechte Hand von dem heißen Becher und fuhr mit dem Finger über die Ziffernreihen.

»Ich kapier das nicht«, murmelte sie und kuschelte sich tiefer in ihren Mantel.

Gerade vor einer halben Stunde hatte sie den Auftrag einer Versicherung abgeschlossen, erfolgreich, wie sie fand. Weniger würde sich allerdings der Simulant gefreut haben, der mit angeblich zu siebzig Prozent geschädigten Bandscheiben flugs zur Pensionierung durchschreiten wollte, sich aber nicht zu schade war, zwei bauchige Partyfässer in seinen Kombi zu laden. Sie hatte die Fotos gleich an die Versicherung weitergeschickt. Um ehrlich zu sein: Sie kam sich ein wenig schofel vor, die Lebenspläne eines Mittfünzigers durchkreuzt zu haben. Selbst für einen Versicherungsbetrüger konnte sie eine Prise Mitleid empfinden. Dennoch war die Versicherung als Kunde ein dicker Fisch, den sie in ihrem Netz zappeln wissen wollte. Lebenstraum hin oder her. In ein paar Tagen würde sie die Kohle der Versicherung auf ihrem Konto vorfinden. Ganz anders als die Summe, die sie in ihren Unterlagen suchte. Offene Rechnungen wurden allmählich zum Alltag.

Ärgerlich fuhr Katinka sich durch das kurze Strubbelhaar und griff nach ihrer Brille. Sie langte ins Leere.

Lächelnd sah sie auf, vergaß die Papiere und schickte genießerisch ihre Augen durch ihr Büro, so wie ein Wanderer nach dem Aufstieg vom Gipfel ins Tal schaut. Nicht, dass der kleine Raum in der Hasengasse 2a ein besonders apartes Büro gewesen wäre, im Gegenteil: Die Einrichtung stammte größtenteils vom Trödelmarkt. Zwei Besuchersessel, Regale mit Nachschlagewerken, Schreibtisch und Bürostuhl, ein IKEA-Kleiderständer, dazu ein noch jungfräulicher Terminplaner für 2005 an der Wand und ein Dalí-Poster. Katinkas Begeisterung galt vielmehr ihrem völlig neuen Sehgefühl. Zu ihrer großen Freude hatten ihre Augen sich umgehend an die lang ersehnten Kontaktlinsen gewöhnt, sie setzte sie mit Leichtigkeit morgens ein, nahm sie abends genauso einfach wieder heraus, und mittlerweile kam es ihr vor, als habe sie niemals ein Brillengestell auf der Nase gehabt. Ab und zu freilich verfolgten sie die stereotypen Bewegungen aus alten Zeiten: Brille abnehmen, zurechtrücken, am Pulli abwischen. So wie jetzt.

»Denkste«, sagte sie zu sich selbst, zog fröstelnd die Schultern hoch und wandte sich wieder ihren Unterlagen zu. Seit mehr als drei Monaten wartete sie auf eine Überweisung. Viertausend Euro Honorar für einen kniffligen Auftrag, bei dem sie sich einmal mehr Feinde gemacht hatte. Schließlich mochte es kein Außendienstler, wenn er dabei ertappt wurde, wie er für die Konkurrenz tätig war, ohne dass sein Arbeitgeber es wusste, und dabei auch noch eine fantastische Anzahl von Arbeitsstunden und Kilometern geltend machte. Nach seinem Rausschmiss war der Mann in der Detektei aufgekreuzt und hatte sich alle Mühe gegeben, Katinka zur Schnecke zu machen. Am liebsten hätte sie den viertausend noch eine Schmerzensgeldforderung in gleicher Höhe folgen lassen, doch nun wäre sie schon froh, überhaupt einen Zahlungseingang auf ihrem Konto vorzufinden. Sie hasste den Papierkram, sie hasste es, ihrem Geld hinterherzulaufen. Es wurde tatsächlich Zeit, dass sie ihre Rechnungen außer Haus gab. Energisch öffnete sie die Schreibtischschublade und fischte die Gelben Seiten heraus.

»Inkassobüros«, murmelte sie und ging die Spalten durch. »B … B wie Bamberg. Hier haben wir's ja.«

Ein Klopfen an der Tür riss sie aus ihren Gedanken.

»Ja?« Draußen war es mittlerweile vollkommen dunkel. Der Januarnachmittag hockte in der engen Gasse. Vorsicht, mahnte sie sich. Sie trug die Waffe immer bei sich und war obendrein schnell im Zielen. Ein Spleen. Klar. Aber sie dachte an den Außendienstmitarbeiter.

Jemand drückte die Tür auf und trat ein. Erleichtert ließ Katinka Luft ab und stand auf. Eine junge Frau, das kurze, blonde Haar nass vom Regen, gekleidet in einen dicken Daunenanorak, Jeans und Stiefel, sah sich unsicher um und fragte: »Sind Sie Frau Katinka Palfy?«

»Ja, die bin ich. Bitte«, Katinka drückte ihr die Hand und wies auf einen der Besuchersessel, »setzen Sie sich. Leider ist meine Heizung kaputt, und der Installateur lässt auf sich warten. Ich bitte Sie also lieber nicht, abzulegen.«

Ihre neue Klientin schüttelte den Kopf wie ein junger Hund und nickte wissend.

»Immer das gleiche mit den Handwerkern«, meinte sie, während die Wassertropfen spritzten, und setzte sich auf die vordere Kante des Besuchersessels. Eine seltsame Mischung aus Heiterkeit und Nervosität umspielte ihr Gesicht. Da huschte ein Lächeln vorbei, dann zuckte eine Augenbraue, sie fuhr sich mit den Fingerspitzen über die Lippen und ließ den Blick hektisch durch den Raum eilen.

»Was kann ich für Sie tun?«, fragte Katinka, schob ihre Buchhaltungspapiere zusammen und zog ein neues Notizblatt hervor.

»Ich …«, kam es zögernd, um sofort zu verstummen.

Erfahrungsgemäß war das der schwerste Moment im Kundengespräch. Die Klienten mussten sich erst warmlaufen. Sie erschienen Katinka oft wie stotternde alte Motoren, im Zaum gehalten von Hemmungen, Vorurteilen Privatdetektiven oder Frauen oder beidem in Kombination gegenüber. Oft jedoch war der Auftrag, den sie Katinka erteilen wollten, der Kern des Problems. Viele nahmen es als Eingeständnis eigener Unzulänglichkeit, wenn sie mit irgendetwas in ihrem Leben nicht klarkamen. Das war ungefähr so logisch, wie sich schuldig zu fühlen, wegen Migräne einen Arzt aufzusuchen, fand Katinka. Sie verließ sich auf ihre mittlerweile zweijährige Erfahrung im Geschäft. Bot einen Kaffee an oder entschuldigte sich für einen Moment, um in ihrem Nebenraum zu verschwinden und den Leuten Zeit zum Durchatmen zu geben. Manchmal genügten auch ein Augenzwinkern und ein einladendes Lächeln. So wie jetzt.

»Mein Mann …«, begann die junge Frau, »geht fremd. Glaube ich.«

Katinka schrieb *geht fremd* auf ihr Blatt.

»Das Problem ist … ich bin mir so unsicher. Wir haben doch erst geheiratet, im vergangenen September.«

Vorsicht, mahnte sich Katinka. Vorsicht mit der weiblichen Solidarität. Der Kerl ist vermutlich ein Saftsack, aber im Zweifelsfall für den Angeklagten.

»Ich bin schwanger. Zweiter Monat erst, naja.« Die junge Frau lächelte schüchtern. »Aber ich muss einfach wissen, was Henryk treibt, verstehen Sie?«

Es fiel Katinka schwer, neutral zu bleiben, als sie den Namen auf ihr Papier kritzelte und fragte:

»Wieso nehmen Sie an, dass Ihr Mann fremdgeht?«

»Naja, er kommt abends spät, behauptet, er hätte noch in der Firma zu tun, geht aber nicht ans Telefon.«

»Wo arbeitet er?« Katinka schrieb *Firma* auf den Zettel.

Ihre neue Klientin wurde rot.

»Das … will ich lieber nicht sagen.«

Na gut, dachte Katinka.

»Gibt es sonst Anhaltspunkte? Warum sollte er fremdgehen, wenn er nicht erreichbar ist? Er könnte sich mit einem Kollegen treffen.«

Die andere zögerte.

»Das glaube ich nicht«, kam es schließlich.

»Warum nicht?«

»Wo sollte er ein Geschäftstreffen haben, wenn nicht in der Firma?«

»In einer Kneipe, in der Sauna, im Fitness-Studio«, schlug Katinka vor. »Männer reden überall über die Arbeit.«

Die junge Frau druckste ein wenig herum, bevor sie sagte:

»Beschatten Sie ihn. Nur für einige Tage. Es geht mir einfach darum, Sicherheit zu haben. Verstehen Sie?«

Katinka lehnte sich zurück. Selbstverständlich verstand sie, was ihr da bevorstand. Etliche langweilige Stunden in Autos und an dunklen Hausecken. Hochklettern an Baugerüsten, um Einblick in fremde Schlafzimmer zu bekommen, wo zwei Leute Spaß hatten. Ein paar Fotos schießen und ein oder zwei Leben mächtig durcheinanderbringen.

»Haben Sie ein Foto von Ihrem Mann dabei?«

Katinka erwartete ein Hochzeitsfoto oder eine Porträtaufnahme. Stattdessen reichte die andere ihr ein verschwommenes Bild in Schwarz-weiß von einem Typen mit australischem Farmerhut, in dessen Schatten sein Gesicht beinahe völlig verschwand.

»Oje«, sagte Katinka. »Darauf erkenne ich aber nicht viel.«

»Morgen ist Samstag, da geht Henryk nach der Arbeit gerne in den *Rio-Club*, ein Bier trinken.«

»Samstags? Nach der Arbeit?«

Wieder färbten sich die Wangen der jungen Frau rot. Katinka runzelte die Stirn. Argwohn flirrte durch ihren Magen.

»Tja«, sagte ihre neue Klientin ungeduldig. »So ist das. Gegen 23 Uhr. Wenn Sie ihn da treffen …«

Katinka notierte *Rio-Club*.

»Machen Sie's? Ich meine: Übernehmen Sie den Auftrag?«

Das schien alles dürftig. Zu dürftig.

»Ich brauche noch einige Informationen«, sagte Katinka. »Wie diskret soll es sein? Darf er mich sehen? Was, wenn er mich anspricht? Darf ich ihn ansprechen?«

»Lieber nicht! Mir genügt ein Beweis.« Die Frau fuhr sich durchs Haar. Müdigkeit und Erschöpfung schrieben Fältchen in ihr Gesicht.

»Es wird sicher nötig sein, ihm eine Weile an den Fersen zu bleiben. Ich nehme drei Tagessätze als Anzahlung.« Katinka griff nach ihren Visitenkärtchen in der oberen Schublade. »Hier ist meine Kontonummer …«

»Ich zahle gleich!«

Die hat es aber eilig, dachte Katinka, während sie die Scheine entgegennahm. Aber o.k. Nur Bares ist Wahres. Sie griff nach dem Quittungsblock.

»Für wen darf ich die Quittung ausstellen?«

»Ines. Ines Pawlowicz.«

»Und Ihre Adresse?«

»Ich … Ich …«, kam es stockend zurück.

»Eine Telefonnummer reicht fürs Erste auch.«

»Nein. *Ich* rufe Sie an«, sagte Ines Pawlowicz.

Sie nickte Katinka zu, erhob sich und verschwand in der Nacht.

Noch lange danach starrte Katinka mit zusammengekniffenen Lidern auf den Durchschlag im Quittungsblock.

2. Beschattung

Tom trug stolz die Küchenschürze mit der Aufschrift *Raushalten!* zur Schau. Vor sich hatte er einen Teller mit Fleisch, Räuchertofu, Bananen und Schalotten stehen.

»Na endlich!«, grüßte er in Richtung Tür.

»Was wird'n das?« Schnuppernd betrat Katinka die Küche und beäugte misstrauisch die Holzspieße in Toms Hand.

»Ein neues Opus Magnum.«

»Ach?« Sie kannte seine Kochkünste und wurde nie enttäuscht. Kulinarisch jedenfalls nicht.

»Wie lief dein Tag?«, fragte Tom und durchbohrte ein Fleischstück.

Genervt schlüpfte Katinka aus dem Mantel und warf ihn auf eine Stuhllehne, wo er einen Sekundenbruchteil hängen blieb und dann zu Boden rutschte. Der Kunstpelz ringelte sich über dem Wollstoff wie ein totes Wiesel. Sie kickte mit ihrem Fuß nach dem Haufen.

»Dem Krause schleife ich seinen knochigen Arsch«, schnaubte sie und mopste ein Bananenstück.

»Wer ist denn Krause?«

»Der Heizungsinstallateur. Dieser Suffkopf hat seinen Betrieb anscheinend wegen Reichtums geschlossen. Heute Morgen verspricht er mir noch hoch und heilig, vorbeizukommen und das Ding wieder zum Laufen zu bringen. Wer kommt nicht? Krause.«

»Typisch«, brummte Tom, »Handwerker versprechen dir alles und halten nichts.« Er presste mit Gewalt einen Holzspieß durch ein Stück Fleisch und zuckte zusammen.

»Hast du dich gestochen?«

Er machte eine fahrige Handbewegung.

»Diese Spieße sind ganz schön spitz. Egal. Wärm dich erstmal auf.«

»Und ob ich das tue.«

Wenn sie heute etwas brauchte, dann Wärme, und wenn es schon kein Saunagang sein sollte, dann wenigstens ein heißes Bad. Durchgefroren von einem langen Arbeitstag im ungeheizten Büro und diversen Businessgängen draußen in der Kälte stapfte Katinka aus der Küche und ließ sich die Wanne ein. Als Zusatz wählte sie Orangenessenz und tauchte dankbar in die Fluten. Während ihre Knochen allmählich auftauten, ging ihr Ines Pawlowicz' Auftrag durch den Kopf. Die hat mich richtiggehend überrumpelt, überlegte Katinka, und massierte Shampoo in ihr Haar.

Seit sie als Detektivin arbeitete, schulte sie ihren Instinkt für Menschliches, Eigentümlichkeiten, die an den Leuten klebten wie abgestandene Gerüche. Hier miefte etwas, was das war, würde sie noch herausfinden. Katinka spülte den Schaum aus ihrem kurzen Haar und stieg aus der Wanne. Auftrag ist Auftrag, entsann sie sich ihrer beruflichen Maxime. Es hat Zeiten gegeben, in denen ich dankbar für eine Ines Pawlowicz gewesen wäre. Zeiten ohne Klienten und ohne Geld.

Sie stellte sich vor den Spiegel und betrachtete nachdenklich ihr Gesicht. Nichts Besonderes, fand sie. Zwei Augen, Nase, Mund. Kleine, hauchzarte Fältchen um die Augenlider, oft genug dunkle Ränder, weil sie schlecht schlief, wenn ein Fall auch nachts an ihr nagte. Es war nichts Besonderes, dass sie zu später Stunde rausmusste, um Leuten an den Fersen zu kleben. Das ewige Einerlei der Detektive. Sie seufzte, und nur für das eigene Wohlgefühl tupfte sie einige Stäubchen golden schimmernden Lidschatten auf, der ihre haselnussbraunen Augen zum Leuchten brachte.

Als sie beim Essen saßen, erzählte sie Tom von ihrer neuen Klientin.

»Sie hat sich geweigert, eine Telefonnummer oder Adresse anzugeben. Sonderbar, oder?«

»Mach dir keinen Kopf. Was kann schon passieren? Du folgst dem Typ in die Kneipe, und wenn irgendwas schräg läuft, steigst du einfach aus.«

»Sie hat mich schon bezahlt, Tom«, wandte Katinka ein, während sie an einem Stück Schalotte knabberte.

»Das«, befand Tom, »ist ihr Problem. Wenn sie dir ihre Adresse nicht geben will, muss sie selber zusehen, wie sie das Geld wiederkriegt.«

»Wieso steigere ich mich immer in einen Stress rein, der gar nicht meiner ist …«, murmelte Katinka, schläfrig geworden in der warmen Küche und von dem Wein, den Tom ihr aus dem Bocksbeutel servierte.

»Gut erkannt!«

»Aber deine Leichtigkeit ist ganz ungewohnt. Bist du nicht immer derjenige, der Bedenken anmeldet, sobald vermeintliche Gefahr im Verzug ist?«

Er grinste.

»Ich bin dein persönlicher Rottweiler.«

»Na, vielen Dank!«

Froh, dass sie sich diesmal nicht über Risiken im Job stritten, lehnte Katinka sich zurück. Tom hatte recht: Sie konnte jederzeit aus dem Fall aussteigen. Außerdem würde sie Pawlowicz nicht im einsamen Wald beschatten, sondern mitten auf Bambergs belebtester Kneipenmeile.

»Läuft das morgen Abend?«, fragte Tom. »Ich wollte sowieso mal wieder mit einigen von den Jungs ein Schafkopf-Wochenende veranstalten. Macht's dir was aus, wenn wir gleich morgen loslegen?«

»Wollt ihr ins Sommerhaus fahren?«

Eine Erbschaft hatte ihr im vergangenen Sommer neben einem anständigen Batzen Geld und einem Beetle Cabrio ein Ferienhäuschen in der Fränkischen Schweiz zugespielt, ein voll eingerichtetes kleines Wohnhaus inklusive Heizung und warmem Wasser, im Winter ebenso zu bewohnen wie zu jeder anderen Jahreszeit. Tom spielte dort gern den Gastgeber, wenn seine drei Schafkopfkollegen mit Bierkästen auf den Schultern anrückten, um ein Wochenende lang zu zocken und zu zechen.

»Wenn es dir recht ist«, sagte Tom leichthin und küsste ihr Ohr. »Es ist schließlich dein Haus.«

Als sie im Bett lagen, Tom schlief schon fest, träumte Katinka die weiten Hügel und die Wälder der Fränkischen Schweiz herbei, stellte sich vor, wie Schnee bald all die Sanftheit zudecken würden. Schon beinahe über der Schwelle des Schlafes überlegte sie, ob sie die Beschattung schnell genug geregelt bekäme, um am Sonntag zu den Männern zu stoßen. Sie schlief ein und trieb durch ungewisse, graue Träume.

Samstag, 8. 1. 2005, 22 Uhr.

Tom fuhr am Samstagnachmittag in Richtung Fränkische Schweiz ab, Bier und Schafkopfkarten im Gepäck.

Katinka seufzte, als sie die leere Wohnung rauschen hörte. Sie gönnte Tom das freie Wochenende. Er kaute noch an den Schicksalsschlägen des vergangenen Sommers. Seine Mutter Ella hatte einen Schlaganfall erlitten und sich nie wieder davon erholt, sodass sie für mehrere Monate in verschiedenen Rehabilitationseinrichtungen verbringen musste. Außerdem war durch dieses Drama eine finstere, bislang unter Verschluss gehaltene Seite in der Vergangenheit seiner Familie ans Licht gekommen: Ella, die der Gehirnschlag von einer Minute zur anderen in ein neues und beängstigendes Leben gestürzt hatte, war nicht Toms wirkliche Mutter. Sein Vater Bernhard hatte Tom während eines Seitensprungs gezeugt, als er schon mit seiner späteren Ehefrau verlobt war. Tom wurde wie eine Art Mitgift in die Ehe gebracht und von Ella großgezogen. Nie hatte er daran gezweifelt, dass sie seine Mutter war. Den Schock dieser plötzlichen Offenbarung konnte er noch immer nicht überwinden und hielt ihn wachsam verborgen. Kontakt zu seiner biologischen Mutter wollte er nicht aufzunehmen. Katinka hatte nach Wochen des Nachfragens und Drängens erkannt, dass Tom seine Zeit brauchte, um die veränderten Vorzeichen zu einem Teil seiner persönlichen Geschichte zu machen, und dass er selbst am besten wüsste, wann der ideale Zeitpunkt für eine Annäherung gekommen war.

Katinka seufzte. Wenigstens der Kater war dageblieben. Ausnahmsweise ließ Vishnu sich das rotgetigerte Fell streicheln, bevor er in seiner üblichen herablassenden Art davonstolzierte.

Um kurz vor 10 Uhr zog sie Skiunterwäsche an, einen warmen Pullover und dicke Winterstiefel, schnallte das Pistolenholster um, warf den Mantel über und schloss die Tür zweimal hinter sich ab. Winterliche Beschattungen waren nicht gerade das, worum sie sich riss. Das zunehmende Misstrauen im Privaten wie im Beruflichen bescherte ihr immer mehr Aufträge dieser Art. Katinka nahm, was kam. Manchmal lief es locker, der Auftrag war flugs ausgeführt, die Beweise eingesammelt. Leicht verdientes Geld. Es gab andere Gelegenheiten, bei denen sie sich die Nase abfror und später mit Schnupfen und Halsschmerzen im Bett lag. Blieb zu hoffen, dass der Gott der Detektive heute freundlich gesonnen war. Während sie auf ihrem Fahrrad Richtung Sandstraße fuhr, den Schal gegen den scharfen Wind über Mund und Nase gebunden, bemerkte sie, dass ein Wetterwechsel in der Luft lag. Zum Regnen war es zu kalt geworden, und schwere Wolken drückten auf die Dächer. Schneewolken, dachte Katinka und klingelte einen Fußgänger vom Radweg. Trotz der Handschuhe waren ihre Finger steifgefroren.

Sie überquerte die Untere Brücke und radelte dann ganz nach Gewohnheit gegen die Einbahnstraßenrichtung in die Dominikanerstraße, stellte ihr Rad an der Ecke zum Katzenberg ab und ging zu Fuß zum *Rio-Club* weiter. Sie warf einen kurzen Blick hinein. Pawlowicz war noch nicht da. Katinka lief die Sandstraße ein Stück hinunter und dann wieder zurück, studierte im Schein der Straßenlampen ein letztes Mal das Foto von einem Farmerhut auf einem verschwommenen Kopf. Schräg gegenüber der Kneipe blieb sie stehen und wartete, stampfte mit den Füßen, um sich warm zu halten. Es roch nach Schnee, die Feuchte in der Luft gefror auf ihrem Gesicht.

Ihre Zielperson traf kurz vor halb elf ein. Ganz pünktlich, dachte Katinka grinsend. Erleichtert ging sie ihm nach. Er trug denselben Hut wie auf dem Foto, ein paar braune Haarsträhnen lugten darunter hervor, dazu hatte er eine getönte Brille auf und einen Dreitagebart im Gesicht. Er bestellte eine Cola.

Katinka suchte sich ein günstiges Plätzchen und verlangte ein Spezi. Sie sah den Hut wackeln, ahnte, dass er in ihre Richtung schaute, und richtete sich aufs Warten ein. Das Gewühl und die laute Musik gaben ihr das Gefühl von Sicherheit. Langsam ließ sie den Blick über die Menge schweifen. Alles Leute, die aus öden Jobs in ihr Wochenende flüchteten, in die Euphorie einer Nacht aus Musik, Alkohol, Tanzen und Sex. Katinka sah keinen einzigen Bekannten, ungewöhnlich genug für eine Stadt wie Bamberg, wo man immer irgendwo jemanden kannte. Sie griff sich einen zerlesenen *Fränkischen Tag*. Nachlässig blätterte sie die Seiten um, aus den Augenwinkeln Henryks Hut betrachtend.

Bis er plötzlich vor ihr stand, seine Cola in der Faust.

»Ich weiß, dass meine Frau Sie geschickt hat«, sagte er. Katinka stöhnte im Stillen. Hier lief schon der Anfang nicht rund. Sein markantes Kinn fiel ihr ins Auge, breit, ausgeprägt, mit einem länglichen Grübchen ganz unten.

»So eine Anmache funktioniert bei mir nicht«, gab sie zurück. Sie blickte zur Tür, zwei Pärchen kamen rein, lachend und schäkernd.

»Nicht?«, fragte er. Das düstere Licht spiegelte sich in seinen Brillengläsern. Seine Kiefer pressten sich zusammen, das Kinn trat noch deutlicher hervor. Der Bart sah räudig aus und stand ihm nicht. Ein fruchtiger Geruch ging von ihm aus, er war parfümiert wie ein Räuchermännchen vom Weihnachtsmarkt.

Katinka sah zu den Pärchen hinüber. Sie wechselten Geld für den Flipper draußen und verdrückten sich wieder. Pawlowicz setzte sich an Katinkas Tisch. Sie mochte nicht, wenn Typen wie er sich einen feuchten Kehricht um den Höflichkeitsabstand scherten und fragte:

»Und Sie? Gehören Sie zu den Männern, die immer auf der Suche sind?«

Sie trank ihr Spezi in großen Schlucken. Von draußen hörte sie den Flipper jaulen.

Er schnaubte.

»Ich gehe nicht fremd. Sagen Sie ihr das.«

»Ich glaube nicht, dass ich auf Kommandos von Ihnen reagiere!«

Etwas lief hier fürchterlich schief. Ihre Kehle fühlte sich trocken an.

»Privatdetektivin«, sagte er anzüglich. »Nützlicher Job. Soviel Böses in der Welt.«

Sie hörte seine Stimme noch eine Weile, hörte Münzen auf die Tischplatte klickern, hörte …

Sie wurde auf ihre Füße gestellt. Spürte einen Arm um ihre Schultern. Raste dahin über ein schwarzes Meer, in den Armen eines Menschen mit einem unangenehmen Geruch und versank in den dunklen, eisigen Wellen eines launenhaften Ozeans.

3. Filmriss

Sonntag, 9. 1. 2005, 2:30 Uhr

Feuchtigkeit klebte an ihrer Haut wie Dreck. Katinka riss die Augen auf und beobachtete halb erstaunt, halb verängstigt, wie sich der Himmel um sie drehte. Sie musste sich übergeben. Kämpfte sich auf die Knie und beugte sich vornüber, aber da hatte der Reflex sich schon verflüchtigt. Ihr Magen hob und senkte sich, der Schwindel wirbelte sie um die eigene Achse. Sie hatte Durst. Und ihr war schlecht.

Zuerst tastete sie nach der Uhr. Einige Sekunden musste sie auf das Zifferblatt starren, bis sie verstand, was sie da sah. Es war halb 3 Uhr. Schwarze Nacht. Immer noch war kein Schnee gefallen.

Ihre Zähne schlugen aufeinander. Ihr Mantel war durchnässt, ihre Jeans saßen an den Beinen wie angeschweißt. Das Karussell in ihrem Kopf fuhr langsamer, sie holte ein paar Mal tief Luft. Ließ den Blick schweifen, die Arme weit ausgestreckt, als tanze sie auf einem Hochseil und müsse die Balance halten. Sie sah Fabrikgebäude, trübe beleuchtet, hörte Wasser gurgeln, auf einer nahen Straße ein Auto vorüberfahren. In den Wohnhäusern auf der anderen Straßenseite brannten keine Lichter. Sie zog unwillkürlich die Beine an. Schwarz schoss ein Fluss ein paar Meter unter ihr dahin. Sie hockte auf einer Schleusenmauer, und sie kannte die Schleuse. Sie brauchte einige Minuten, in denen sie sich zusammenkauerte, um dem letzten bisschen Wärme in ihrem Körper nicht zur Flucht zu verhelfen, bevor sie die Erkenntnis zulassen konnte.

Sie zitterte, vor Kälte und Panik. Sie hatte nicht die geringste Vorstellung, wie sie hier gelandet war, auf der Schleusenmauer am Ortseingang von Gaustadt. Jemand hatte sie hierher gebracht, sie abgesetzt, in Kälte und Nässe, sich davongemacht, und niemand hatte sie bemerkt.

Ich bin nur ein Häufchen aus dunklen Klamotten, dachte sie entsetzt.

Ihr war klar, dass sie hätte erfrieren können, und ein Anflug von Logik sagte ihr, dass sie nicht allzu lange auf dieser Mauer sitzen konnte. Sich schüttelnd vor Kälte fragte sie sich, wo sie die Stunden zuvor verbracht hatte und mit wem. Ein grauenvoller Verdacht flackerte auf, sie drängte ihn sofort weg. Mit aller Anstrengung, wie man einen aufgeblasenen Wasserball unter Wasser drückt.

Ein Name ploppte hoch: Henryk Pawlowicz. Doch statt einer klaren Erinnerung gab es da nur ein schwarzes, eisiges Meer, einen eigenartigen Geruch. Und Übelkeit.

Sie tastete nach ihrem Handy, hielt es unschlüssig in der Hand. Steckte es weg und fuhr suchend mit den Fingern unter ihre linke Schulter.

Da war keine Pistole mehr.

Hitze schoss durch ihren Körper, gefolgt von einem Schwall Kälte.

Kopflos schaute sie sich um. Niemand war hier. Nicht um diese Zeit und bei diesem Wetter. Nicht mal ein Hundehalter.

Sie musste aufstehen, sich bewegen, um halbwegs

warm zu werden, musste weg von dem gurgelnden Wasser, der Feuchtigkeit, musste ins Warme. Gedankenfetzen trieben vorbei. Einsamkeit fiel sie an.

Mühevoll kämpfte sie sich hoch. Ihre steifen Gelenke protestierten. Langsam, unsicher auf den Beinen wie nach langer Bettlägerigkeit stieg sie die Stufen zur Brücke hoch, versuchte, über das Gittertor zu klettern, brauchte drei Anläufe, bis sie die Beine drübergeschwungen hatte. Hielt sich kurz am Geländer fest und lief los.

Sie ging nicht auf dem Radweg unten am Ufer, sondern nahm den Bürgersteig an der Straße. Die Morgendämmerung machte ihr Angst. Sie hörte mehrmals Schritte hinter sich, bis sie bemerkte, dass da niemand war. Manchmal meinte sie, Atemzüge direkt neben sich wahrzunehmen. Immer wieder fuhr sie herum, prüfte, sondierte. Nichts und niemand.

Die Übelkeit wurde schwächer. Katinka fiel in einen leichten Trab, hielt aber nicht lange durch. In ihrem Kopf richtete sich eine Schmiede ein, rasten Schläge auf Ambosse, klirrte Metall und zischte Glut. Katinka musste stehen bleiben, lehnte sich gegen einen Baum, ging weiter. Kalter Staub nieselte vom Himmel, feine, spitze Eisklümpchen, die auf die Haut stachen wie Nadeln. Sie schlang fest die Arme um ihren Oberkörper. Ich darf nicht verrückt werden.

Als sie die dunkle Konzerthalle am gegenüberliegenden Ufer sah, fühlte sie sich erleichtert. Sie war ein gutes Stück Richtung Innenstadt vorangekommen, doch gleichzeitig schien ihr, als sei sie fremd hier, als müsse sie sich mühsam an die Straßenführung erinnern, sich den Stadtplan plastisch vorstellen. Sie überquerte taumelnd den Fluss, fühlte den Steg unter sich schwanken, schleppte sich bis zur Bushaltestelle und fiel keuchend auf einen Sitz. Wieder kam die Übelkeit hoch.

Sie schaffte es, Toms Nummer einzutippen. Die Mailbox meldete sich. Er schlief schon. Sicher, es war Sonntag, er war gestern in die Fränkische Schweiz gefahren, die Männer hatten Karten gespielt. Daran erinnerte sie sich immerhin. Katinka hinterließ keine Nachricht.

Bevor der Horror seine kleinen Teufel schicken konnte, stand Katinka auf, hielt sich kurz an dem Bushäuschen fest, holte Atem und ging weiter. Es war der Instinkt des Tieres, der sie führte. Sie kannte ihr Revier. Kämpfend gegen die Übelkeit und schlotternd vor Kälte lief sie durch die Stadt, den Kopf gesenkt. In der Kleberstraße lagen vermodernde Raketenreste im Rinnstein. Katinka fiel ein, dass vor einer Woche Neujahr gewesen war. Was für ein chaotischer Anfang. Die Anfänge sind das Prägendste im Leben, fiel ihr ein. Sie schauderte.

Stöhnend hielt sie sich den Kopf und querte die Promenade. Der Zentrale Busbahnhof schien in dieser Nacht das Tristeste, was Bamberg zu bieten hatte. Neonlicht, Pfützen, ein paar ausgemergelte Gestalten. Leute, denen die Samstagsparty nicht gut bekommen war.

Wie ich, dachte Katinka. Ich bin im Club derjenigen, die im Freien pennen.

Am Schönleinsplatz lehnte sie sich an eine Ampel. Ein Mann mit Berner Sennhund an der Leine starrte sie missmutig an. Sie trabte weiter, bog aber nicht zu ihrer Wohnung in die Herzog-Max-Straße, sondern ging Richtung Kanal. Bei Tag hätte sie sich an dem spitzen, roten Kirchturm orientiert. Jeder Schritt tat ihr weh, aber wenigstens versorgte die Bewegung sie mit ein wenig Wärme. Als sie das orangegestrichene Haus am Ulanenplatz erreichte, zeigte die Kirchturmuhr beinahe halb vier. Jemand kam heraus auf die Vortreppe. Katinka schlüpfte ins Treppenhaus. Nebel driftete durch ihren Kopf. Ihre Zähne schlugen aufeinander, rhythmisch, im Takt einer schnellen Nähmaschine. Sie stieg in den vierten Stock, klingelte an der Wohnungstür, klopfte einige Male, sank dann einfach auf den Boden und kippte nach hinten, als die Tür geöffnet wurde.

»Katinka?«

Die drei Silben fraßen sich in ihren Ohren fest.

»Katinka! Reden Sie mit mir, verdammt noch mal!«

Katinka blinzelte. Über ihr, turmhoch, stand Hauptkommissar Harduin Uttenreuther, genannt Hardo, in einem Flanellpyjama und Socken. Sein kahler Kopf glänzte im matten Licht des Treppenhauses, seine grauen Augen strahlten sie an wie Suchscheinwerfer. Sie wollte sich aufrichten, rutschte aber in sich zusammen, als hätten ihre Füße und Beine den Kampf aufgegeben. Seine riesigen Hände packten sie bei den Schultern.

»Na komm.«

Er half ihr hoch, trug sie hinein und kickte die Tür mit dem Fuß zu.

Katinka war bisher nur ein einziges Mal bei ihm zu Hause gewesen. Harduin Uttenreuther hatte sie und Tom vor einigen Wochen zu sich zum Essen eingeladen. Doch nun witterte sie Stallgeruch in der kleinen, für einen seit Jahren allein lebenden Mann ungewöhnlich hell und fröhlich eingerichteten Wohnung.

Hardo bugsierte sie ins Wohnzimmer und setzte sie auf dem Sofa ab. Er legte ihr eine Decke um die Schultern, befühlte ihre Stirn mit dem Handrücken und sah sie fragend an.

»Ich … wusste nicht, wohin«, sagte Katinka matt. Dankbar stellte sie fest, dass die Übelkeit verschwunden war, doch in ihrem Kopf wurden Pfennigsnägel in Wurzelhölzer getrieben, und sie fror bis in die Knochen.

Hardo verschwand in der Küche. Sie hörte ihn mit dem Wasserkocher hantieren. Kurz darauf kam er mit einer dampfenden Tasse zurück, stellte sie vor Katinka ab und drehte die Heizkörperthermostate hoch.

»Ich glaube, Sie brauchen eine heiße Dusche«, sagte er, als er sich neben sie setzte und die Decke zurechtzog.

»Ich habe nicht gesoffen!«, sagte Katinka schnell. Ihre Zähne klapperten.

»Ich weiß.«

Sie lehnte den Kopf an seine Schulter, obwohl sie es nicht wollte.

»Was ist passiert?«

Sie setzte einige Male an, aber es kam nichts.

»Sie müssen aus den nassen Klamotten raus«, sagte Hardo. »Ich gebe Ihnen was von mir. Da passen Sie dreimal rein, aber besser als nichts.«

Er hielt ihr die Tasse hin. Kaffee. Gott sei Dank, er wusste, dass sie keinen Tee mochte. Kaffee mit viel Milch. Eine Himmelsgabe.

Sie trank ein paar Schlucke. Hardo stand auf und verschwand in seinem Schlafzimmer. Trotz der gut geheizten Wohnung schüttelte es Katinka wie im Krampf. Sie sah ihn zurückkommen, einen Stapel Kleider in seinen Händen.

»Jemand hat mir meine Waffe geklaut.«

Er warf die Anziehsachen auf das Sofa.

»Wer! Wann!«

»Ich weiß es eben nicht.«

»Sind Sie wahnsinnig? Das ist wichtig!«

»Heute Nacht«, flüsterte sie gequält.

Er bezähmte seine Ungeduld.

»Erzählen Sie es mir«, sagte er, drückte ihr erneut die Kaffeetasse in die eiskalten Hände.

Sie brauchte fünfzehn Minuten, bis sie halbwegs zusammenhängend von dem Auftrag berichten konnte, den sie am Vortag bekommen hatte.

»Ines und Henryk Pawlowicz«, murmelte Hardo. »Und weiter?«

»Ich habe ihn getroffen, gestern Abend, im *Rio-Club*. Soweit war alles normal. Aber dann kam er an meinen Tisch, redete mich blöd an. Er wüsste schon, dass seine Frau mich auf ihn angesetzt hätte. Und dann – Sendepause. Als hätte jemand den Stecker rausgezogen.«

»Keine Erinnerung?«

Sie schüttelte den Kopf. »Nein. Nur ... Es war eisig kalt.« Wieder kam dieser widerliche Verdacht hoch, den sie die ganze Zeit unterdrückt hatte. Sie zog die Schultern zusammen.

»Katinka«, sagte Hardo. »Habe ich das richtig verstanden? Sie können sich an nichts erinnern? An gar nichts?«

»Nein. Ich bin auf der Schleusenmauer in Gaustadt aufgewacht. Er muss mich da abgesetzt haben. Irgendwann in der Nacht.«

»Er kann Ihnen was eingeflößt haben. Sie haben doch was getrunken?«

»Ja. Ein Spezi.«

»Haben Sie Ihr Glas mal aus den Augen gelassen? Nur für eine Sekunde?«

Katinka wiegte den Kopf.

»Zwei Pärchen kamen rein. Die wollten Geld für den

Flipper wechseln. Sicher, ich habe zu denen rübergeguckt, aber ...«

»Ein kurzer Moment reicht, um jemandem was ins Getränk zu schmuggeln«, gab Hardo zu bedenken.

»Ich habe nichts geschmeckt.«

»Das Zeug ist so gut wie geschmacklos, farblos sowieso, in einer süßen Limonade bemerkt man gar nichts.«

»Und dann ... war ich ohnmächtig?«

»Das nehme ich nicht an. Wie wären Sie sonst aus der Kneipe rausgekommen, ohne dass jemandem etwas aufgefallen wäre? Ich schicke mal einen Kollegen hin, um nachzuforschen. Aber das Zeug macht eher willenlos als ohnmächtig.«

»K.o.-Tropfen?«

»Sowas in der Art. War jemand im *Rio-Club*, der Sie kennt?«

»Nein.«

Hardo stand auf und holte das Telefon.

»Ich rufe jetzt eine Ärztin an. Ich kenne sie gut, keine Angst. Wir lassen Ihnen Blut nehmen.«

»Nein, bitte nicht«, sagte Katinka.

Er nahm ihre Hände in seine. Sie waren heiß wie feurige Träume. Unsicher sah sie in seine eisig grauen Augen.

»Seit einiger Zeit kursiert verstärkt eine Droge in der Szene. GHB, auf amerikanisch Dschii Ejtsch Bii«, sagte er, »Akronym für Gammahydroxybuttersäure. Szenename Liquid Ecstasy. Die Opfer werden ausgeknockt, wachen irgendwann irgendwo auf und können sich an nichts erinnern. Die Droge ist auch als Vergewaltigungsdroge bekannt. In den letzten Monaten gab es immer mehr Fälle. Die Dunkelziffer wird unvergleichbar höher liegen. Viele Betroffene melden sich gar nicht.«

»Ich glaube nicht, dass ...«, flüsterte Katinka, »... dass er mich vergewaltigt hat.«

Hardo seufzte, wich ihrem Blick aber nicht aus.

»Wir finden es raus.«

Er redete in seiner objektiven, Achtung-ich-bin-Polizist-und-weiß-was-zu-tun-ist-Art. Das beruhigte sie, weil es geschäftlich klang. Sie entzog ihm ihre Hände und streifte die Stiefel ab. Sie plumpsten in eine braungraue Pfütze vor Hardos Sofa.

»Ich habe ihr Wohnzimmer dreckig gemacht«, sagte sie entschuldigend.

»Scherzkeks«, sagte Hardo und wählte eine Nummer. Das Gespräch dauerte nicht lange.

»Dr. Koninger kommt vorbei«, sagte er. »Dann können Sie ein Bad nehmen, oder ich bringe Sie nach Hause, wie Sie wollen.«

Katinka nickte. Hardo zeigte ihr das Bad und legte den Kleiderstapel auf einen Hocker.

»Ziehen Sie sich die nassen Klamotten aus und versuchen Sie es mit meiner ältesten Jogginghose aus der Zeit, als ich noch schlanker war.«

Mit einem Grinsen klopfte er sich auf seinen Bierbauch.

Katinka verschloss die Tür und blickte sich im Spiegel an. Ihre Augen waren gerötet. Sie hatte die Kontaktlinsen schon viel zu lange drin. Mühsam streifte sie die Jeans ab. Ihre Beine schimmerten in einem seltsamen Mix aus Bläulich und Rosa, die Füße weiß, wie abgestorben. Heute Morgen bin ich zehn Jahre älter als sonst aufgewacht, dachte sie. Sie zog die Unterhose aus und befühlte sich. Er hat mich nicht vergewaltigt. Er kann mich unmöglich vergewaltigt haben, ohne dass ich was gemerkt habe. Doch von dieser Nacht war nichts geblieben, keine Erinnerung, nichts außer Schwärze, Kopfschmerzen und einem übermächtigen Gefühl von Ekel.

Was sind das für Drogen, von denen Hardo gesprochen hat, fragte sie sich, während sie sich wieder anzog, die Kordel seiner Hose so eng wie möglich schnürte und sich doch vorkam wie ein Zirkusclown. Sie warf ihren Mantel und den Pulli über den Badewannenrand und schlüpfte in Hardos T-Shirt und Rollkragenpullover. Der fühlte sich warm und struppig an und roch unverkennbar nach dem Aftershave, das der Kommissar benutzte: nach Ozean, Salz, Möwenkreischen. Katinka zog die Socken an, auch die ein paar Nummern zu groß, aber warm und trocken.

»Schick«, lächelte Hardo, als sie zu ihm ins Wohnzimmer zurückkam.

»Hören Sie schon auf!«

»Haben Sie Ihre Waffenbesitzkarte bei sich?«

»Meine Papiere müssten alle in meinem Mantel sein.«

Sie lief ins Bad zurück, und da war tatsächlich alles. Geld, Kreditkarte, Ausweise, Waffenbesitzkarte.

»Er hat nichts mitgenommen«, murmelte sie. »Nur die Pistole.«

Hardo studierte die Unterlagen.

»O.k. Ich melde Ihre Waffe als gestohlen. Dann checken wir mal dieses ominöse Ehepaar.«

Katinka nickte. Ihr Magen knurrte.

»Hunger?« Er sah sie mit seinen grauen Augen fragend an. »Tut mir leid, ich hätte Ihnen gleich was anbieten sollen. Was möchten Sie denn? Honigbrot? Meine

Kochkünste können es mit denen Ihres Freundes leider nicht aufnehmen!«

»Irgendwas, egal«, sagte Katinka leise. Sie hatte Sehnsucht danach, in die Arme genommen und gedrückt und gewärmt zu werden. In ihrem Kopf stellten die Schmiede und Tischler allmählich die Arbeit ein. Alles fühlte sich leichter an, vielleicht, weil nun etwas getan wurde.

Es klingelte an der Tür.

»Das ist die Ärztin«, sagte Hardo.

Er ging öffnen, und Katinka hörte sie draußen sprechen, ohne zu verstehen, was sie sagten. Sie unterhalten sich über das erbarmungswürdige Verbrechensopfer, dachte sie. So erging es also den Leuten, von denen sie ab und zu welche zu ihren Klienten zählte. Menschen die Willkür und Gewalttätigkeit ausgesetzt waren und viel Zeit und Willenskraft brauchten, um zu sich selbst und ihrem Leben zurückzufinden. Katinka sagte sich, dass es an der Zeit war, diese Gefühle von Ausgeliefertsein und Furcht selbst durchzumachen. Nur um zu wissen, wie es sich anfühlte.

Als Hardo sie der Ärztin vorstellte, verschwand ein Teil ihrer Panik sofort. Dr. Irmtraud Koninger erwies sich als resolute und warmherzige Frau mit dunklen, an einigen Stellen silbrig glitzernden Locken.

»Sie sind also Frau Palfy«, sagte sie freundlich, komplimentierte den Kommissar kurzerhand hinaus und machte eine Spritze für die Blutentnahme bereit. »Ich war schon lange neugierig darauf, Sie mal kennen zu lernen, nachdem Hardo so viel von Ihnen erzählt hat.«

»Ach so?«, fragte Katinka und beäugte misstrauisch die Staubinde.

»Das geht schnell. Sie haben gute Venen, wie ich sehe.«

Der scharfe Geruch des Desinfektionsmittels stieg Katinka in die Nase. Es fühlte sich ekelhaft kalt auf der Haut an. Gänsehaut kroch ihr den Arm hinauf.

»Was war denn los heute Nacht?«, fragte Irmtraud Koninger, während sie mit der Fingerspitze über die Vene tastete und die Nadel behutsam hineinschob.«

»Ich weiß es eben nicht. Jemand hat mir was in das Spezi getan. Schätze ich.«

Der Spritzenkolben füllte sich mit Blut.

»Ich bin Frauenärztin«, sagte Irmtraud Koninger, zog mit einer schnellen Bewegung die Nadel aus Katinkas Arm und presste einen Tupfer auf die Vene. »Wenn Sie wollen, kann ich Sie gynäkologisch untersuchen, nur um sicherzugehen.«

Sie verschloss das Blutfläschchen.

»Ich glaube … lieber nicht.«

Die Ärztin sah Katinka an und sagte ernst:

»Ich dränge Sie nicht. Haben Sie auch nur den leisesten Verdacht, dass Sie vergewaltigt worden sind?«

»Ich … nein.«

»Veränderungen an Ihren Kleidern?«

Katinka beobachtete, wie die Ärztin das Blut wegpackte.

»Nein.«

»GHB muss keinen vollständigen Gedächtnisausfall bewirken«, tastete sich Dr. Koninger vor. »Manche Opfer können sich erinnern, aber schlecht, verschwommen.«

Manche Opfer. Ich bin ein Opfer.

»Es ist schwarz, und kalt. Sonst nichts.«

»Das geht sofort ans Labor. Ich sage Ihnen heute noch Bescheid.«

Dr. Koninger schwieg einen Moment und sah Katinka mit ihren warmen Augen an. Katinka hätte sich gerne zusammengerollt und auf ihrem Schoß zum Schlafen hingelegt.

»Sie kennen sich doch besser aus als ich in diesen Dingen. Wenn Sie den Kerl anzeigen wollen, brauchen wir einen Nachweis.«

»O.k.«, erklärte sich Katinka einverstanden. Ihr Magen knurrte böse.

4. Beretta 9000S

»Tja. Es gibt keine eindeutigen Hinweise. Keine Anzeichen von Gewaltanwendung. Kein Sperma.«

In ihren Mantel gekuschelt saß Katinka Dr. Koninger in deren Sprechzimmer gegenüber. Sie wusste nicht recht, ob Erleichterung oder ein gruseliger Schauer über sie hinwegrollte.

»Und wenn er ein Kondom verwendet hat?«

»Unwahrscheinlich. Solche Typen verwenden keine Kondome.«

»Es sei denn, er rechnet damit, angezeigt zu werden.«

»Nehmen wir an, er kalkuliert ein, dass Sie ihn anzeigen. Doch er nennt Ihnen einen falschen Namen. Ist überzeugt, niemals aufgefunden zu werden. Dann bräuchte er kein Kondom, um irgendwelche späteren Nachforschungen zu torpedieren.«

»Es sei denn, er macht sowas öfter. Er hat vielleicht Bedenken, dass seine DNA schon gespeichert ist.«

Die Ärztin wiegte unentschlossen den Kopf.

»Warum hat er meine Waffe gestohlen?«, bohrte Katinka weiter.

Dr. Koninger stand auf und ging um ihren Schreibtisch herum. Sie stellte sich neben Katinka und sagte freundlich:

»Wie geht es Ihnen besser – wenn Sie abschalten oder wenn Sie nachdenken?«

»Wenn ich den Fall löse.«

Die Ärztin lachte.

»Schön. Dann lösen Sie den Fall. Ich bin Medizinerin. Hardo ist Polizist. Was dagegen, wenn ich ihn hereinbitte?«

»Nein,« sagte Katinka gereizt. Alle agierten mit so viel Takt und Behutsamkeit, dass sie sich vorkam, als litte sie an einer gefährlichen Krankheit. Hardo kam hereingestürmt wie Schimanski.

»Könnte es sein, dass er die ganze Aktion gestartet hat, um an meine Waffe zu kommen?«, dachte Katinka laut. Der Gedanke ließ sie erneut frösteln. Sie zog den Mantel enger um sich. Er war immer noch feucht und roch nach Modder.

»Fragen wir den Hauptkommissar«, sagte Irmtraud Koninger. »Also, Hardo, ich denke, es ist nicht zu einer Vergewaltigung gekommen. Dieser Pawlowicz hat Frau Palfy die Droge verabreicht, sie auf der Schleusenmauer abgelegt und ihr die Waffe abgenommen. Niemand hat etwas bemerkt. Die meisten Leute verkriechen sich um diese Jahreszeit in ihren Wohnungen, außerdem ist schlechtes Wetter und Polarnacht.«

»Ich habe nachforschen lassen«, sagte Hardo nach einigen Augenblicken des Nachdenkens. »Es gibt in ganz Bayern keinen Henryk Pawlowicz. Insbesondere keinen, der mit einer Frau namens Ines verheiratet wäre. Eine Ines Pawlowicz ist gar nicht existent. Die Kollegen werden die Alibis der Namenskollegen checken. Aber wir müssen davon ausgehen, dass das Pärchen sich falsche Namen zugelegt hat.«

»Der Typ heißt nicht so«, sagte Katinka. Sie bekam allmählich Bauchkrämpfe vor Hunger. »Wenn einer so einen Coup plant, dann gibt er nicht seinen richtigen Namen an.«

»Sie sollten Anzeige gegen Unbekannt erstatten«, schlug Hardo vor. »Wegen gefährlicher Körperverletzung und Aussetzung. Der Mann hat Sie in eine hilflose Lage gebracht und dann im Stich gelassen. Sie hätten von der Schleusenmauer ins Wasser stürzen und ertrinken können!«

»GHB-Gaben sind ohnehin nicht ohne Risiko«, fügte Dr. Koninger hinzu. »Die Droge kann nämlich nicht exakt dosiert werden. Das Zeug ist in der Regel nicht rein, Sie können nicht wissen, welche Stoffe beigemischt wurden. Wer GHB freiwillig nimmt, sucht den Rausch. Aber die Spanne zwischen einer Menge, die der Konsument als euphorisierend erlebt, und einer Dosierung, die komatöse Zustände hervorruft, ist winzig. An den Wechselwirkungen mit anderen Drogen und Alkohol sind schon Menschen gestorben. Erstickt.«

Katinka biss die Zähne zusammen. Zum ersten Mal stieg Wut gegen ihren Angreifer in ihr auf. Der musste längst über alle Berge sein. Mit ihrer Beretta.

»Jemand hat sich einen falschen Namen ausgedacht und Sie auf einen anderen mit falschem Namen gehetzt«, mutmaßte Dr. Koninger. »Eigenartige Methode, um sich eine Waffe zu beschaffen.«

»Höchst eigenartig«, murmelte Hardo.

»Was ist mit meiner Pistole?«

»Die habe ich als gestohlen gemeldet«, sagte der Kommissar. Er stand auf. »Gehen wir.«

»Wenn Sie was brauchen, rufen Sie mich an«, sagte Irmtraud Koninger und umschloss Katinkas Hand mit ihren warmen, weichen Händen. »Sehen Sie zu, dass Sie ein bisschen Wärme in den Leib kriegen. Seien Sie gut zu sich.«

Katinka bedankte sich und folgte Hardo zum Parkplatz.

»Wo ist denn Ihr Freund?«, fragte der, während er ihr in seiner unnachahmlich besorgten Art die Tür aufhielt.

»Beim Schafkopfen in der Fränkischen.«

Katinka sah auf die Uhr am Armaturenbrett. Halb sechs. Ihr Kopf sank gegen die eiskalte Scheibe.

Hardo lenkte den Wagen in die Amalienstraße und hielt vor dem gelben Backsteinhaus. Als sie an der Fassade hochblickte, kein Licht sah, die Dunkelheit auf dem Dach sitzen fühlte, fragte sie, ehe der innere Zensor zuschlagen konnte:

»Kommen Sie kurz mit rauf?«

»Klar.«

»Nur um noch ein wenig zu fachsimpeln«, schob Katinka überflüssigerweise nach.

»Fachgespräche führe ich aber erst, wenn Sie sich endlich aufgewärmt und was gegessen haben«, sagte er lächelnd. »Sie haben doch gehört, was Irmtraud gesagt hat.«

»Woher kennen Sie sich eigentlich?«, fragte Katinka neugierig, während sie den Schlüssel ins Schloss steckte.

»Ihre Tochter war eine gute Freundin von meiner Tochter«, sagte er. Seiner Stimme war nichts Ungewöhnliches anzuhören, aber Katinka zuckte dennoch unwillkürlich zusammen. Der Gedanke, dass seine Tochter Sybille vor nunmehr fast zwei Jahren bei einem Unfall zu Tode gekommen war, schockierte sie immer noch. Sybille hätte am Leben bleiben können, wenn ein anderer Autofahrer sich nicht vom Unfallort entfernt hätte, ohne Hilfe zu holen.

»Kommen Sie rein.« Katinka ließ die Plastiktüte mit ihren nassen Sachen auf den Boden fallen und knipste alle Lichter an.

Hardo folgte ihr, die Hände in den Jeanstaschen, und stand ein wenig deplatziert herum, bis sie ihn in die Wohnküche bat und aus der Speisekammer einen Topf zutage förderte.

»Wie haben noch eine echte fränkische Leberknödelsuppe da, wie wäre es damit?«

»Ideal, um das Frühstück einzuleiten«, sagte Hardo lächelnd. Er nahm Katinka den Topf ab und stellte ihn auf den Herd. »Ich bewache die Suppe, und Sie gönnen sich eine heiße Dusche.«

Während das Wasser auf ihre Schultern pladderte, strengte Katinka wieder und wieder ihr Gedächtnis an, attackierte das Dunkel der Erinnerung, um herauszufinden, was genau heute Nacht geschehen war. Sie grub und gründelte, ohne Erfolg. Ihr Tag begann, als sie auf der Schleusenmauer zu sich kam. Panik rieselte durch ihren Körper.

Wenigstens die Kopfschmerzen hatten nachgelassen. Katinka kroch erst aus der Dusche, als ihre Haut feuerrot leuchtete, cremte sich ein und fönte die Haare.

Als sie in die Küche kam, empfing sie Leberknödelduft und ein Hauptkommissar mit einem Handy am Ohr.

»Danke, Irmtraud. Tja«, sagte er und drückte die Aus-Taste.

»War das Dr. Koninger?«

»Genau. Das Labor hat schnell gearbeitet.«

»Mitten in der Nacht? Lassen Sie mich raten. Sie kennt einen, der einen kennt, der ein Labor betreibt und nachts nicht schlafen kann.«

»Unsinn. Bei diesen Drogen sind wir auf schnelle Analysen angewiesen.«

»Und?«

»GHB. Es baut sich schnell ab, aber wir waren rechtzeitig dran.«

»Also ist das alles wahr. Kein Traum«, murmelte Katinka.

Hardo biss grimmig die Zähne aufeinander. Katinka stellte Teller auf den Tisch, kramte nach Besteck und setzte sich ihm gegenüber.

»Es kann gar nicht anders gewesen sein. Er muss mir was in mein Glas getan haben, während ich wegguckte.«

»Das schätze ich auch. Guten Appetit übrigens.«

Katinka musste grinsen. Hauptkommissar Harduin Uttenreuther erfreute sich auch in prekären Situationen eines ungetrübten, gesunden Appetits. Diese Robustheit übertrug sich auf sie und verscheuchte das Gefühl, keinen Bissen runterzukriegen, im Handumdrehen. Schon baggerte er überquellende Löffel voll Suppe in seinen Mund. Sie aßen schweigend. Über unsere Art Arbeit zu sprechen, verdirbt einem den Appetit, pflegte Hardo zu sagen.

»Ich habe zwei Theorien«, fing Katinka an, als sie ihren Teller geleert hatte. »Möchten Sie noch eine Portion? Nehmen Sie sich einfach.«

Er griff schon nach der Schöpfkelle.

»Wenn Sie mich dann nicht als verfressen hinstellen …«

»Quatsch.« Katinka lachte.

»Was für Theorien?«, fragte Hardo, während er seinen Teller füllte.

»Entweder hat Ines, angeblich betrogene Ehefrau,

wirklich jemanden beschattet haben wollen. Sie setzte mich auf Henryk an – bleiben wir einfach bei den Pseudonymen. Dann bemerkte Henryk, dass ich hinter ihm herspionierte, und er nutzte die Chance, mich mit Drogen auszuschalten.«

»Nummer 2?« Hardo kratzte den Teller leer.

»Henryk traf sich mit mir, weil er auf der Suche nach einer gefügigen Frau war. Als er mich vergewaltigen wollte, entdeckte er meine Waffe. Er kriegte Panik, lud mich auf der Schleusenmauer ab, klaute die Pistole und verdrückte sich.«

»Ihnen ist schon klar, dass Theorie Nummer 2 eigenartig ist?«

»Sicher«, gab Katinka zu. »Ich sehe nicht, welche Rolle dann Ines spielt. Übrigens«, sie zögerte. »Ich wollte Sie bitten ... kein Wort zu Tom, ja?«

Hardo zog die Augenbrauen hoch.

»Wie Sie wollen.«

Sie spürte seine Missbilligung. Dennoch wollte sie auf keinen Fall, dass Tom Wind von den K.o.-Tropfen und ihrer desolaten Situation bekam. Sie würde selber entscheiden, wann sie ihn einweihte.

Der Kommissar stellte die Suppenteller zusammen, räumte sie in die Spüle und holte zwei Flaschen *Fäßla*-Bier aus dem Kühlschrank. Manchmal benahm er sich, als wäre er hier zu Hause.

»Sie trinken eins, oder? Nach dem Chemiecocktail können Sie nichts Besseres kriegen. Garantiert nach dem bayerischen Reinheitsgebot gebraut. Spült die Nieren sauber.«

Er öffnete die Flaschen und stellte eine vor Katinka hin. Er selbst trat ans Fenster und sah hinaus. Sein Blick war hellwach wie eh und je. Hinter seiner Stirn rasten die Gedanken durch die Neuronenbahnen, Katinka konnte sich das Feuerwerk an Elektronen förmlich vorstellen.

»Es passt doch nicht zusammen«, sagte Hardo. »Sollte Henryk mit Hilfe einer Komplizin Frauen aufreißen?«

Katinka zuckte die Schultern.

»Klingt nicht besonders logisch.« Sie nahm einen Schluck Bier.

»Genau. Frauen zum Aufreißen gibt's genug, auch so, ohne vorbereitende Maßnahmen.«

»Sie scheinen sich ja auszukennen!«, sagte Katinka gereizt.

Hardo zog eine Grimasse.

»Kommen Sie schon. So ist das nicht gemeint. Es gibt doch genug Kneipen, wo die Leute hingehen, um jemanden für eine Nacht aufzustöbern.«

»Ja, ja. Da gibt es spezielle Kneipen, habe ich von Kunden gehört. Zum Beispiel einen ganz bestimmten Bierkeller in ... ach, sei's drum.«

»Und was die Theorie Nummer eins betrifft: Sie erscheint mir logischer, aber ich verstehe nicht, weshalb Ines Ihnen einen falschen Namen nennt und sich weigert, ihre Telefonnummer oder Adresse zu hinterlassen.«

»Dass eine Frau ihren Ehemann oder Geliebten beschatten lässt«, sagte Katinka, »wird allmählich zum Alltag.«

Hardo setzte sich, stand aber gleich wieder auf. Es hielt ihn nicht auf seinem Stuhl.

»Es wäre doch denkbar«, überlegte Katinka, »dass Henryk mich ausschaltet, als er merkt, dass seine Frau ihm auf den Fersen ist. Er entdeckt meine Waffe, klaut sie und aus die Maus.«

»Waffe stehlen als Gelegenheitsklau?« Hardo strich sich über seinen kahlen Schädel. »Ich weiß nicht recht.«

»Was denn sonst? Glauben Sie etwa, Henryk war schon die ganze Zeit auf der Suche nach einer Waffe und wartete nur ab, bis eine Privatdetektivin hinter ihm her war, um ihr die Pistole aus dem Holster zu fummeln?«

Der Kommissar räusperte sich.

»All Ihre Papiere, Ihr Geld, Ihr Handy sind noch da«, gab er zu bedenken. »Nur die Waffe ist gestohlen. Wenn Gelegenheit Diebe macht, warum nicht auch gleich fünfzig Euro einsacken und einen Ausweis, den man teuer verhökern kann?«

Katinka hatte keine Antwort darauf. Sie betrachtete Hardo. Er war nervös, auf seine eigene, unterdrückte Art. Äußerlich wirkte er gelassen, aber Katinka kannte ihn gut genug. Sie bemerkte, wie sein Kinn sich spannte, seine Finger gegen die Bierflasche klimperten, wie er mit der anderen Hand über das Fensterbrett fuhr. Seine grauen Augen schienen unablässig auf der Suche, scannten die Küche, wandten sich dann der Straße unten zu. Er kniff die Lider zusammen, sah in die Dunkelheit hinaus und ließ seine Augen wieder zurückkehren, wo sie erneut die Küche ausleuchteten. Er stellte die Flasche ab und sagte:

»Es bleibt Ihnen nichts anderes übrig, als abzuwarten, dass Ines alias XY sich meldet. Wenn sie es nicht tut, dann ist sie eine Komplizin. Wenn doch, dann ist was dran an der Untreuetheorie. Oder sie will ihn aus anderen Gründen beschattet haben.«

Sie kamen vom Thema ab und redeten halbherzig über dies und das. Schließlich begleitete Katinka den

Kommissar zur Haustür, nachdem sie ihm hoch und heilig versichert hatte, zurechtzukommen.

»Sagen Sie's nicht«, bat Katinka, als sie ihm die Tür aufhielt.

Er sah sie verdutzt an.

»Habe ich was verpasst?«

»Nein. Ich wollte Sie nur bitten: Sagen Sie's nicht. Sagen Sie nicht, dass ich auf mich aufpassen soll. Das sagen Sie immer und ich tu's ja.«

Er lachte, küsste sie kurz auf die Wange, stieg in sein Auto und fuhr davon.

Katinka stopfte ihre dreckigen Klamotten in die Waschmaschine. Das Rauschen, als das Wasser zufloss, erinnerte sie an das Gurgeln des Flusses draußen bei der Gaustadter Schleuse. Kaltes, todbringendes, abscheuliches Wasser. Sie zwang sich, stehen zu bleiben und zuzuhören. Das ist nur eine Waschmaschine, beruhigte sie sich. Nur eine Waschmaschine.

Als die Trommel sich langsam in Bewegung setzte, ging sie ins Schlafzimmer. Sie rollte sich in Toms Bett zusammen, um seinen Geruch in der Nase zu haben. Der Kater hüpfte aufs Bett.

»Vishnu, alte Hütte«, murmelte Katinka. Meistens strafte der Rotgetigerte Katinka mit Missachtung. Heute jedoch schnurrte er gnädig und rollte sich neben ihr zusammen. Sie dösten beide eine Weile.

Gegen 6 Uhr abends suchte Katinka das Foto von Henryk Pawlowicz heraus, schlüpfte in ihren Mantel und machte sich auf den Weg zum *Rio-Club*. Draußen roch es nach Schnee.

5. Entzweiung

Sonntag, 9. 1. 2005, 18:05 Uhr

Im *Rio-Club* herrschte tiefe Stille. Katinka bestellte sich einen Kaffee und wartete eine Weile ab. Der Barmann fuhrwerkte geschäftig hinter seiner Theke herum.

»Wer hat eigentlich gestern hier gearbeitet?«, fragte Katinka.

Er sah mürrisch auf.

»Warum wollen Sie das denn wissen!«

Er zierte sich, rückte aber dann doch mit der Sprache heraus.

»Tonio«, sagte er und wienerte ein Glas blank.

»Tonio wie noch?«

Er stellte das Glas weg und wandte sich Katinka zu. Er war groß, bestimmt über eins neunzig.

»Was wollen Sie von ihm?«

Katinka zog das Foto aus der Manteltasche und reichte es dem Barmann.

»Kennen Sie den?«

»Naja, da ist ja nicht viel zu kennen«, brummte er. »Hut, Brille …«

»Kommt der öfter her?«

»Was weiß ich. Ich arbeite erst seit drei Wochen hier. Jedenfalls … nein, der kommt mir nicht bekannt vor.«

»Bamberg ist klein«, sagte Katinka und harpunierte den Barkeeper mit ihrem Blick. »Egal, in welcher Kneipe man arbeitet, man kennt die Szene. Henryk Pawlowicz, sagt Ihnen der Name was?«

»Sind Sie von der Polizei?«

»So ähnlich.«

»Tonio Albert, Judenstraße. Es ist das Haus gleich neben dem *Bolero*. Aber den Knilch auf Ihrem Foto, den kenne ich nicht. Wirklich.«

Als sie ging, hörte sie ihn erleichtert Luft ablassen.

Ihr Fahrrad parkte noch an der Ecke zum Katzenberg. Sie schwang sich auf den Sattel und fuhr geradewegs in die Judenstraße. Die eiskalte Luft machte ihr Gesicht taub.

Sie fand das Haus sofort. Nach einigen energischen Klingelsalven knackte die Sprechanlage.

»Ja, wer ist da!«

»Palfy, private Ermittlungen. Es geht um die Entführung gestern Abend.«

Sie beobachtete ihre weißen, in der Dunkelheit zerstiebenden Atemwolken. Zunächst blieb alles still, dann ging der Summer. Katinka querte eine heruntergekommene Eingangshalle und stiefelte die Treppe hinauf.

Sie erkannte den Mann sofort wieder. Bei ihm hatte sie gestern das Spezi geordert. Für mehr reichte die Erinnerung nicht. Eine geknebelte Erinnerung, der sie selbst nicht traute.

»Guten Abend. Ich störe nicht lange. Sie kennen mich noch?«

Er starrte sie einen Augenblick lang an, dann lachte er. Katinka war sich nicht sicher, ob hämisch und verächtlich oder einfach nervös.

»Soll das ein Rätselspiel werden?«

Sofort war sie sicher, dass er sie wiedererkannte.

»Gestern Abend«, sagte sie. »Wie lief das nochmal?«

Sie fingerte ihre Lizenz aus dem Mantel und hielt sie ihm hin. Genau in dem Moment ging das Licht aus. Schnell tastete er nach dem Schalter.

»Ich weiß nicht, was Sie meinen.«

»War schon ein Kollege da?«

Tonio Albert starrte sie verwundert an.

»Kollege?«

Unten knackte das Haustürschloss.

»Gehen wir besser rein«, sagte Katinka und schob sich einfach an ihm vorbei in die Wohnung. Es roch nach Zigarette, nach etwas Süßlichem und nach Schlaf. Sie blieben auf dem Flur stehen.

»Hören Sie mal«, begann Tonio Albert, aber Katinka stoppte ihn.

»Ich kriege Sie dran wegen Verschleierung einer Straftat«, sagte sie scharf. Er sah drein, als schluckte er den Brocken ohne Gegenwehr. »Wie ging das gestern zu?«

Sie hielt ihm Henryks Foto unter die Nase.

»Ja, der Kerl war gestern im *Rio-Club*.«

Also weichst du allmählich auf, du Saukerl, dachte Katinka.

»Wer ist das?«

»Keine Ahnung.«

»Wer waren die Pärchen, die das Geld für den Flipper wechselten? Zwischen halb elf und elf?«

»Susanna? Also …«

»Susanna wie noch?«

»Heinze. Susanna Heinze. Sie ist Musikerin und tritt manchmal bei uns auf. Hat auch eine Band. Zur Zeit ist sie lose mit einem Typ zusammen, den ich nicht kenne.

Ehrlich. Und die anderen beiden kannte ich auch nicht. Nie gesehen.«

»Henryk Pawlowicz?«

»Wie bitte?«

»Henryk Pawlowicz? Sagt Ihnen der Name was?«

Er schüttelte den Kopf, mittlerweile trug er eine treudoofe Miene zur Schau. Katinka kannte Typen wie ihn genau. Sie taten, als könnten sie kein Wässerchen trüben. Wenn sie redeten, probierten sie eine Umleitung nach der anderen, doch irgendwann mussten sie überrumpelt erkennen, dass sie in der Sackgasse steckten und alle Ablenkungsmanöver und Unschuldsbezeugungen sinnlos waren.

»Also. Henryk war gestern Nacht im *Rio-Club*. Wann ging er?«

»Ich … habe nicht auf die Uhr geschaut. Er war aber nicht lange da. Vielleicht so kurz nach … 11?«

Das letzte Wort flüsterte er beinahe.

»Ging er allein?«

»Was weiß ich.« Tonio Albert kratzte sich am Hals.

»Nein!«, sagte Katinka. Sie betrat das nächstbeste Zimmer. »Er ging nicht allein,stimmt's?«

Ein zerwühltes Bett, ein Kerzenleuchter, stapelweise Videokassetten und CDs, eine Stereoanlage von den Ausmaßen eines Raumschiffes. Der Subwoofer thronte in der Mitte wie ein apokalyptischer Granitblock.

»He!« Er kam hinter ihr her. »Ich kenne die Micky Maus nicht. Und außerdem habe ich erst geputzt. Sie haben total dreckige Schuhe.«

»Er ging nicht allein«, sagte Katinka sanft. »Eine Frau begleitete ihn. Hätten Sie wohl die Freundlichkeit, mir mitzuteilen, wer die Frau war?«

Tonio Alberts Adamsapfel sprang auf und nieder.

Katinka setzte sich auf sein Bett und beobachtete ihn. In seinem Hirn griffen Zahnräder ineinander, schlugen Funken, knackten und knirschten. Als er nicht antwortete, stand Katinka auf und ging in das nächste Zimmer.

»Sind Sie wahnsinnig? Was wollen Sie eigentlich von mir!«

Er kam ihr nach, angespannt, schwankend zwischen Vorsicht und Wut.

Katinka lächelte ihn an.

»Wer war die Frau?«

Er schnappte sich eine Schachtel Zigaretten, zitterte einen Glimmstängel heraus und zündete ihn sich an.

»Sie. O.k., Sie waren es. Zufrieden?«

»Und?«

»Was und.«

»Wie ist das eigentlich. Wer konsumiert da was in den Hinterzimmern der Bamberger Kneipen? Wo lagern all die Fläschchen mit farbloser Flüssigkeit und die geschmackfreien Pülverchen?«

»Der *Rio-Club* ist sauber!«, empörte er sich. Seine Zigarette glühte hellrot auf. »Wir achten sehr genau darauf. Was die Gäste allerdings einschmeißen, wenn gerade keiner hinsieht ...«

»... können Sie natürlich nicht überblicken.«

»Woher sollen wir denn wissen, welche Pillen sich die Gäste ins Tonic mixen.«

Es klingelte an der Haustür.

»Ich bekomme Besuch. Sie müssen jetzt gehen.«

Katinka rückte an ihrem Mantel. Nur soviel, dass er das Holster sehen konnte. Dass keine Pistole darin steckte, brauchte er nicht zu wissen.

»O.k., ja, der Kerl ist mit Ihnen rausgegangen. Sie

sind beide einfach durch die Tür marschiert. Aber ich kenne ihn nicht. Nie gesehen. Klar? Was wollen Sie eigentlich von mir! Sie waren doch selbst dabei!«

»Gegangen?«

»Ja. Er stand auf und Sie auch und Sie gingen raus.«

»Ist Ihnen irgendwas aufgefallen?«

»Nein. Was denn schon? Nein, nichts.«

Er ging durch den Korridor und riss die Wohnungstür auf. Eine junge Schönheit, trotz der Kälte bauchfrei, schwirrte herein und steuerte eine neue Duftnote bei. Pfirsich, dachte Katinka. Oder Aprikose, irgendwas Sommerliches.

»Tschüss dann«, sagte Tonio Albert, hielt Katinka die Tür auf.

»Das war's fürs Erste«, sagte sie und fing den argwöhnischen Blick des Mädchens auf. »Zudem fehlt mir noch die Adresse von Susanna Heinze.«

»Fleischstraße. Über dem türkischen Lebensmittelladen.«

»Und der Name des Kollegen, der heute Dienst hat?«

»Ronald Bissinger.«

»Danke«, säuselte Katinka, nickte den beiden zu und trat ins Treppenhaus. Tonio Alberts Abend war gründlich verdorben.

Draußen wirbelten weiße Tröpfchen durch die eisige Luft. Katinka erfragte Susanna Heinzes Nummer bei der Auskunft. Die Musikerin war nicht zu Hause. Katinka hinterließ eine Nachricht auf dem Anrufbeantworter und bat um Rückruf. Dankbar trat sie den Heimweg in eine helle und warme Wohnung an. Sie sauste am *Klosterbräu* vorbei über die Holzbrücke und erinnerte sich an die unheimlichen ›Morde‹ an VW-Käfern* im vergangenen Sommer. Gerade hier hatte einer der auf-

* Schmöe, Käfersterben

gespießten Cabrios gestanden, mit einem japanischen Landschwert im Dach. Die Feuchtigkeit auf der Brücke war angefroren. Katinka geriet ins Schleudern, fing sich aber rechtzeitig. Schnell ließ sie die von den Turbinen aufgewühlten, schäumenden Regnitzwellen hinter sich. Ich bin mit Pawlowicz rausgegangen. Gegangen. Ich bin auf meinen zwei Beinen gegangen. Sie nahm den Weg durch den Hain, trat kräftig in die Pedale und spürte mit Schaudern die feinen, immer dichter vom Himmel treibenden Flocken in ihr Gesicht beißen.

Während Katinka noch ihr Fahrrad im Hausflur verstaute, rollte Tom ein. Er winkte ihr zu und bog auf Parkplatzsuche in die Herzog-Max-Straße. Ihrer üblichen Strategie gemäß hatte sie längst beschlossen, ihn nicht in die finsteren Abgründe des Falles einzuweihen. Sie wusste zwar noch nicht, wie sie das Verschwinden ihrer Waffe ihm gegenüber erklären sollte, aber auch dafür würde sich eine Lösung finden.

»Hast du gewonnen?«, fragte sie, als er schnaubend zum Haus gelaufen kam.

»Dieser Spießrutenlauf um einen Parkplatz nervt«, sagte er, küsste Katinka und lief vor ihr die Treppe hinauf. »Klar habe ich gewonnen, was denkst du?«

»Logisch, du hast ja ein Händchen fürs Zocken!« Er grinste und schloss die Tür auf.

»Von wegen. Biedersten Schafkopf haben wir gespielt.«

»Ist alles in Ordnung im Sommerhaus?«

»Sicher. Und deine Beschattung?« Sie hatte es befürchtet. Er kam immer sofort auf die heiklen Punkte zu sprechen.

»Leider nicht von Erfolg gekrönt«, murmelte Katinka. »Der Kerl ist mir durch die Lappen gegangen.« Beides nicht gelogen, dachte sie missvergnügt und folgte Tom in die Küche. Er warf seinen Rucksack auf den Boden, wusch sich die Hände und begann, einen Hefeteig anzusetzen.

Katinka stellte sich ans Fenster und sah ihm zu. Hin und wieder warf sie einen Blick auf die Straße. Der Schnee fiel jetzt in dickeren, wirbelnden Flocken, umtanzte die Straßenlaternen, deckte sanft die Straße zu. Tom erzählte von seinem Wochenende, seinen Kumpels, schilderte akribisch genau einzelne Schafkopfpartien. Merkte sich, wann wer mit welcher Absicht Eichel oder Schelle ausgespielt hatte, als bräuchte er nur ein Videoband in seinem Kopf zurückzuspulen. Währenddessen maß er die Zutaten, gab das Mehl in die Schüssel, die Milch, drückte eine Mulde hinein, krümelte die Hefe dazu und deckte alles mit einem Küchentuch zu.

»Jetzt schneit es richtig«, sagte Katinka verträumt.

Tom trat neben sie und sah in die Nacht hinaus.

»Schön was? O.k., vergiss es. Ich weiß, was du sagen willst. Schnee hat so was Kaltes an sich.«

»Noch ein Spruch, Kieferbruch«, brummte Katinka und küsste ihn auf den Hals.

Das Schönste am Schnee war, dass er die Welt still machte.

Montag, 10. 1. 2005, 7:57 Uhr

Katinka hörte Tom unter der Dusche fröhlich pfeifen, gleichzeitig plärrte Antenne Bayern rhythmisches Geröll in den Morgen. Sie hielt sich an der Kaffeekanne fest und gähnte herzhaft. Die erste Tasse Kaffee bedeutete einen feierlichen, beinahe heiligen Einstieg in den Tag. Schnuppernd genoss sie das kräftige Aroma, goss heiße Milch in die Tasse und sah zu, wie das dunkelbraune Getränk einen hellen Teint bekam. Entfernt erinnerte der Kaffee an gebräunte Haut, an Sandstrand. Wenn Katinka die Augen schloss, zauberte ihre Fantasie die Geräusche von Wellen hervor, Lachen und Schreien von Badenden, kreischende Möwen, und mit ein wenig mehr Konzentration spürte sie Toms warme Hände, die Sonnenmilch auf ihrem Rücken verteilten. *Drrrring.*

Natürlich. Störung wie üblich dann, wenn alles entspannt und versöhnlich lief. Stöhnend stand Katinka auf, suchte das Telefon, fand es unter einem Stapel alter Ausgaben des *Fränkischen Tags*, und meldete sich mit einem, wie sie hoffte, ausgeschlafenen »Palfy?«

»Uttenreuther hier.«

»Hardo! Haben Sie … meine Waffe gefunden?«

»Leider ja«, fiel er mit der Tür ins Haus.

»Warum leider?«

»Heute Nacht ist jemand mit Ihrer Waffe erschossen worden.«

Die Tasse in ihrer Hand machte einen Satz zur Seite. Braune Wellen schwappten über den Rand.

»Und zwar ein bisschen weiter weg von uns. In Coburg.«

Katinka stellte behutsam ihre Kaffeetasse ab. Mit halbem Ohr nahm sie wahr, wie Tom aus der Dusche stieg und das Radio lauter drehte, um die Nachrichten zu hören.

»Jemand ist mit meiner Waffe erschossen worden?

Wer? Wann! Woher wissen Sie, dass es ausgerechnet meine Waffe ist?«

»Weil sie am Tatort gefunden wurde, oder nah beim Tatort, um genau zu sein.«

Wer das Pech an den Fersen kleben hat, dachte Katinka, versinkt gleich bis Oberkante Unterlippe darin.

»Zufällig sind meine Fingerabdrücke drauf, oder?«

»Eher nicht. Gar keine. Jemand hat die Pistole sorgfältig gesäubert.«

Katinka hatte keine Antwort parat.

»Die Coburger Kollegen haben sich an uns gewendet«, erklärte Hardo. »Am besten, Sie kommen so schnell es geht zu mir ins Büro.«

»Haben Sie schon den Haftbefehl bereit?«

Der Kommissar war nicht zu Späßen aufgelegt.

»Quatschen Sie keine Opern. Ich brauche eine klare Aussage von Ihnen. Außerdem ist da ja noch die Anzeige, die Sie erstatten sollten. Machen Sie sich auf die Socken. Aber fahren Sie vorsichtig. Es ist verdammt glatt.«

Schon summte die Stille im Hörer. Katinka verdrehte die Augen, als sie auflegte. Simultan schlich sich ein Lächeln auf ihr Gesicht. Diese Besorgnis in Hardos Umgang mit ihr, gepaart mit seiner unnachahmlichen Ruppigkeit, machte sie manchmal wütend, manchmal rührte sie sie aber auch. So wie jetzt.

»Wer war'n das?«, wollte Tom wissen. Er fegte nach Rasierwasser duftend in die Küche und schnappte sich die Kaffeekanne.

»Hardo. Ich muss in die Polizeidirektion.«

Tom musterte sie skeptisch. Katinka hätte gerne die Gelegenheit gehabt, ein wenig wacher zu werden, eine doppelte Dosis Koffein in ihr Hirn zu pumpen. Allerdings hatte es wenig Sinn, mit der Wahrheit weiterhin hinter dem Berg zu halten.

»Meine Pistole ist gestohlen worden«, sagte sie.

Tom kriegte den Mund nicht mehr zu.

»Wie – das merkst du erst jetzt?«

»Natürlich nicht.«

»Die Informationspolitik der Frau Detektivin ist wie immer knapp, geradezu sowjetisch«, knurrte Tom.

»Nur deshalb, weil du dich sonst immer gleich aufregst«, gab Katinka hitzig zurück. »Ich habe ja schon Schiss, überhaupt was zu sagen, was nichts mit Friede, Freude, Eierkuchen zu tun hat. Sonst tritt Tom Thiele, der Wächter der abendländischen Weiblichkeit, auf den Plan und doziert über Gefahren und Risiken und Abenteuer.«

Tom stellte betont gelassen seine Kaffeetasse ab.

»Komm schon, Katinka, diese Diskussionen haben wir zur Genüge geführt. Die Argumente sind ausgetauscht, oder?«

»Ja. Sind sie«, gab Katinka zu.

Sie berichtete von dem Filmriss, erzählte, wie sie auf der Schleusenmauer zu sich gekommen war und sich zu Hardo geschleppt hatte. Auch die Untersuchung bei der Ärztin ließ sie nicht weg.

Tom sagte gar nichts. Er stierte in die braunen Kaffeereste. Als Katinka geendet hatte, schnitt er sich ein Stück Brot vom Laib, schmierte Butter und Marmelade drauf und sagte:

»Ich lerne. Merkst du es? Ich kriege nicht gleich die Krise. Aber leicht ist das nicht für mich.«

Katinka sah ihn erstaunt an. Tatsächlich neue Töne? Konnte Tom lernen, die Welt der Katinka Palfy mit anderen Augen zu sehen? Sie verstand durchaus, wie er fühlte. Er verabscheute seine Machtlosigkeit, wenn es um Katinkas Job ging, denn von einigen Ausnahmen abgesehen nahm sie ihn nicht mit zur Arbeit, und schon gar nicht, sobald es hart herging oder, gelinde ausgedrückt, komplex wurde. Während ihres letzten großen Falls im vergangenen Sommer war sie mit einem Messer erheblich verletzt worden, und sämtliche Männer in ihrem Umkreis, ihr Vater, der damals in den Fall verwickelt war, Kommissar Uttenreuther und Tom hatten der Reihe nach mächtig auf den Putz gehauen und die Beschützermuskeln spielen lassen.

Sie ging um den Tisch herum, legte die Arme um Toms Schultern und schmiegte ihre Wange an sein stoppeliges blondes Haar.

»Bin stolz auf dich«, sagte sie.

Katinka ließ das Auto auf seinem sicheren Parkplatz und kämpfte sich mit dem Fahrrad zur Polizeidirektion in die Schildstraße. Schmieriger, brauner Schneematsch blockierte die Radwege, die winzige Fahrrinne in der Mitte war übersät mit Splitt. Fußgänger taumelten über die glatten Bürgersteige und wichen in unberechenbaren Schlenkern auf die Fahrradwege aus. Mehr als einmal stieg Katinka in die Bremsen und kam schlitternd zum Stehen. Die Pfisterbrücke schimmerte blank im diffusen Morgenlicht. Katinka ließ die Füße seitlich herabhängen, um die Balance zu halten, rollte im Schritttempo den Hang hinunter und um die Kurve zum Polizeigebäude.

Am Eingang holte Polizeimeisterin Sabine Kerschensteiner sie ab. Sie umarmten einander kurz. Im vergangenen Sommer hatten sie beide im Fall um die erdolchten Cabrios mächtig für Aufregung, aber letztendlich für die Lösung des Rätsels gesorgt. Damals waren sie Freundinnen geworden.

»Ich habe es schon gehört«, sagte Sabine jetzt und band ihren Pferdeschwanz fester. »Blöde Geschichte.«

»Stehe ich denn unter Verdacht?«

»Nein, sicher nicht«, beruhigte Sabine sie. »Die haben einen ziemlich genauen Todeszeitpunkt. Wenn du ein Alibi hast, dann wäre das natürlich das Gescheiteste.«

Katinka klopfte an Hardos Tür und wurde mit einem unwirschen »ja« zum Eintreten aufgefordert.

»Ach, Palfy!«, sagte er und stand mit einem Lächeln im Gesicht auf. Sein Blick fiel auf ihren nassen Mantel. »War es glatt?«

»Nicht die Bohne«, erwiderte Katinka und winkte Sabine, die die Tür von außen schloss. »Sagen Sie mir bitte gleich, was los ist.«

Er drückte ihr die Hand, hielt sie einen Augenblick lang fest und sagte sinnend:

»Ich hätte Ihnen zu Weihnachten Handschuhe schenken sollen.«

»Ich habe Handschuhe«, grinste Katinka. »Bloß helfen die mir leider gar nichts. Kalt ist kalt. Wer ist erschossen worden?«

Hardo setzte sich hinter seinen Schreibtisch. Ein vertrocknetes Adventsgesteck bröselte einen Stapel Papiere mit Nadeln voll. Er wies auf die Handakte vor sich und sagte:

»Ich bekam den Anruf um kurz nach sieben. Die Coburger Kollegen wurden alarmiert, weil ein Spaziergänger, ein Hundeliebhaber, heute gegen 4 Uhr morgens einen Toten im Hofgarten in Coburg fand. Der Hofgarten ist eine ausgedehnte Parkanlage zwischen der Veste Coburg und der Stadt. Kennen Sie Coburg?«

»Nicht gut«, gab Katinka zu. »Um vier war der also tot?«

»Ja, wahrscheinlich gerade mal eine Stunde. So, wie die Spuren aussehen, muss der Mörder weiter oben am Hang gewartet haben. Er hat aus großer Distanz geschossen, das Opfer am Arm getroffen. Der Mann stürzte, der Mörder ging auf ihn zu und schoss ein zweites Mal aus nächster Nähe.«

»O Mann.«

Katinka war bei jedem neuen Mordfall angewidert und schockiert von der unmenschlichen Brutalität, aber ein Nahschuss erforderte besondere Kaltblütigkeit. Das hier klang nach Hinrichtung.

»Und meine Pistole?«

»Der Täter warf sie in ein Mausoleum, nicht sehr weit vom Ort des Gemetzels entfernt. Hier«, er blätterte in seinen Papieren, »ein Herzogspaar fand dort seine letzte Ruhestätte. Herzog Franz Friedrich Anton und Herzogin Auguste Caroline Sophie.«

Uff, dachte Katinka. Namen sind das. Laut sagte sie:

»Von wegen letzte Ruhe.«

»Der Mörder hatte jedenfalls nicht den vollen Durchblick«, machte Hardo weiter. »Er hinterließ in dem frischen Schnee eine so deutliche Spur, dass die Kollegen direkt zum Fundort der Waffe geführt wurden.«

»Das weist auf eine Affekthandlung hin«, kombinierte Katinka. »Es sieht ungeplant aus. Hilflos, als sei der Täter von seiner Mordabsicht überrollt worden.«

»Exakt«, lobte Hardo. Wieder nistete ein kurzes Lächeln in seinem Mundwinkel. »Dagegen spricht aber …«

»...dass er eine gestohlene Waffe benutzte«, vollendete Katinka. »Das riecht nach Plan, nach Vorsatz.«

»Es sei denn, der Tote führte die Waffe mit sich, der Mörder nahm sie ihm im Streit ab.«

»Diese Variante kann es nicht sein, oder? Sonst hätten die Spuren anders ausgesehen.«

Hardo nickte.

»Seltsam«, sagte Katinka. »Nach der Tat wirft er die Waffe weg, ein Stück vom Tatort entfernt, seine Spuren verwischt er aber nicht. Also hätte er die Waffe doch gleich neben der Leiche liegen lassen können.«

»Wie man es auch dreht und wendet«, sagte Hardo, »es sieht verzwickt und unlogisch aus. Man könnte allerdings auch annehmen, dass der Täter gar kein Interesse daran hatte, die Tatwaffe effektiv verschwinden zu lassen. Die Frage wäre dann, warum nicht. Ist er so sicher, nicht entdeckt zu werden? Oder ist es ihm einfach egal?«

»Wer ist der Tote?«, fragte Katinka.

»Frank Mendel, Werbetexter. 48 Jahre alt, verheiratet, drei Kinder.«

»Was macht der nachts in einem Park?«

»Wieder eine Frage, die im Augenblick unbeantwortet bleibt. Gegen vier wurde er gefunden. Die Kollegen trafen wenig später ein. Der Tote war noch warm. Bei den Temperaturen kann er nicht lange tot gewesen sein. Schon bei Zimmertemperatur kühlt ein toter Körper in etwa ein Grad pro Stunde ab. In der Nacht hatte es ungefähr fünf Grad minus. Ich bin kein Mediziner, aber ich schätze, länger als eine halbe Stunde war der Mord nicht her, als unser Hundebesitzer vorbeikam.«

»Hat er keine Schüsse gehört?« Es war meine Waffe, dachte Katinka. O mein Gott, es war meine Waffe.

Hardo blickte in seine Akten.

»Nein. Steht nichts da. Katinka«, sagte er und faltete die Hände auf den Papieren, »wo waren Sie heute Nacht?«

»Zu Hause. Mit Tom. Er kam gegen acht. Wir trafen uns, als er aus der Fränkischen Schweiz und ich ... aus der Stadt zurückkam.«

»Ich habe es geahnt. Sie waren nochmal unterwegs?«

»Ich musste in den *Rio-Club* und checken, was da los war.«

»Ich habe Ihnen doch gesagt, ich schicke einen Kollegen hin!«

Entschuldigend hob Katinka die Hände.

»Ach, ach«, seufzte Hardo. »Man hat's nicht leicht.«

»Aber leicht hat's einen«, grinste Katinka.

»Gut. Sie kamen gegen acht heim, Ihr Freund stieß dazu. Danach?«

»Tom hat einen Hefeteig angesetzt. Wir haben gequatscht, über sein Wochenende, sind dann ins Bett gegangen und heute kurz vor sieben aufgestanden. Da saßen Sie vermutlich schon hier auf ihrem quietschenden Schreibtischstuhl.«

»Mittel für neue Möbel gibt's nicht«, erwiderte Hardo. »Gut, ich nehme das so auf. Und nun zu Ihrer Anzeige. Der Kollege Dütsch kümmert sich drum.«

Hardo griff zum Telefonhörer. Keine Minute später stand Polizeimeister Urban Dütsch in der Tür, strahlend über das ganze Gesicht.

»Frau Balfy, Sie hab ich scho lang nimmer gedroffn.«

»Morgen, Herr Dütsch«, lächelte Katinka und

drückte ihm die Hand. Dütsch sah wie immer so aus, als habe sein Körper sich nicht an die Uniform gewöhnen können und versuche sie abzustoßen wie eine Schlangenhaut. Die Mütze saß schief auf seinem rotgelockten Haar, Waffe und Pfefferspray baumelten irgendwie schwerelos an seiner Hose, die Krawatte hing lustlos auf links gedreht vor seinem Bauch. Katinka ging mit ihm, um die Formalitäten zu regeln, und klopfte dann noch einmal bei Hardo, um sich zu verabschieden.

Er telefonierte, winkte sie aber herein. Diskret blieb sie an der Tür stehen, bis er auflegte.

»Das war gerade der Coburger Kollege, Hauptkommissar Schilling.«

Katinka vermerkte den Namen in ihrem Gedächtnis.

»Wie geht's jetzt weiter?«, fragte sie.

»Sie schieben ihr Fahrrad nach Hause, und die Coburger suchen den Mörder.«

»Wie bitte?«

Hardo stand auf. Er war groß, trainiert und sportlich, trotz seines Bierbauches.

»Wir beide fangen wieder ganz von vorne an, Palfy. Sie kennen den alten Spruch. Sie ermitteln hier nicht. Ist das klar?«

»Ja, ist es«, sagte Katinka lachend. Diesmal hatte sie Oberwasser. »Das Diskussionsthema wird uns nicht ausgehen. Aber Sie haben mir nichts zu sagen. Wie Sie sagten: Zuständig ist die Polizeidirektion Coburg. Außerdem bin ich verwickelt, indem meine Beretta als Tatwaffe missbraucht wurde.«

»Ein Grund mehr, dass Sie sich raushalten. Denken Sie an das Pseudopärchen Pawlowicz. Mir gefällt der

Gedanke nicht, dass die beiden Ihnen eine Rolle zugedacht haben.«

»Sie sagen es: meine Rolle. Ich spiele mit. Geben Sie mir die Nummer von diesem Schilling in Coburg?«

Hardo sah unfroh drein.

»Wolf Schilling ist nicht Ihr Typ.«

Katinka runzelte ungehalten die Stirn.

»Was meinen Sie denn damit!«

»Er trägt handgenähte Schuhe aus Florenz und knabbert Schweizer Konfekt.«

»Das sieht so aus, als würde ich in Lumpen herumlaufen und Splittsteinchen lutschen.« Allmählich platzte ihr der Kragen. »Ich will ja keine Affäre mit ihm anfangen!«

Er sah sie einen Augenblick lang verblüfft an, dann sagte er:

»Ich weiß nicht, ob ich lachen oder weinen soll. Sie lassen die Kripo Coburg den Fall übernehmen!«

»Glauben Sie, die finden den Kerl?«

»Ich bitte Sie!« Gestikulierend kam er hinter seinem Schreibtisch vor. »Wozu sonst wäre die Polizei da?«

»Aber Hardo«, argumentierte Katinka. »Die Polizei ist eine Behörde. Das sagen Sie doch selbst immer. Da mahlen die Mühlen langsam, oder nicht? Wenn ich …«

»Machen Sie, was Sie wollen«, schnaubte Uttenreuther. »Aber allmählich gleiten Sie in den Größenwahn ab.«

»Eine einzelne Ermittlerin ist viel flexibler.«

»Ich höre wohl Sphärenklänge! In so einem Fall brauchen Sie Zuarbeiter, Hintergrundinformationen, Spezialisten, Unterstützung durch andere Behörden. Das ist kein Fall für einen allein. Das ist eine Nummer zu groß.«

»Ich rufe jedenfalls Hauptkommissar Schilling an.«

»Und daraus wird dann ein Todesritt. Ich kenne Sie.«

»Das ist meine Sache.«

Der Kommissar schob kapitulierend die Hände in die Jeanstaschen.

»Bitte. Tun Sie, was Sie für richtig halten. Aber erwarten Sie nicht, dass ich Sie aus der Kloake rausfische, wenn Sie sich verrannt haben.«

»Das würde ich Ihnen so schnell kein zweites Mal zumuten wollen«, sagte Katinka steif. »Schönen Tag.«

Sie fegte aus dem Büro, noch bevor Hardo irgendwas antworten konnte. Unten am Eingang hatte sie sich schon wieder abgekühlt. Wieso streite ich mich eigentlich mit ihm, dachte sie. Auf der Stelle kehrte sie um, lief im Sturmschritt zu seinem Zimmer zurück. Sie klopfte, schob die Tür auf.

»Ich bin's nochmal.«

»Was ist denn noch.«

Sein unversöhnlicher Tonfall ließ ihre inneren Falltüren binnen Sekunden in die Tiefe rasseln.

»Die Telefonnummer.«

Ich wollte mich eigentlich entschuldigen, dachte Katinka verzweifelt. Unfähig, nachzugeben, sah sie ihm zu, wie er ein paar Ziffern auf einen Notizzettel schrieb und ihn ihr hinhielt.

»Viel Erfolg.«

Er wandte sich wieder seinen Aufzeichnungen zu.

6. Durchschuss

»Das ist das Opfer«, sagte Hauptkommissar Wolf Schilling. »Frank Mendel.« Er nickte dem Mann im grünen Kittel zu. »Würden Sie, Dr. Weigand …?«

Katinka wappnete sich. Der Grüne zog das Laken weg. Die Leiche kam zum Vorschein, und Katinka fand den Anblick weniger schlimm als befürchtet. Tote, deren Gesichter und Köpfe unversehrt waren, schreckten sie nicht. Anders verhielt es sich mit Leuten, denen der Schädel zertrümmert oder die Gesichtshaut verätzt worden war. Kahlgeschorene Köpfe mit tiefen Wunden schockierten sie. Auch Brandwunden sahen schauderhaft aus. Frank Mendels im gleißenden Licht transparent schimmerndes Gesicht machte einen friedlichen Eindruck. Kurze, blonde, an den Schläfen schon weiße Haare klebten an seinem Kopf, über der Stirn spärlich gesät. Seine Wangenknochen zeichneten sich auffallend ab. Der Unterkiefer hing ein bisschen nach unten, was seiner Miene etwas Verblüfftes verlieh. Das heißt nichts, mahnte sich Katinka. Das ist normal. Sie wusste, dass mit dem Eintritt des Todes sämtliche Muskeln erschlafften, wodurch zuweilen verkrampft aussehende, aber auch spleenige Gesichtsausdrücke entstanden.

»Hier«, sagte Dr. Weigand und zeigte mit einem Filzstift auf die Brust des Toten. »Das war der tödliche Schuss, abgefeuert aus nächster Nähe. Das Opfer trug den Mantel offen über dem Hemd. Kein Pullover, nicht mal ein Unterhemd, und das bei der Kälte. Auf dem

Oberhemd haben wir den Abstreifring festgestellt, Sie wissen, was das ist?«

»Klar«, sagte Katinka. Ein Projektil nahm Ölreste, Schmutz- und Schmauchrückstände aus dem Laufinneren einer Pistole mit und streifte sie beim Eindringen in die Haut ab. Durchschlug das Geschoss zuerst ein Kleidungsstück, fand sich dort der Abstreifring.

»Das Projektil traf nicht ganz senkrecht auf. Deswegen haben wir einen eher ovalen Einschussdefekt. Im Schusskanal fanden wir Textilfasern vom Oberhemd, das ist logisch. Sehen Sie hier den breiten, oval verzerrten Ring? Das ist der Kontusionssaum. Er entsteht dadurch, dass das Geschoss kleinere Blutgefäße zerreißt oder quetscht.«

Katinka fror. Nicht der Anblick der Verletzung ließ sie zittern, sondern die Kälte im Seziersaal. Sie war unausgeschlafen und abgekämpft nach der Fahrt über eine eisglatte Bundesstraße in einer Schlange rutschender LKWs und fühlte sich gereizt und zappelig. Sie wünschte, Weigand würde sich beeilen. Den Gedanken daran, dass ihre Waffe den Mann vor ihr auf dem Tisch in den Tod gerissen hatte, versuchte sie in diesem Augenblick zu verdrängen.

»Klaus, pack mal an!«

Ein Helfer kam aus dem Nebenraum und drehte mit Dr. Weigand die Leiche zur Seite.

»Hier sehen Sie die Ausschussöffnung«, erklärte der Arzt. »Wie üblich ist sie größer als die Einschussöffnung. Sie verrät uns, in welchem Winkel der Täter die Waffe hielt.«

Hauptkommissar Schilling nickte bestätigend. Er trat von einem Bein auf das andere, ruckte am Revers seines Mantels. Alle paar Minuten nahm er seine Lesebrille ab, setzte sie wieder auf, beugte sich über die Leiche, hielt inne, nahm die Brille ab, klappte die Bügel ein und wieder aus, setzte die Brille erneut auf. Seine Unruhe übertrug sich auf Katinka. Sie betrachtete die zerdrückte Haut auf dem Rücken des Opfers. Weigand hatte mit seinem dicken schwarzen Filzstift irgendetwas Unleserliches neben die Ausschussöffnung gekritzelt.

»Das Geschoss raste durch den linken Lungenflügel, zerriss dabei die Lungenarterie. Der Mann ist relativ schnell verblutet. Bei Verbluten tritt der Tod eigentlich durch den Sauerstoffmangel ein, wenn infolge des Blutverlustes die einzelnen Organe nicht mehr ausreichend mit Sauerstoff versorgt werden. Der Sauerstoff wird von den roten Blutkörperchen transportiert«, fügte er mit einem Blick auf Schilling hinzu. »Der Todeszeitraum liegt zwischen drei und halb vier in der Früh, würde ich sagen.«

»Aber zunächst ist Mendel angeschossen worden, oder?«, fragte Katinka. Es gefiel ihr nicht, dass ein Mensch namenlos wurde, wenn er als Mordopfer auf dem Arbeitstisch des Rechtsmediziners landete und fortan als ›das Opfer‹, ›der Tote‹ oder ›der Mann‹ geführt wurde.

»Ganz recht.« Dr. Weigand wirkte wie ein vom täglichen Frust noch unverdorbener Lehrer, der sich über die Zwischenfrage einer besonders intelligenten Schülerin freute. »Hier, sehen Sie sich den Arm an. Nur ein Kratzer, eine längsovale Verletzung. Nichts Dramatisches! Verstehen Sie, der Mann wurde angeschossen, aus weiter Entfernung.«

»Ich vermute«, unterbrach Schilling, »dass dieser Schuss schon tödlich hätte sein sollen, dass der Mörder aber einfach nicht getroffen hat. Er stand zu weit weg, wie wir an den Spuren im Schnee sehen können. Mehr als fünfzig Meter.«

»Ja, ja«, nahm Dr. Weigand den Faden wieder auf. »Das Opfer war schockiert, hielt sich den Arm, musste erst verstehen, was mit ihm passiert war. Währenddessen kam der Mörder aus der Deckung …«

»… trat nahe an das Opfer heran und feuerte den zweiten Schuss ab.« Schilling schaltete sich dazwischen, als habe er Angst, nicht mehr an die Reihe zu kommen.

»Er hat aus circa dreißig Zentimetern Entfernung auf das Opfer gezielt und es auch getroffen. Dann ist es ja keine Kunst mehr«, bestätigte Weigand.

»Eine Frage«, sagte Katinka schnell. »Hat der Täter das Magazin aus der Waffe genommen, bevor er sie weggeworfen hat?«

»Nein«, erwiderte Schilling. »Zwei Schuss fehlen. Das Magazin ist drin.«

Katinka nickte. Das beruhigte sie immerhin.

»Ah, ich verstehe«, kam es von Weigand. »Sie meinen, der Mörder könnte noch andere Leute auf dem Gewissen haben? Tote, von denen wir nichts wissen?«

»Zum Beispiel«, murmelte Katinka.

Sie bedankte sich bei Dr. Weigand und verließ den Seziersaal.

»Frau Palfy!« Schilling kam flott hinter ihr her. Seine Absätze markierten ein entschlossenes Stakkato, das Klacken hallte von den gekachelten Wänden wider. »Warten Sie mal!«

Sie drehte sich um und versuchte es mit einem Lächeln. Tatsächlich hatte Hardo seinen Kollegen passend beschrieben. Schilling war aufs eleganteste gekleidet, mit einem in schokoladenbraunen Tönen changierenden Wollmantel, schicken Lederschuhen in der gleichen Farbe und einem Anzug inklusive Weste in Rauchblau, aufgepeppt durch eine altrosa schimmernde Krawatte. Katinka dachte kurz an Kommissar Uttenreuthers ewigen Jeans und karierten Holzfällerhemden. Und an diesen blödsinnigen und unnötigen Streit.

»Es wäre gut, wenn sie nochmal zu uns ins Büro kommen.«

»Das wollte ich auch gerade vorschlagen«, sagte Katinka. »Ich kenne mich bloß nicht aus. Am besten fahre ich Ihnen nach.«

Mittlerweile waren die Temperaturen gestiegen. Der Schneematsch verwandelte sich in braune Pampe, feine Regentropfen sprühten aus den grauen, tiefhängenden Wolken wie aus einem defekten Duschkopf.

Katinka stieg in ihr Auto und wartete, bis Schilling sich vor ihr in den Verkehr einordnete und seinen Peugeot die Muskeln spielen ließ. Es war mittlerweile nach eins, sie hatte nicht gefrühstückt. Ihr Magen knurrte. Sie folgte Schilling auf den Parkplatz hinter dem majestätischen, rotbraunen Gebäude der Polizeidirektion.

Schillings Büro glänzte vor Sauberkeit und war aufgeräumt wie ein zum Einzug bereites Hotelzimmer.

»Frau Palfy«, sagte Schilling, half ihr galant aus dem Mantel und hängte ihn neben seinen in den Spind in der Ecke. »Um noch einmal auf Ihre Anfrage zurückzukommen. Wir ziehen keine Außenstehenden zu den Ermittlungen hinzu.«

»Das habe ich befürchtet«, nickte Katinka.

»Kaffee?« Schilling setzte eine Espressomaschine in Betrieb, grüne und rote Kontrollleuchten flackerten auf. Ein leises Summen erklang, das Hightechorchester stimmte die Instrumente. »Mit Milch? Ohne? Café Crème? Cappuccino? Zucker oder lieber Süßstoff?«

»Sie haben ja eine richtige Kaffeebar hier!«

»Nicht wirklich.«

Das ist auch so ein neuer Ausdruck, dachte Katinka. Statt *nein* sagt man *nicht wirklich*. »Cappuccino, ohne Zucker bitte.«

»Sehen Sie«, begann Schilling, während er konzentriert mit dem ausgestreckten Mittelfinger auf ein paar Tasten tippte, »die amtlichen Wege müssen wir einhalten. Obwohl mich Ihre Fachkenntnis positiv stimmt, muss ich sagen.«

Im Innern der Maschine knackte es. Katinka überlegte kurz, wen er erwartet hatte, nachdem sie sich am Morgen telefonisch bei ihm gemeldet hatte. Eine schwarzweiß gefleckte Kuh vermutlich.

»Ich kann Ihre Gründe nachvollziehen«, sagte sie. »Immerhin haben Sie Ihre Vorschriften einzuhalten.«

»Exakt«, bekräftigte Schilling zufrieden, während das Kaffeeraumschiff schwarze Flüssigkeit in eine Ritzenhofftasse sprühte. Er zirkelte einen Löffel auf eine Untertasse und wartete mit wippenden Zehenspitzen auf den Milchschaum. »Sie sind schon länger im Geschäft?«

Katinka machte sich nichts vor. Selbstverständlich hatte Schilling sie überprüft. Um seine Eitelkeit zu befriedigen, sagte sie einfach:

»Genau. Seit gut zweieinhalb Jahren.«

»Schön, schön.« Er setzte seine Lesebrille auf, um den Kakao punktgenau auf die Milchkapuze zu stauben.

»Voilà«, sagte er und positionierte die Tasse vor Katinka. Ein betörend würziger Duft stieg auf.

»Wunderbar«, lobte sie. Allein das Aroma belebte

ihre Nervenenden, noch bevor der Kaffee ihren Magen, geschweige denn das Koffein ihr Gehirn erreicht hatte. »Ich bin einigermaßen anspruchsvoll, was Kaffee betrifft«, fügte Katinka hinzu. »Ursprünglich stamme ich aus Wien. Jedenfalls habe ich meine frühe Kindheit dort verbracht. Aber das wissen Sie sicherlich.«

Schilling, der nun aufmerksam durch die Brille spähend den zweiten Cappuccino produzierte, sah auf. In seinen Augen spiegelte sich Überraschung, aber auch eine gewisse Amüsiertheit, so als sehe er einem Magier zu, dessen Kunststücke er zwar kannte, von denen er sich aber immer wieder gern bezaubern ließ. Er balancierte seine Tasse zum Schreibtisch und nahm Katinka gegenüber Platz.

»Sie haben Frank Mendel nicht gekannt?«

Katinkas Magen knurrte böse.

»Nein. Ich habe den Namen heute zum ersten Mal gehört.«

»Er arbeitete in einer Werbeagentur«, erläuterte Schilling. »*Agentur Fenering – Text und Design.*«

»Fenering? Der Name des Inhabers?«

»Und Gründers. Dort wird nicht nur Werbung gemacht, sondern auch PR für größere Unternehmen, vornehmlich aus dem Dienstleistungsbereich. Außerdem kann man sich an die Agentur wenden, wenn man einen Ghostwriter sucht.«

»Einen Ghostwriter?«

Wieder randalierte Katinkas Magen. Schilling stand auf, streckte den Kopf aus der Tür und rief etwas. Dann kam er zurück und sagte:

»Meine Sekretärin bringt Ihnen etwas zu essen. »

Katinka musste sich konzentrieren, um nicht rot zu werden. Gleichzeitig wunderte sie sich, dass die meisten

Menschen, denen sie bei der Polizei begegnete, immer so schnell um ihr leibliches Wohl besorgt waren. Es konnte natürlich auch sein, dass ihr permanentes Magenknurren den Kommissar in seiner Konzentration störte.

»Wo waren wir? Ach ja, Ghostwriter. Das scheint ein einträgliches Geschäft zu sein. Ich habe vorhin, bevor wir uns trafen, mit dem Chef der Agentur gesprochen. Edgar Fenering. Er hat selbst ganz klein begonnen. Sie werden lachen, wenn Sie hören, womit: als Ghostwriter.«

Die Tür öffnete sich und eine Frau im Kostüm kam herein und stellte Katinka einen Teller mit Keksen hin.

»Danke«, sagte Katinka verdutzt.

»Probieren Sie mal, echte Coburger Schmätzchen. Unser Hofgebäck, das haben schon die Monarchen zu schätzen gewusst.«

Der süße, würzige Geruch nach Zimt, Nelken und vielen anderen Herrlichkeiten aus der Backstube ließ ihr das Wasser im Mund zusammenlaufen. Die Sekretärin nickte freundlich, und Schilling grinste wie ein Honigkuchenpferd.

»Tja, die Herzöge haben der Stadt nicht nur fantastische Bauwerke hinterlassen, sondern auch kulinarische Köstlichkeiten.«

Es klopfte an der Tür. Ein blonder Lockenkopf wurde sichtbar, und eine fröhliche Frauenstimme rief:

»Wolf, hast du …? O, Entschuldigung. Ich komme später wieder.«

Schilling schickte ein Lächeln durch den Raum. Ein Lächeln, das man nur für bestimmte Menschen locker macht. Olàlà, dachte Katinka und knabberte an ihrem Schmätzchen.

»Sie haben doch Geschichte studiert«, sagte Schilling nun und sah Katinka über den Rand seiner Brille an. »Und Archäologie außerdem. Sicher kennen Sie die historischen Verwicklungen unserer bedeutenden europäischen Stadt.«

Katinka wiegte den Kopf, schluckte ihren Bissen hinunter und sagte:

»Nicht mehr in allen Einzelheiten. Aber Sie haben Verwandtschaft in den Königshäusern ganz Europas: in England, Bulgarien, Schweden, Belgien …«

»Nun, nicht ich. Aber das Coburger Herzogshaus. Sicher. Nicht zu vergessen Portugal und außerdem die Romanows. Ein Enkel von Katharina der Zweiten heiratete die Coburger Prinzessin Juliane, was allerdings mehr als zweihundert Jahre her ist. Zurück zu Mendel.«

Katinka rief ihre Gedanken zur Ordnung.

»Mendel arbeitete als Texter in der Agentur?«

»Genau. Er hat eine Frau und drei Kinder, die alle noch zur Schule gehen.«

Katinka wartete ab. Schilling streute seine Informationen so präzise und sparsam wie den Kakao auf den Cappuccino. Sie nahm sich noch ein Schmätzchen und fragte:

»Gibt es Hinweise auf Drogengeschichten im Umfeld?«

Schilling musterte Katinka einen Moment, dann sagte er:

»Sie fragen wegen der K.o.-Tropfen, die Ihnen verabreicht wurden? Bisher haben wir nichts, was in diese Richtung weisen würde. Aber die Ermittlungen haben erst angefangen.«

»Können Sie den Täter mit Hilfe der Spuren identifizieren, die er hinterlassen hat?«

»Leider ist die Antwort nein.« Schilling lehnte sich zurück und zupfte Hautfetzen von seinem kleinen Finger. »Es schneite die ganze Nacht. Da war nichts mehr mit Schuhabdrücken. Außer, dass der Täter weder sehr kleine noch sehr große Füße gehabt haben kann!«

»Haben Sie der Ehefrau die Nachricht überbracht?«

»Selbstverständlich«, sagte Schilling.

Katinka wartete darauf, dass er anführen würde, wie scheußlich und dramatisch jene Situationen sich abspielten, dass er sie als eine der schlimmsten Verpflichtungen in seinem Beruf erfuhr und so weiter. Doch er sagte einfach nichts mehr.

»Was ist … mit den Kindern?«

»Die waren schon in der Schule.« Schilling betrachtete seine Fingernägel und riss den Blick nur ungern los. »Gut, Frau Palfy. Sie sind erreichbar, wenn wir Sie brauchen?«

»Natürlich«, sagte Katinka schnell. »Über das Handy jederzeit, Tag und Nacht. Könnte ich …«

»Dann werde ich mich jetzt wieder an die Arbeit machen«, fuhr Schilling fort. »Schönen Tag. Sehen Sie sich die Stadt an! Besonders beeindruckend ist die Festung. Ich streife einmal im Monat durch die Kunstsammlungen, ob Sie es glauben oder nicht. Allein die Glassammlung ist beeindruckend.« Schilling stand auf. »Ach ja, und dann ist da noch das erste Wasserklosett Europas, zu besichtigen im ehemaligen Schlafzimmer Queen Victorias in der Ehrenburg.«

Katinka verzog das Gesicht. Wüsste sie es nicht besser, hielte sie Schillings Bemerkung für einen Scherz.

»Wann bekomme ich meine Waffe wieder?«

»Wird nicht mehr lange dauern. Ich melde mich bei Ihnen.«

Katinka zögerte. Ohne Pistole fühlte sie sich unvollständig und angreifbar. Ihr fehlte der beruhigende Druck des Metalls unter der Schulter.

Der Kommissar nahm Katinkas Mantel aus dem Spind. Sie stand auf, ließ sich ladylike hineinhelfen und griff nach ihrem Rucksack.

»Danke, Herr Hauptkommissar. Sie haben sicher nichts dagegen, wenn ich mich mal bei Ihnen melde?«

Er nahm die Brille ab, klappte die Bügel ein und reichte Katinka die Hand. »Wann immer Sie wollen. Einen schönen Tag.«

7. Plauderstunde mit Edith

Montag, 10. 1. 2005, 15:45 Uhr

Katinka parkte ihr Auto auf dem Großparkplatz am Anger und schlenderte ins Zentrum. Der Weg führte sie unter einem monumentalen Stadttor hindurch. Sogar Teile der alten Stadtmauer waren zu sehen. Auch hier überall Schneematsch, braun vom Salz, durchsetzt mit Splitt. Ich sollte im Sommer hierher kommen, dachte Katinka. Das ist bestimmt eindrucksvoller.

Windstöße zerrten ihr an den Haaren und griffen mit langen, eisigen Fingern unter Mantel und Schal. Die Temperaturen zogen wieder an. Katinka wandte sich nach links und kam an der Bäckerei vorbei, die sich als der herzogliche Hoflieferant bezeichnete, mit Stolz auf das Gründerdatum 1892 verwies und Coburger Schmätzchen in verschiedenen Variationen anbot. Katinka kaufte eine Tüte und stiefelte durch den Matsch weiter zum Marktplatz.

Ein kleinstädtisches Schmuckstück tat sich vor ihr auf, eine Pralinenschachtel geradezu. In der Mitte präsentierte sich ein gleichgültiger Prinz Albert mit Schneemütze auf dem Kopf. Im Hintergrund stand das Stadthaus. Es gefiel Katinka sofort, leuchtend rot und weiß, mit herrlichen Erkern, von den Konsolen guckten Tierköpfe auf sie herunter. Geschichte ist nichts anderes als Symbolik und Fantasie, dachte Katinka und konnte den Blick nur schwer von den Verzierungen und allegorischen Darstellungen wenden. Angezogen von dem blauen Rauch und dem umwerfend guten Geruch kaufte sie sich eine Coburger Bratwurst am Stand auf dem Platz.

Obwohl sie fror und müde war vom Chaos des Tages, wollte sie sich nicht in ein Café setzen. Es wurde schon wieder dunkel.

In einer Telefonzelle blätterte Katinka nach der Agentur Fenering und notierte die Adresse. Den nächstbesten Passanten fragte sie nach der Alexandrinenstraße. Sie ging zurück in die Richtung, aus der sie gekommen war, hielt sich dann links und bog beim Kongresshaus in den Rosengarten.

Wind kam auf, kalt und trocken, und kündigte neuen Schnee an. Zwischen den verschneiten Blumenbeeten wartete die Dämmerung. Katinka war ein wenig unheimlich, als sie den Park durchquerte und an der Längsseite eines der Tore suchte, die auf die Alexandrinenstraße führten. Niemand war unterwegs. Ines Pawlowicz' Gesicht blitzte in ihrem Kopf auf, der Farmerhut des angeblichen Henryk Pawlowicz. Sie sah sich auf der Schleusenmauer sitzen und schlug instinktiv, wie zum Schutz gegen böse Mächte, den Mantelkragen hoch. In der Hecke kauerten Schatten. Jenseits fuhr ab und zu ein Auto vorbei, im Schritttempo, von der anderen Seite summten die Geräusche der Stadt zu ihr herüber, sie hörte deutlich das Wischen von Autoreifen auf nassem Asphalt. Katinka ging schneller, schob die Hände in die Manteltaschen. Ganz schlecht, meldete sich ihr Gewissen. Mit den Händen in den Taschen ist keine schnelle und damit effektive Selbstverteidigung möglich. Das lernst du in jedem Training als erstes. Sie zog die Hände wieder heraus, versuchte ohne großen Erfolg, die Finger mit ihrem Atem warmzupusten. Es ist alles in Ordnung, redete sie sich ein. Alles ist in Ordnung. Ich bin nur nervös, weil mir die Waffe fehlt.

Irgendwo begannen Kirchenglocken zu läuten, hell, fröhlich. Aus dem Dämmerlicht weiter hinten im Rosengarten löste sich ein Schatten und kam in ihre Richtung.

Sie entdeckte ein Tor im Zaun, machte ein paar Schritte auf die Straße hinaus. Ihr Atem ging schnell, jetzt trat ihr der Schweiß auf die Stirn. Die Laternen warfen mattes Licht auf die Straße. Sie sah glatt aus, und Katinka schlitterte auf die andere Seite hinüber. Ein kurzer Blick über die Schulter. Niemand folgte ihr.

Beeindruckende Villen säumten den Gehweg, ausgedehnte Gärten, alter Baumbestand. Arztpraxen hatten sich hier breitgemacht, und schließlich, von einem beleuchteten Schild angekündigt, auch die Agentur Fenering. Das Haus lag im Dunkeln, lediglich im Erdgeschoss leuchteten die Fenster hell in die Nacht.

Katinka ging den kurzen, steilen Weg bis zur Eingangstür. Über einen Bewegungsmelder schaltete sich die Außenbeleuchtung ein. Sie drückte gegen die Tür. Verschlossen.

Nachdenklich trat sie ein paar Schritte zurück, und überlegte, ob sie klingeln sollte. Ein Auto fuhr vorbei, langsam, dann beschleunigend. Katinka sehnte sich nach ihrer Pistole, noch mehr nach ihrem Auto. Am allermeisten nach einem kuscheligen Bett inklusive einer Wärmflasche. Ihre Füße mutierten zu Eisklumpen.

Ich habe hier nichts verloren, dachte sie, ich kann jederzeit und sofort heimfahren, Schilling und Kompagnons den Fall lösen lassen. Kommissar Harduin Uttenreuther hätte seine helle Freude an der gehorsamen Katinka Palfy.

Der Gedanke genügte, um sie in Rage zu bringen. Noch kannte sie den Zusammenhang zwischen ihrem Knockout und dem Mord an Mendel nicht, aber womöglich warteten die ersten Fäden hier in der Agentur Fenering, und die würde sie nun aufnehmen und sich nicht von der Winterdunkelheit und klackernden Absätzen in der hereinbrechenden Nacht aus dem Konzept bringen lassen.

Die Schritte erklangen knapp hinter ihr. Sie fuhr herum, automatisch lag ihre Hand schon am Holster. Vergessen. Da war keine Beretta.

»Hier arbeitet heute niemand mehr!«, sagte eine Frauenstimme.

Katinka ließ ihren Atem sachte durch die Zähne entweichen.

»Ach so?«, fragte sie. Der Dialekt der Frau klang ganz und gar nicht Fränkisch, er klang mehr nach jenem oft verunglimpften Singsang von jenseits des Thüringer Waldes. Anders als den meisten gefiel er Katinka außerordentlich gut.

»Die sind alle aus dem Häuschen, wegen ...«, die Frau senkte die Stimme und sah sich hektisch um, »dem Mordfall.«

»Ähm«, machte Katinka. »Aber es brennt doch Licht.«

»Das ist nur die Putzfrau. Aber morgen, sehr früh, schon gegen sieben, sind die ersten wieder an Deck.«

»Woher wissen Sie das denn so genau?«

Die Außenbeleuchtung erlosch. Katinka ruderte mit den Armen, um den Bewegungsmelder zu aktivieren. Sie betrachtete ihre Gesprächspartnerin im aufflammenden

Licht. Eine rundliche Frau um die fünfzig, die in ihrem zu engen Lodenmantel aussah wie in einen Teppich eingerollt. Ihr kurzes Haar stand temperamentvoll vom Kopf ab. Eine schmale, goldgefasste Brille saß vorwitzig auf ihrer Nase.

»Mein Mann arbeitet hier. Ich wollte gerade schauen, ob er noch da ist. Er geht mal wieder nicht ans Handy. Ich frage mich, wozu wir die monatliche Telefonrechnung eigentlich abdrücken.« Sie wühlte in einer bauchigen Handtasche herum.

»Ja, mobil telefonieren ist teuer«, stimmte Katinka zu. »Aber Sie sagten doch gerade, es sei niemand mehr hier?«

»Udo musste bloß seine Krankmeldung reinreichen. Die Polizei hat alle vernommen! Alle Kollegen, stellen Sie sich das vor.«

»Das ist hart.«

»Sein Herz macht das nicht mit. Besser, sich krankschreiben zu lassen, bei seinen Cholesterinwerten.«

Uff, dachte Katinka. Wieder ein vollgefressener Hypochonder, der die Kosten des Gesundheitswesens in die Höhe treibt.

Die Dame stieg die Treppen zur Eingangstür hoch und klingelte. Es dauerte geraume Zeit, bis eine junge Frau mit einer Staubsaugertüte in der Hand öffnete und ängstlich hinauslugte.

»Lisa, ich bin's.«

Katinka trat ein paar Schritte näher.

»Ich wollte bloß schauen, ob Udo noch da ist.«

»Ist niemand da«, sagte Lisa. Katinka fiel der slawische Akzent auf.

»Hat er seine Krankmeldung vorbeigebracht?«

»Ich weiß nicht«, antwortete Lisa und sah unglücklich drein. »Ich habe niemand gesehen. Ich muss Tür zumachen. Entschuldigung.«

Sie rammte die Tür ins Schloss, der Schlüssel wurde zweimal umgedreht.

Katinkas Abendbekanntschaft seufzte.

»Es wundert mich nicht, dass sie alle Angst haben und Gespenster sehen«, sagte sie. »Ach, verzeihen Sie, ich habe mich gar nicht vorgestellt. Mein Name ist Edith Hartmann.«

»Katinka Palfy«, entgegnete Katinka und drückte den Lederhandschuh ihres Gegenübers.

»Es wird Ihnen nichts anderes übrigbleiben, als morgen wiederzukommen. Wie gesagt, die fangen hier sehr früh an zu arbeiten.«

»Ich bin eigentlich keine Kundin. Ich ... kannte Frank Mendel von früher. Kaum zu glauben, was passiert ist.«

»Nicht wahr!« Edith Hartmanns Augen funkelten. »So ein anständiger Mensch. Was für eine Tragödie. Und seine arme Frau ...«

»Eben«, bestätigte Katinka. »Und die Kinder.«

»Wie ich sage, eine Tragödie.«

Edith Hartmann zögerte einen Augenblick, dann fragte sie:

»Wenn Sie Frank gekannt haben ... sollten wir nicht einen Kaffee trinken? Gleich dort drüben, im Kongresshaus, ist ein Restaurant.«

»Gerne, natürlich«, sagte Katinka. Sie war durchgefroren und müde, musste aufs Klo und sehnte sich nach einer Atempause.

Edith Hartmann marschierte vor ihr her, lotste Katinka durch das Seitentor in den Rosengarten und plauderte dabei unaufhörlich.

»Alles sieht so tot aus um diese Jahreszeit. Ich lamentiere schon seit November, mein Mann kann's nicht mehr hören. Wie ich mich nach Blumen und Farbe sehne, das können Sie sich gar nicht vorstellen.«

»Doch!«, rief Katinka nach vorne. Sie kam kaum nach. »Mir geht es genauso.«

»Ich meine, vor Weihnachten ist ja noch alles im Rahmen, alle sind abgelenkt, Weihnachtsgeschenke besorgen, Menüs ausarbeiten und was weiß ich. Aber jetzt ... bedenken Sie, Frau Palfy, das geht noch so bis April!«

Davon wollte Katinka lieber nichts hören. Dankbar betrat sie hinter Edith Hartmann das Restaurant.

»Kommen Sie, wir setzen uns ans Fenster. Zwar sehen Sie jetzt nicht besonders viel. Sie müssen sich vorstellen, im Frühling sprudelt hier ein Springbrunnen, man kann seinen Kaffee auf der Terrasse nehmen und all die herrlichen Rosen bewundern.«

Katinka schlüpfte aus ihrem Mantel, legte ihn achtlos über eine Stuhllehne und setzte sich. Sie war mit Edith Hartmann so gut wie allein in dem riesigen Raum, ein Pärchen saß weiter hinten, still und ausgelaugt wie am Ende eines zu lange währenden, monotonen Streits. Sie bestellte einen Milchkaffee, Edith Hartmann orderte zwei Cognacs. Sie kannte den Kellner anscheinend, die beiden blinzelten sich zu.

»Nur zum Aufwärmen«, sagte Edith freundlich. »Sie sehen ganz schön durchgefroren aus.«

»Bin ich auch«, gab Katinka zu. »Aber ich muss noch fahren.«

»Sie stammen nicht aus Coburg?«

»Nein. Ich bin nur wegen Frank Mendel hergekommen. Er war doch ganz beliebt in der Agentur, oder?«

Edith Hartmann legte die Getränkekarte beiseite, rückte an ihrer Brille und sagte:

»Beliebt? Es würde ja ins Bild passen, wenn er Ihnen gegenüber alles so hingestellt hätte, als wäre er der geschätzte Kollege. Aber dem ist nicht so.«

Sie begann, in ihrer Handtasche zu kramen. Ein Modell wie aus den Fünfzigern, dachte Katinka, die werden jetzt wieder modern.

»Nicht?«

Edith Hartmann verzog das Gesicht zu einem spöttischen, ironischen Lächeln.

»Sehen Sie, Sie wären nicht die Erste, die auf Mendels charmantes Balzen reinfällt.«

Katinka wurde rot, lächelte dann jedoch, um Ediths Solidargefühle anzuzapfen.

»Machen Sie sich nichts draus, schließlich sind wir alle schon mindestens einmal betrogen worden. Mendel hatte mit den meisten Frauen in der Agentur was laufen«, sagte Edith Hartmann, förderte endlich ein Taschentuch zutage, schnäuzte sich und fuhr sich mit dem Finger unter den Rollkragen, als sei ihr zu warm. »Sogar mit der Frau vom Chef. Besser gesagt, der Ex-Frau vom Chef.«

Frau Hartmann redete mit Genuss. Während sie erzählte, bewegte sie Hände und Finger in einem ununterbrochenen Furioso, weniger anmutig als temperamentvoll. Beinahe stieß sie einen der Cognacschwenker um, die der Kellner auf den Tisch stellte. Wieder knisterte es verschwörerisch zwischen den beiden.

Katinka probierte von der bernsteinfarbenen Flüssigkeit. Sofort stieg ihr der Alkohol zu Kopf.

»Frau Fenering?«

»Richtig. Und nicht nur mit ihr. Wie gesagt, mit den meisten.«

»Dann wäre doch Eifersucht ein plausibles Motiv.«

»Das können Sie abhaken. Sowas gibt es doch heute nicht mehr. Männer, die einen Rivalen mit einer Pistole umnieten?« Energisch schüttelte Edith Hartmann den Kopf. »Edgar, der Inhaber der Agentur, würde sowas schon gar nicht tun.«

»Nein?«

»Würde er wirklich nicht.« Edith Hartmann schleckte ihren Cognac wie Softeis. »Edgar ist doch nicht so blöd, seinen besten Texter zu erschießen. Er ist übrigens der Einzige aus der Agentur, der für die Zeit des Mordes ein Alibi hat. Soviel ist durchgesickert. Er war in Frankfurt, stand bis spät nachts mit Kunden an der Hotelbar.«

Katinka schob behutsam den Cognac in die Mitte des Tisches. Es sähe eigenartig aus, wenn sie nun ihr Notizbuch zücken und mitschreiben würde. Bleib dran, mahnte sie ihr Gedächtnis. Konzentrier dich. Mach's wie Hardo. Der speichert auch alles in seinem Kopf.

»Ist Ihr Mann auch Texter?«

»Graphiker. Mendel und mein Mann bilden – bildeten – ein zentrales Team innerhalb des kreativen Personals, vor allem, seitdem Peter Gruschka gegangen ist. An den beiden ging kein großer Auftrag vorbei.«

Peter Gruschka, diktierte Katinka ihrem Gedächtnis. Laut fragte sie: »Wer ist das?«

»Hat Mendel Ihnen nie von ihm erzählt? Gruschka ist auch Texter. Ein guter«, fügte Edith Hartmann an. Ihr Blick verlor sich für einen Moment in dem Cognacschwenker. Dann nahmen ihre Hände die Dirigentengestik wieder auf. »Er verließ die Agentur vor nicht allzu langer Zeit, machte sich selbständig. Ganz schön mutig«, lächelte sie. »In der heutigen Zeit.«

»Ein Konkurrent für Frank?«

Katinka griff zu ihrem Kaffee, die Tasse mit beiden Händen umfassend.

»Wie man es nimmt. Jedenfalls hat er ein paar Kunden mitgenommen.«

»Geht sowas in der Werbebranche?«

»Ja, das geht. Aber Peter ... Peter Gruschka arbeitete in den letzten Jahren vorwiegend als Ghostwriter. Inzwischen hat er ausreichende Kontakte, um alleine zu neuen Aufträgen zu kommen. Mendel hatte auch so ein Geisterprojekt laufen, neben einer Werbekampagne für das hiesige Landestheater.«

»Aha.«

»Udo, also mein Mann, und Mendel arbeiteten gemeinsam an dem Projekt. Es geht um die Spielzeit 2005/2006. So ein Theater muss sein Publikum neuerdings akquirieren, finanziell sieht es nicht rosig aus im Kulturbereich. Die Agentur Fenering soll für bessere Besucherzahlen sorgen. Aber nun, da Mendel nicht mehr mitmachen kann ...«

»Die Agentur muss doch auch andere Texter beschäftigt haben«, wunderte sich Katinka.

»Das schon, Frau Palfy.« Vertrauensvoll beugte sich Edith Hartmann vor. »Doch wer das Zeug und die Klasse hat, ist unbezahlbar für einen Chef. Insbesondere für einen anspruchsvollen Chef. Und so einer ist Edgar Fenering.«

»Anspruchsvoll?«

»Er verlangt ungeteilten Einsatz für den Job. Es wunderte mich, dass er Mendels Nebentätigkeit als Ghostwriter auf eigene Rechnung so ohne weiteres akzeptierte. Er fordert absolutes Engagement, Loyalität und Fleiß.« Sie trank ihren Cognac aus und fügte hinzu:

»Also konnte er doch gar keinen besseren bekommen als Mendel!«

Katinka nickte, als verstünde sie nun alles besser. In Wirklichkeit wirbelten die Rotorenblätter eines Armeehubschraubers in ihrem Kopf herum. Hier bekam sie bündelweise lose Enden geliefert, Hinweise, die berühmten Zaunpfähle, die nun in eine Ordnung gebracht und eingerammt werden wollten. Sie hatte nur nicht die leiseste Ahnung, wie.

»Hatte Frank Mendel in der Agentur eigentlich wirkliche Vertraute? Außer Ihrem Mann?«

»Dass Udo ein Vertrauter von Frank gewesen wäre, bezweifle ich«, seufzte Edith Hartmann. »Mendel hatte so etwas Leichtlebiges an sich.« Sie presste die Lippen zusammen und schwieg.

»In Sachen Frauen?«

»Auch in Sachen Geld!« Edith Hartmann bestellte sich ein Mineralwasser. »Schade um ihn. Seine Frau macht jetzt allerdings Gewinn.«

»Wie bitte?«

»Ach, hat Mendel Ihnen das gar nicht gesagt?« Edith Hartmanns Gesichtsausdruck verriet für einen Moment Argwohn. »Sie wissen aber nicht viel über Ihren Bekannten. Er wollte sich scheiden lassen.« Ihr Blick wurde umgehend weicher. »Maria brauchte wohl sehr lange, um Franks Affären hinzunehmen. Aber bevor es nun zu einer Scheidung kommt, ist sie Witwe und erbt. Und sie ist ja jemand, der genau weiß, wofür man Geld ausgeben kann, o ja.«

Der Kellner brachte das Wasser. Er drehte sein linkes Handgelenk vor Ediths Augen hin und her und deutete vielsagend auf seine Uhr.

»Schon gut. Wir bleiben nicht mehr so lange.«

Uff, dachte Katinka. Sie versuchte, durch die Panoramascheibe in die Nacht hinauszusehen, erkannte aber nur sich selbst und Edith Hartmann, die nun schweigend ihr Mineralwasser trank.

»Steckt eine andere Frau dahinter?«, wollte Katinka wissen. »Will er eine andere heiraten?«

»Erraten. So sind sie, die Männer.« Edith Hartmann lachte ihr klares, fröhliches Lachen.

»Wen denn?«

»Ein flippiges Mädchen, Ende zwanzig, also um einiges jünger als Mendel. Alissa Herbst heißt sie.«

Katinka suchte ihren Geldbeutel heraus und winkte dem Kellner.

»Wissen Sie, für wen Frank Mendel im Augenblick als Ghostwriter tätig war?«

»Nein, keine Ahnung. Aber seine Frau müsste das wissen. Oder Alissa. Ja, eher Alissa.«

»Naja, ist ja auch nicht so wichtig«, sagte Katinka angelegentlich und zahlte. »Ich muss weiter. Es war nett, mit Ihnen gesprochen zu haben.«

Edith Hartmann lächelte und bestellte sich noch einen Cognac. »Wiedersehen, Frau Palfy. Hat mich gefreut.« Als Katinka sich an der Tür nach ihr umsah, sah sie das Funkeln in Edith Hartmanns Augen.

8. Zwei Frauen

Montag, 10. 1. 2005, 18:15 Uhr

Draußen hatte es zu schneien begonnen. Feine, zarte Flocken fielen dicht an dicht. Katinka klapperten die Zähne, als sie in die Kälte trat. Sie überquerte die Straße im Laufschritt, ohne an der Ampel auf Grün zu warten. Gleich beim Großparkplatz am Anger fand sie die nächste Telefonzelle. Alissa Herbst war inklusive Adresse eingetragen. Probstgrund, dachte Katinka. Komischer Name für eine Straße.

Sie hielt ein Taxi an. Der Fahrer klemmte schlecht gelaunt hinter dem Steuer. Katinka spürte, dass er einen Umweg fuhr, sagte aber nichts und bezahlte schweigend sieben Euro fünfzig.

Auf ihr Klingeln öffnete eine schmale, dunkelhaarige Frau. Katinka schätzte sie auf Ende zwanzig.

»Alissa Herbst?«

»Ja, bitte?«

»Katinka Palfy.« Katinka fummelte nach ihrer Lizenz, aber Alissa winkte ab.

»Kommen Sie rein.«

Sie führte Katinka in eine kleine, gemütlich eingerichtete Wohnung. Katinka fielen Stapel leerer Umzugskartons auf.

»Ziehen Sie aus?«, fragte sie.

»Ich wollte, ja. Frank und ich wollten … Aber daraus

wird ja jetzt wohl nichts. Dabei habe ich die Wohnung hier schon gekündigt.«

Katinka fielen Alissas rote Lidränder auf, die zerdrückte Kleidung, das zerzauste Haar.

»Entschuldigen Sie, wenn ich störe, aber …«

»Schon o.k. Wann kann Frank beerdigt werden?«

»Das … weiß ich nicht.«

»Ach. Sie sind nicht von der Polizei?«

Feindselig lehnte Alissa sich gegen ihre Pappkartons.

»Nein. Ich bin eine Bekannte von Frank. Von früher.«

Das Misstrauen verstärkte sich. Alissa fuhr sich unwirsch durchs Haar.

»Was wollen Sie dann von mir? Die von der Polizei haben mir versichert, ich würde so schnell wie möglich wegen der Beerdigung Bescheid bekommen.«

»Das dauert bestimmt nicht mehr lange«, versicherte Katinka, rasch und mit schlechtem Gewissen. »Ich bin hier, weil ich gerne Frank Mendels Ghostwriting-Projekt übernehmen würde.«

»Das mit dem General?« Alissa tupfte sich die Augen.

»Ja«, sagte Katinka ohne die geringste Ahnung, wovon die Rede war.

»Ich weiß nicht mal, wie der heißt. Die Unterlagen müssten auf seinem Rechner sein.«

»Hat er bei Ihnen keine Daten gesichert? Ich meine, keiner von uns vertraut nur auf einen einzigen Computer.«

»Kann schon sein.« Alissa Herbst ging Katinka voraus ins Wohnzimmer. Am Fenster stand ein mikroskopischer Schreibtisch, darauf ein altmodischer Bildschirm. »Wollen Sie übrigens ablegen? Also, falls Frank etwas hier auf meine Platte geladen hat, bin ich froh, wenn ich es loswerde. All die Stunden, die er mit dem Typ verbracht hat, um Storys von Tod und Verwüstung und Taliban zu hören.«

»Taliban?«

»Na, der war doch in Afghanistan.«

Vorsicht, mahnte sich Katinka. Nicht zu früh einhaken. Warte, was sie noch zu sagen hat.

»Seine Erinnerungen müssen so schrecklich sein, dass er es nicht geschafft hätte, mit ihnen fertig zu werden. Sagte Frank jedenfalls. Also brauchte er einen Ghostwriter, der stellvertretend für ihn den ganzen Quatsch loswird.«

Alissa hatte den Rechner gestartet. Er arbeitete sehr langsam. Sie klickte eine Weile herum.

»Nein, da ist nichts. Sorry. Aber Frank hat bei mir eigentlich nie an diesen Geschichten gearbeitet. Bloß erzählt hat er, von seinem General.«

»Macht nichts«, sagte Katinka. Einer plötzlichen Eingebung folgend fragte sie:

»Sagen Sie, das mit den Drogen, das war definitiv vorbei, oder?«

»Drogen?« Alissa Herbst schnaubte. »Wollen Sie behaupten, Frank hätte Drogen genommen? Wer kommt denn auf die Idee! Völlig abstrus. Er war bis unter die Schädeldecke zugeknallt mit Arbeit. Agentur, private Schreibaufträge ... Frank brauchte alle Kraft, um seine Projekte auf die Reihe zu kriegen. Für Drogen hätte er garantiert keine Zeit gehabt.«

»Danke, Frau Herbst«, sagte Katinka und reichte der anderen die Hand, während sie noch über diesen Aufbruch nachdachte. »Bitte verzeihen Sie, dass ich Sie ausgerechnet heute noch gestört habe.«

Alissa zuckte die Achseln.

»Ist sowieso schon alles ...« Sie brach ab und biss sich auf die Lippen. Tränen hingen in ihren Wimpern. »Wir wollten in eine Großstadt ziehen. Frank hatte genug von Coburg. Von der Provinz, wie er sich ausdrückte. Er hat es nicht abwertend gemeint. Hier sah er nur keine Heimat mehr für sich.«

»Sie haben auch keine Vorstellung, wer ihn umgebracht haben könnte?«

»Pah! Von wegen! Mehr als einer. Hartmann zum Beispiel. Außerdem seine Frau, Maria. Und ... vielleicht Gruschka.«

Vor Anstrengung, alles im Kopf zu behalten, kniff Katinka die Lider zusammen.

»Hartmann? Aber die beiden waren doch ein gutes Team!«

»Denkste Puppe«, widersprach Alissa. »Ihre Kampagnen liefen gut. Aber privat konnten die nicht miteinander. Hartmann ist ein Mistkerl, ein richtiger Widerling. Keiner kann ihn leiden. Kein Wunder, er poltert ohne jeden Grund los, macht die Leute fertig, wenn ihm was nicht passt, ist in seinen Ansichten stur wie ein Gummiknüppel. Nicht mal mit der neuen Graphiksoftware will er sich abgeben. Aussehen tut er wie eine Mischung aus Zuchtochse und Dorfdepp.«

Katinka unterdrückte ein Grinsen.

»Hartmann war immer nur neidisch auf Frank«, machte Alissa weiter. »Selber unflexibel, aber den anderen die Erfolge nicht gönnen.«

Katinka rief sich Edith Hartmanns funkelnde Augen in Erinnerung. Kaum vorstellbar, dass sie mit einem echten Kotzbrocken verheiratet war.

»Und Gruschka?«

»Ich weiß nicht viel darüber. Aber Gruschka ist aus der Agentur ausgestiegen, und soviel ich gehört habe, unter anderem deshalb, weil er mit Frank nicht klarkam. Es gab Gerüchte über Mobbing. Frank hätte Gruschka rausgemobbt. Ich glaube das nicht. Wirklich nicht. Sowas macht Frank nicht. Hat er auch nicht nötig. Er ist gut im Job. War gut.«

Wieder presste Alissa Herbst die Lippen zusammen.

»Aber dass seine Frau ihn umbringt, das kann ich mir wiederum nicht vorstellen«, sagte Katinka schnell. Der Schock in Alissas Gesicht über den Tod ihres Geliebten tat ihr beinahe körperlich weh. Das Atmen wurde ihr schwer.

»Ich kann mir das durchaus vorstellen!«, sagte Alissa Herbst mit Nachdruck, nachdem sie sich gefasst hatte. »Ich habe es auch der Polizei gesagt. Aber die deuten das jetzt als Eifersuchtsszene der Geliebten, die ihren Traummann nicht mehr kriegt.«

»Er stand kurz vor der Scheidung, oder?«, erkundigte sich Katinka.

»Es hat lange genug gedauert, bis er sich durchringen konnte, sich scheiden zu lassen«, platzte Alissa heraus. »Zunächst behauptete er kategorisch, eine Scheidung käme ihm zu teuer. Seine Frau hat Ansprüche. Elegante Klamotten, teure Urlaube und so.«

»Was machen Sie eigentlich beruflich?«

»Och, mal dies, mal das. Zur Zeit arbeite ich als Aushilfe in einem Reisebüro.«

Katinka sah sich skeptisch in der kleinen Wohnung um. Sie fragte sich, wie es mit Alissas Ansprüchen an das Leben aussah, und ob sie sich in erster Linie ein wenig mehr Luxus von der Ehe mit Frank Mendel erhofft hatte.

»Frank hat doch sicher viel Geld verdient«, mutmaßte sie.

»Die Mendels haben drei Kinder. Die fressen denen die Haare vom Kopf. Jedes ein Handy, Ferien in schicken Clubs, und dann hatten Frank und Maria ja einen Ehevertrag. Weil seine Frau nicht arbeiten ging, wegen der Kinder, trafen sie bei der Heirat Abmachungen, die Maria im Fall einer Scheidung vergleichsweise gut dastehen lassen.« Alissa fuhr sich immer wieder mit beiden Händen durchs Haar, bis es an ihrem Kopf klebte wie festgekleistert. »Heute Nacht ist er erschossen worden. Gleich hier, keine zehn Minuten von mir. Ich habe schlecht geschlafen. Als hätte ich es geahnt.« Alissa wandte das Gesicht ab.

»Sind wir hier denn in der Nähe des Hofgartens?«

Alissa machte eine unbestimmte Bewegung mit dem ausgestreckten Daumen, als wolle sie trampen.

»Ja, sicher, nur ein Stück die Straße rauf, wir grenzen sozusagen an den Hofgarten an.«

Katinka beschloss, dass sie einen Stadtplan brauchte, und fragte:

»Sie waren heute Nacht allein zu Hause?« Erschrocken ballte Katinka die Hände in den Manteltaschen zu Fäusten. Sie konnte es nicht lassen. Berufskrankheit. Die Fragen brachen aus ihr heraus wie Mark aus einer überreifen Frucht. Zum Glück schien Alissa sich nicht zu wundern.

»Ja. Nachts bin ich allein hier. Frank wollte bis zur Scheidung bei seiner Frau übernachten. Habe ich nie so ganz verstanden, ihre Ehe war sowieso erledigt. Er blieb bei mir bis gegen Mitternacht, dann machte er sich auf die Socken.«

Mitternacht, rechnete Katinka schnell nach. Und um 3 Uhr wurde er erschossen.

»Aber er war unruhig«, fügte Alissa an. »Nervös. Viel nervöser als sonst. Ich meine, er ist immer getrieben von seinen Projekten und seiner Arbeit und dem Stress mit seiner Scheidung und so. Aber gestern Abend war er … richtig aufgeladen. Überreizt. Permanent schnappte er sich sein Handy und guckte nach, ob irgendwelche Anrufe waren.«

Katinka zwang sich, Alissa Herbst nicht zu fragen, ob sie der Polizei davon erzählt hatte.

»Danke«, sagte sie stattdessen und reichte Mendels Geliebter die Hand. »Danke. Und mein Beileid.«

Als sie frierend auf der Straße stand, kramte sie aus ihrem Rucksack endlich das Notizbuch und kritzelte im Schein der Straßenlaterne drei Stichpunkte hinein:

ein gemobbter Ex-Kollege
ein neidischer Kollege
ein General aus Afghanistan

Sie fragte sich, wie Hauptkommissar Uttenreuther es schaffen konnte, alle Informationssplitter, die er bekam, im Kopf zu behalten. Vielleicht wendete er irgendeine amerikanische Gedächtnistechnik an. Katinka seufzte. Es war dämlich gewesen, mit ihm zu streiten.

Die Schneeflocken zeichneten nasse runde Kreise aufs Papier. Sie sahen aus wie die Wellen, die ein Kieselstein erzeugt, wenn man ihn ins Wasser wirft. Sie stopfte das Buch in den Rucksack zurück und trat auf die eisglatte Fahrbahn. Ohne Vorwarnung wurde sie einmal um die eigenen Achse gewirbelt, stürzte zu Boden und stützte sich unwillkürlich mit der rechten Hand ab. Ein scharfer Schmerz schoss durch ihr Handgelenk. Flashback. Ein gurgelnder Fluss. Ich bin hingerutscht, weil es glatt ist. Es ist nur glatt. Im Winter ist es nun mal glatt.

Sie atmete einige Male tief durch und rappelte sich auf. Die bevorstehende Rückfahrt nach Bamberg stieß ihr sauer auf. Bedachtsam setzte sie Fuß vor Fuß. Ich laufe wie ein Zombie, dachte sie.

Ein steiler Weg führte in den Hofgarten. Kaum hundert Meter von der Straße entfernt, wurde Katinka von der Dunkelheit verschluckt. Sie suchte die Taschenlampe aus dem Rucksack und bahnte sich einen Weg durch den Schnee. Im Verlauf des vergangenen Tages hatte jemand versucht, die Spazierwege zu räumen, aber von diesen Bemühungen war nichts geblieben als eine mühsam erkennbare Spur im Schnee und hier und da ein wenig Splitt. Sie sank tief ein, ihre Jeans wurden nass. Ab und zu rutschte sie aus und musste sich mit den Händen abstützen. Ihre Handschuhe durchweichten. Der dunkle Park lag einsam und völlig still da. Die perfekte Zeit für einen Mord, überlegte Katinka.

Sie fand schnell das Mausoleum des Herzogspaares. Es war kleiner, als sie es sich vorgestellt hatte. Zwei poröse Sphinxen bewachten den Eingang, der Schnee setzte ihnen schmucke Häubchen auf. Der Mörder war vermutlich über das niedrige Geländer gestiegen und hatte die Pistole durch das Gitter am Eingang geworfen. Nachdenklich ging Katinka um das Bauwerk herum und leuchtete die goldene Inschrift an der Seite ab. Franz Friedrich Anton, regierender Herzog von Sachsen-Coburg-Saalfeld. Er war 1806 im Alter von 56 gestorben. Die Herzogin hatte ihn um beinahe 30 Jahre überlebt.

Katinka folgte dem Pfad Richtung Festung. Die Burg war beleuchtet, ihre massigen Mauern saßen wie eine steinerne Krone über der Stadt. Aus dem Geschichtsstudium wusste sie, dass die genauen baulichen Ursprünge der Veste Coburg nicht feststanden, doch ihre heutige Ausdehnung musste die Anlage spätestens im 13. Jahrhundert erreicht haben. Katinka spürte, wie die stumme Anwesenheit der mächtigen Festung ihr Respekt einflößte. Sie überquerte eine Lichtung. Der Weg mündete in eine Treppe, hier begann der Baumbestand wieder. Sie drehte sich einige Male um die eigene Achse. Der Schnee erhellte die Nacht mit seinem silbrigen Glimmen, magisch fast, und doch angsteinflößend.

Hier. Hier mochte es gewesen sein. Der Mörder wartete auf das Opfer, nicht beim Weg, weiter hinten, abseits. Katinka stapfte durch den Tiefschnee, weg von den Treppen. Unter Bäumen hatte er Schutz gesucht. Er musste gewusst haben, dass Mendel hier entlangkommen würde. Mitten in der Nacht verirrte sich niemand durch Zufall hierher, schon gar nicht bei dieser Eiseskälte. Der Mörder mochte sein Opfer bestellt haben. Ein Treffen veranschlagt haben, das für Mendel zur Falle wurde. Sie konnte so gut wie sicher annehmen, dass Mendel seinen Mörder gekannt hatte. Mendel war nicht dem Wetter angemessen gekleidet gewesen. Er trug nur ein Hemd unter dem Mantel. Kein Unterhemd. Lag vielleicht schon im Bett, schlief, jemand rief ihn an, trieb ihn zur Eile, Mendel machte sich auf, zu diesem einsamen und unwirtlichen Treffpunkt. Zu einer absolut unchristlichen Zeit an einem kalten Ort. So kalt wie jetzt. Äste knackten. Ein feiner Wind wirbelten Schneeflocken in Katinkas Gesicht.

»Folgende Fragen«, murmelte Katinka und erschrak vor ihrer eigenen Stimme in der Finsternis. »Wer? Warum? Und wieso mit meiner Waffe?«

Sie fuhr zusammen. Schnee fiel von einem Baum. Er ging knapp neben Katinka nieder, feine, eisige Gischt besprühte ihr Gesicht und Nacken. Sie blickte in Gedanken versunken über die weite Lichtung. Fußstapfen, Abdrücke, Indizien aller Art gab es hier nicht mehr. Seidenweich hatte der Schnee die Hinterlassenschaften der Nacht zugedeckt. Selbst der cleverste Kriminaltechniker würde nichts mehr finden, was Aufschluss über den Mord gab.

Katinka ging langsam den Berg wieder hinunter. Vielleicht vierzig Meter. Fünfzig. Sechzig. Sie fror, ausgekühlt vom Herumstehen. Ihre Jeans, nass bis zum Knie, klebten an ihren Beinen.

Mitten auf der Lichtung blieb sie stehen und sah zurück zum Waldrand. Längst hatte sie ihre Lampe ausgeknipst. Milchweiß glänzte der Schnee. Immer dichter kam die Flocken vom Himmel. Katinka kniff die Augen zusammen, folgte ihren eigenen Fußstapfen den Hang hinauf. Eine Bewegung hatte ihre Aufmerksamkeit erregt. Seit sie Kontaktlinsen trug, sah sie sogar in der Nacht besser. Irritiert suchte sie die Bäume ab.

Jemand stand dort oben. Genau an dem Punkt, wo der Baum seine Schneelast abgeschüttelt und sie erschreckt hatte. Instinktiv bewegte sich ihre Hand zum Pistolenholster, hielt aber auf halbem Weg inne. Da steckte keine Waffe.

Ihr Herz raste. Sie gab ein wunderbares Ziel ab. Jeder halbwegs gute Schütze könnte sie treffen. Trotz der Dunkelheit. Auf der silbrig schimmernden Schneefläche zeichnete sich jeder Mensch ab wie ein Pappkamerad.

»Hallo!«, rief Katinka hinauf.

Sie vergaß die Kälte. Angreifen oder weglaufen. Warum ausgerechnet meine Pistole.

Diese Sache hier musste sie durchstehen. Der Mord hatte mit ihr zu tun, auch wenn das verknüpfende Band nicht eindeutig war, vielleicht einem Zufall oder einer guten Gelegenheit geschuldet.

»Hallo!«, schrie sie nun lauter und kämpfte sich durch den Schnee bergauf.

Der Unbekannte drehte sich um und strebte den Berg hinauf.

»Warten Sie! Augenblick!«, rief Katinka und stürmte der fliehenden Gestalt über die Treppen nach. Sie kam ins Keuchen. Wenigstens wurde ihr warm dabei. Sie erreichte den Spaziergänger genau an der Stelle, wo ein breiter Weg auf den Pfad traf, den sie genommen hatte. Sie schaltete ihre Taschenlampe ein und prallte zurück.

Der Wanderer erwies sich als eine für eine nächtliche Tour zu elegant gekleidete Dame. Ihr langes, gepflegtes Haar trug sie zurückgesteckt, weiße Flöckchen zierten es wie glitzernde Sternchen, ein Schal wand sich lässig um ihren Hals. Der Pelzmantel schimmerte. Nur die Moonboots passten nicht zu dem Aufzug.

»Was wollen Sie von mir?«

Die Frau sah eher erstaunt als erschrocken aus. Vor dem glitzernden Schnee strahlte ihre Vornehmheit einen Hauch von Märchen aus. Die gute Fee von Herzogs Gnaden, dachte Katinka.

»Darf ich Sie fragen, was Sie hier am Tatort machen? Nachts?«

»Geht Sie das was an?«

»Allerdings.« Katinka dachte an das, was Alissa Herbst über die Ansprüche von Mendels Ehefrau gesagt hatte, und fragte auf gut Glück:

»Frau Mendel?«

Ich an ihrer Stelle wäre völlig überrumpelt gewesen, dachte Katinka, aber Maria Mendel verstand es, ihre Verblüffung zu verbergen.

»Ja. Und wer sind Sie?«

»Katinka Palfy.«

Schweigend sah Maria Mendel einige Atemzüge lang durch Katinka hindurch. Dann sagte sie:

»Sie sind die Bamberger Privatdetektivin, über die in der Presse schon des öfteren berichtet wurde, habe ich recht? Sie lösen die vertracktesten Fälle. War da nicht was mit einem Giftanschlag auf die berühmte Kirchweih?«

Bums, dachte Katinka. Jetzt ist es an mir, überrascht zu sein.

»Egal, was Sie gelesen haben«, sagte sie schnell. »Können wir uns irgendwo in Ruhe unterhalten?«

»Der Hofgarten ist der ruhigste Ort, den ich anzubieten habe«, sagte Maria Mendel.

Na gut, dachte Katinka.

»Ihr Mann wurde gestern Nacht dort unten auf der Lichtung erschossen.«

»Ja.«

»Jetzt wollten Sie selbst den Tatort in Augenschein nehmen?«

»Ich fand den ganzen Tag keine Minute für mich«, sagte Maria Mendel. »Den Kindern habe ich sofort gesagt, dass ihr Vater tot ist. Ich will nicht, dass sie es in der Schule erfahren, weil die Kameraden es schon aus der Zeitung wissen. Jetzt ist meine Mutter bei ihnen. Ich musste einfach mal raus, an die Luft.« Sie seufzte tief. »Es scheint so unglaublich. Jemand hat ihn erschossen.«

»Wer?«

»Wenn ich das wüsste, hätte ich es längst der Polizei gesagt«, sagte Maria Mendel und lachte bitter.

Sie wandte sich um und stieg sehr bedächtig und langsam den Berg hinauf. Katinka schloss auf und ging neben ihr her.

»Die Ermittler sagen, ich als Ehefrau müsste doch eine Ahnung haben. Feinde, hatte Ihr Mann Feinde, fragen sie. Ich kann dazu nur eins sagen: Mein Mann verstand es ausgezeichnet, sich Feinde zu machen.«

»Warum?«

»Wer von Ehrgeiz zerfressen ist, der hat Feinde. Der kommt nur voran, wenn er andere ausbootet.«

»Und so einer war Ihr Mann?«

Maria Mendel nickte. Der Weg wurde steil. Sie versanken bei jedem Schritt tief im Schnee.

»In Ihrem Freundeskreis, in Ihrer Familie, gab es da Leute, denen Sie den Mord zutrauen würden?«

»Nein, Frau Palfy. Ich kenne keinen, dem ich einen Mord zutrauen würde. Außerdem hatte Frank keine Freunde, und meine sozialen Beziehungen sind, seit ich Kinder habe, ohnehin den Bach runtergegangen. Keine Zeit mehr, keine Ruhe, keine Kraft.«

»Und in der Agentur?«

Maria Mendel bohrte die Hände tief in ihre Manteltaschen.

»Gruschka? Hartmann?«, warf Katinka einige Namen ein, die sie heute gehört hatte.

»Hartmann? Ein eigensinniger Typ, aber umbringen würde er Frank nicht. Nein. Kann ich mir nicht vorstellen.« Schwer atmend setzte Maria Mendel Fuß vor Fuß. »Gruschka ist auch kein Mörder. Er hat erreicht, was er wollte. Ob mit oder ohne Frank.«

Katinka schnaufte vor Anstrengung. In ihrem Nacken lief der Schweiß zusammen.

»Was wollte er denn?«, fragte sie.

»Freiberuflich arbeiten. Ghostwriter sein, ohne Agentur im Nacken und ohne Fenering, der seine Leute ausbeutet wie ein Frühkapitalist.«

»Ihr Mann hat Gruschka aus der Agentur gemobbt«, sagte Katinka.

Maria Mendel hob die Hände in einer hilflosen Geste.

»Peter Gruschka wird nicht der Erste gewesen sein, den Frank gepiesackt hat. Es spielte vielen Kollegen übel mit. Mit einer Ausnahme: Thurid Maas. Der räumte er jedes Kieselsteinchen aus dem Weg. Allen anderen setzte er mit der ihm eigenen Vehemenz zu. Aber nicht jeder nahm das zum Anlass, den Job hinzuschmeißen.«

Katinkas Gedanken wirbelten mit den Schneeflocken um die Wette.

»Sie meinen, Gruschka suchte einen guten Grund, die Agentur zu verlassen?«

»Er brauchte eine Erklärung für die Außenwelt, ja«, antwortete Maria Mendel. »Becky, seine Frau, hat ihn wohl in seinem Entschluss bestärkt. Sie ist selbst eine tatkräftige Person, arbeitet für einen Rechtsanwalt.«

Katinka vergrub die Hände in den Manteltaschen. Links über ihnen erhoben sich die trutzigen Burgmauern. Matte Straßenbeleuchtung tauchte die Szenerie in ein trübes, nebelhaftes Licht.

»Und wer ist Thurid Maas?«

»Ein junges Ding, Frank hat ihr den Job bei Fenering zugeschanzt.«

Frank Mendel und die Frauen, sinnierte Katinka. Sie holte tief Atem und fragte:

»Was denken Sie über Alissa?«

Maria Mendel ging zielsicher weiter, über den Parkplatz.

»Sind Sie verheiratet?«, fragte sie.

Katinka verneinte. Erstaunt bemerkte sie, dass es aufgehört hatte zu schneien.

»Dazu fühlen Sie sich noch zu jung, nicht? Recht haben Sie. Ich habe sehr jung geheiratet, ich war 21. Verliebt und glückselig, eine enge, erstickende Familie mit überbesorgten Eltern hinter mir zu lassen. Ich hatte keine Ahnung, wie das Abenteuer Ehe einmal enden würde. Mit einem Mord.« Sie lachte auf. »Absurd. Völlig absurd.«

»Sie haben einen Ehevertrag!«

Maria Mendel blieb stehen und wandte sich Katinka zu.

»Warum arbeiten Sie nicht bei der Polizei? Die haben genau dasselbe gefragt.«

»Sie hätten im Fall der Scheidung nicht so schlecht dagestanden wie die meisten Frauen, die ihren Beruf aufgaben, um sich ausschließlich um die Kinder zu kümmern, oder?«

»Das hört sich an«, sagte Maria Mendel und sah wieder mit ihren Feenaugen durch Katinka hindurch, »als müsste ich dankbar sein für eine Selbstverständlichkeit.«

Katinka trat von einem Fuß auf den anderen. Maria Mendel hatte recht, aber ihre emotionslose Art, über den Mord an ihrem Mann zu sprechen, brachte Katinka aus der Fassung. Der klebrige Schweiß auf ihrem Körper gefror zu einer dünnen Eisschicht. Sie fröstelte.

»Jetzt erben Sie alles.«

»Frau Palfy, ich habe Frank nicht umgebracht. Ich bin ein Mensch, der lernen kann, sich mit den unausweichlichen Dingen abzufinden. Mein Mann liebte mich nicht mehr. Ich ihn schon noch, eine ganze Weile. Aber ich lernte. Ich wurde älter und lernte. Solche Dinge geschehen. Die Liebe kommt eben einfach abhanden, verliert sich. Es gibt ein schönes Gedicht von Erich Kästner* darüber.«

Katinka machte sich im Geiste eine Notiz, den Literaturliebhaber Harduin Uttenreuther darauf anzusprechen.

»Sie haben sich abgefunden mit der Scheidung?«

»Sicher. So wird man am zufriedensten. Indem man sich abfindet. Ich bin 39, mein Leben ist noch nicht vorbei. Bis meine Kinder aus dem Haus sind, und der Älteste ist bald soweit, habe ich meine Verpflichtungen, aber später habe ich durchaus vor, neu anzufangen. Nicht unbedingt, was Männer betrifft. Das halte ich sogar für ziemlich unwahrscheinlich.«

Sie ging ein paar Schritte, blieb wieder stehen.

»Sie haben nach Alissa gefragt. Ehrlich gesagt, ich bemitleide sie ein wenig. Sie machte sich Hoffnungen, dass Frank sie unendlich liebte und ich der alleinige Hinderungsgrund für ihr Glück wäre. Aber in spätestens zehn Jahren wäre es ihr gegangen wie mir heute: ausgerissen wie eine Pflanze, dann verwelkt und schließlich weggeworfen. So war Frank. Er hätte sich für eine andere Frau nicht geändert.« Maria Mendel schauderte. Sie ließ den Blick tief hinunter in die Ebene schweifen. Die beleuchteten Häuser versprachen Wärme und Geborgenheit. Katinka trat von einem Fuß auf den anderen, um ihre Zehen aufzutauen.

»Alissa war schon einmal verheiratet«, erzählte Maria Mendel. »Die Ehe hat nur drei Jahre gehalten. Wenn man sich mit 25 scheiden lässt, sehen die Dinge wohl doch anders aus. Außerdem wäre Frank nicht noch einmal Vater geworden. Dazu kenne ich ihn viel zu gut. Zwar war er in gewisser Weise stolz auf seine Kinder.

*Kästner, Erich – Sachliche Romanze -S 323

Das schon, aber nicht auf sie als Individuen, sondern auf gute Zeugnisse, sportliche Leistungen. Unsere mittlere Tochter ist eine hervorragende Springreiterin und gewinnt ein Turnier nach dem anderen. Das hatte Geltung für Frank, war greifbar. Aber nicht die Träume der Kinder, ihr langsames und oft mühevolles Erwachsenwerden. Das hat ihn abgestoßen.«

Katinka kroch tiefer in ihren Mantel. Noch eine Minute, und ihre Zähne würden anfangen zu klappern. Sie war hungrig, erschöpft, zum Umfallen müde. Maria Mendel dagegen war in Fahrt gekommen.

»Beklagt hat er sich, mein Mann, dass die Kinder so teuer kommen. Demnächst fahren sie ins Skilager …« Sie brach ab, als würde sie der Gedankenstürme in ihrem Kopf nicht mehr Herr und sah wieder in die Ferne.

»Dieses Ghostwriting-Projekt …«, fing Katinka nach einer Weile an. »Was wissen Sie darüber?«

»Welches meinen Sie? Mein Mann war permanent mit zusätzlichen Arbeitsaufträgen zugange.«

»Afghanistan. Der … General.«

Maria Mendel zog die Augenbrauen zusammen.

»Davon weiß ich nichts. Frank hat schon seit Jahren nicht mehr als nötig mit mir über seine Arbeit gesprochen.«

»Hat er denn einen PC zu Hause stehen? Wo schrieb er? Nur in der Agentur?«

»Wir haben zwei Rechner, Frank hatte einen für sich, und dann haben wir einen zweiten, damit die Kinder ins Internet können. Die Großen schicken ihre Hausaufgaben schon per E-Mail an ihre Lehrer.«

Katinka fror so sehr, dass es sie schüttelte.

»Ich würde gerne die Daten Ihres Mannes mal ansehen«, bat sie atemlos.

Auch Maria Mendel schien jetzt zu frieren. Sie wickelte sich ihren Schal fester um den Hals, zog ihn übers Kinn.

»Keine Chance. Die Polizei hat alle Festplatten mitgenommen. Angeblich kriegen wir sie schnell zurück.«

»Ihr Mann hatte mal mit Drogen zu tun, oder?«

Maria Mendel zauberte zum ersten Mal in diesem Gespräch echte Überraschung hervor.

»Drogen? Nein. Mit Drogen hatte Frank definitiv nichts zu tun. Drogen verachtete er. Er verachtete alle Menschen, die sich nicht zusammenrissen, um mit Fleiß und Hingabe ihre Pflichten zu erfüllen. Junkies gehören nicht zu den Leuten, die es seiner Meinung nach, geben muss.«

»Wo waren Sie gestern Nacht?«

»Zu Hause. Wir wohnen gleich hier ein Stück den Berg hinunter!« Maria Mendel wies mit einer fahrigen Geste in die schwarze Nacht und schob schnell die Hand wieder in die Manteltasche.

»Wann kam Ihr Mann gestern nach Hause?«

»Ich weiß es nicht. Er hat sich in der Mansarde eine eigene Wohnung eingerichtet. Über eine Außentreppe erreichbar. Auf diese Weise brauchte er sich nicht mit meinem Anblick zu belasten. Und mit dem Theater der Kinder auch nicht.«

»Aber Sie müssen doch mitbekommen haben, wann er üblicherweise heimkam!«

»Nein«, sagte Maria Mendel. »Und jetzt entschuldigen Sie mich. Ich muss nach Hause. Meine Mutter ablösen und nach den Kindern sehen. Sie haben einen grauenvollen Tag hinter sich.«

Sie reichte Katinka die Hand, warm verpackt in einem Fingerhandschuh aus Kaschmirwolle, drehte sich um und ging davon.

Montag, 10. 1. 2005, 20:33 Uhr

Perplex blickte Katinka ihr nach. Gelähmt, wie festgefroren stand sie auf dem Parkplatz, sah zu, wie ihre Gedanken flüchteten, außer ein paar Abdrücken in ihrem Kopf blieb da nichts, nur Dunkelheit und Verwirrung.

Mir friert das Gehirn ein, dachte Katinka. Und durch diesen Wald laufe ich auch nicht mehr zurück. Da muss schon eine Armee Bodyguards mitkommen.

Schlotternd hastete sie über den Parkplatz zur Straße. Gegenüber hatte sie ein Hotel entdeckt. Steil führte die Auffahrt zum Eingang hinauf. Der erneute Kälteeinbruch überzog die nassen Straßen mit einer Eisschicht. Unschuldig lag der Schnee darauf wie eine gute Tat auf einem ansonsten rabenschwarzen Gewissen. Katinka kämpfte sich zwei Schritte hinauf, um ungefähr genauso weit zurückzurutschen. Schließlich wich sie seitlich aus, unter dem Schnee spürte sie Gras. *Hotel Festungshof*, las sie.

In der Lobby saß ein mürrisch dreinschauender Mensch. Kaum dass er Katinka erspähte, setzte er ein professionell freundliches Gesicht auf. Er war jung, augenscheinlich ein frischgebackener Hotelfachmann.

»Ich hätte gerne einen Cappuccino«, sagte Katinka.

Er wies ihr den Weg zum Café und kam kurz darauf selbst hinterher.

»Kalt heute«, sagte er.

Katinka lauschte dem vertrauten Geräusch, als er

den Kaffeesatz aus dem Sieb klopfte. Ihr Gesicht, ihre Hände und Füße fühlten sich eiskalt an.

»Kann man so sagen«, sagte sie. »Haben Sie zur Zeit viele Gäste?«

Die Frage hätte sie sich sparen können. Das Café lag verwaist und alles andere als gemütlich vor ihr. Draußen erspähte sie eine Terrasse, schüchtern illuminiert von zwei Laternen. Der Ausblick mochte an klaren Tagen herrlich sein.

»Über Weihnachten und Neujahr wussten wir nicht mehr, wo uns der Kopf stand«, sagte er und betätigte einen Schalter. »Aber jetzt ist alles ruhig.« Heiße Flüssigkeit schoss in die Tasse. Das Fauchen wärmte Katinka ein wenig.

»Brauchen Sie ein Zimmer?«, fragte er. »Wir haben noch Kapazitäten frei.« Er grinste.

»Ich habe vor, heute Abend noch heimzufahren«, sagte Katinka. Er schob ihr die Tasse hin. An seinem Revers steckte ein Schildchen. *Mirko Büchner*. Sie nahm ein Zuckertütchen und ließ das weiße Pulver auf den Milchschaum rieseln.

»Da werden Sie nicht viel Glück haben«, sagte Büchner. »Im Radio haben sie gerade durchgegeben, nur wer unbedingt fahren muss, sollte sich auf die Straße begeben. Es ist höllisch glatt. Erst der Schnee, dann taut alles, und jetzt friert es wieder.«

»Verflixt«, dachte Katinka laut. »Ich dachte, ich könnte per Taxi in die Innenstadt fahren. Dort parkt mein Auto.«

»Ersparen Sie sich das. Hier oben ist es immer noch ein paar Grade kälter als unten in der Stadt. Heute Nacht fährt hier keiner mehr freiwillig rauf.«

Mirko Büchner machte eine entschuldigende Grimasse, als habe er das Wetter fälschlicherweise bestellt und vergessen, zu reklamieren. Katinka dachte an die Sommerreifen ihres Beetles.

»Das Haus stammt auch von den Herzögen, oder?«, fragte sie, um sich von den Verkehrsproblemen abzulenken. Das leere Hotel wirkte traurig auf sie, fast ein wenig zermürbt.

»Knapp 100 Jahre ist es alt.« Büchner wienerte die Ablage. »Vorher hat es zwar hier oben auch schon eine Klause gegeben, aber dieses Hotel ließ Herzog Eduard von Sachsen-Coburg und Gotha 1909 bauen. Ende der 70er, Anfang der 80er stand es zehn Jahre leer. Inzwischen läuft der Laden.«

»Schöne Lage, so auf dem Berg. Haben Sie von dem Mord gehört?«

Büchner wurde blass.

»Ich kann Ihnen sagen, ich bin beinahe aus den Socken gekippt.« Sein gestelzter Hoteljargon verflog. »Die ganze Woche habe ich schon Nachtdienst. Gestern fegte ein wahnsinniger Wind über den Berg, die Leinen an den Fahnenmasten draußen knallten und schepperten. Irgendwann fiel die Beleuchtung über dem Eingang aus. Es war richtig unheimlich.«

»Kann ich verstehen.«

»Die Kollegen reden über nichts anderes. Gerade mal zehn Minuten von hier wird einer brutal erschossen.«

Katinka rührte in ihrer Tasse. Sie fragte sich, ob sie die Rückfahrt nach Bamberg wagen sollte. Sie war müde und sehnte sich nach ihrer Wohnung, einer warmen, hellen Küche, in der Tom ein Essen zauberte, nach ihrem Bett und einer Wärmflasche. Einer lebendigen, männlichen Wärmflasche.

Dann gab es da noch die Agentur Fenering mit all den

Kollegen, denen Frank Mendel geschadet haben sollte. Sie könnte hier übernachten, sich gleich morgen in der Agentur umsehen und anschließend heimfahren.

»Ich glaube, ich nehme doch ein Zimmer«, sagte Katinka, zückte ihr Handy und rief Tom an.

9. Agentur Fenering

Mirko Büchner zeigte ihr den Weg zu ihrem Zimmer.

»Sie haben ja leichtes Gepäck«, sagte er und wies mit dem Kinn auf ihren Rucksack. Katinka nickte nur. Wenn du wüsstest, welche kleinen Wunder sich darin befinden, dachte sie, zum Beispiel ein Dietrich. Wo sie den herhatte, brauchte keiner wissen, auch Tom nicht. Schon gar nicht Hardo. Die vielen nützlichen Zaubereien einer Detektivin, Katinka grinste in sich hinein.

Im Hotelrestaurant verspeiste sie voller Appetit Rindfleisch mit Meerrettichsoße und echten Coburger Klößen. Die dampfenden gelben Kugeln zerliefen auf dem Teller zu flachen Hügeln. Mirko Büchner versicherte ihr, dass dies eine wesentliche Eigenschaft der Coburger Klöße darstellte.

Später lag Katinka lange wach, eingekuschelt in ein überbreites Bett, ein Bier aus der Minibar neben sich auf dem Nachtkästchen. Sie las in einem Coburg-Bildband, bis ihr die Augen zufielen und all die Fakten über die Bau- und Kunstwerke dieser Stadt, die Heiratspolitik des Herzogshauses und den Aufenthalt Martin Luthers auf der Veste zu einem Chaos verwirbelten. Sie stand auf, zog die Vorhänge zurück und betrachtete den unaufhörlich vom Himmel rieselnden Schnee. Spät schlief sie ein. Einmal wurde sie von einem vorbeifahrenden Schneepflug geweckt. Das gelbe Warnlicht flimmerte über die Wände ihres Zimmers. Später riss sie ein Schuss aus dem Schlaf. Sie musste ihn geträumt haben, stand aber lange am Fenster, blickte in die Dunkelheit hinaus und fragte sich, wer der Kerl im *Rio-Club* gewesen war, der angebliche Henryk Pawlowicz, der vermeintliche Ehebrecher und Besitzer von K.o.-Tropfen.

Dienstag, 11. 1. 2005, 9:20 Uhr

Fröstelnd stapfte Katinka durch den grauen, mürrischen Morgen auf die Agentur Fenering zu. Sie war spät dran. In der winterlichen Einsamkeit auf dem Berg war ihr der Schlaf tiefer als erwartet in die Glieder gekrochen.

Es hatte zu schneien aufgehört. Die Temperaturen stiegen. Von den Bäumen platschten dicke Tropfen, die weiße Pracht löste sich in Nichts auf. Katinka stiefelte über die Treppe zur Eingangstür und drückte sie auf. Das Schloss schnappte. Ein Tresen empfing sie, hinter ihm eine Dame von etwa 60 Jahren, Hochfrisur, schwarzer Hosenanzug.

»Guten Morgen. Darf ich Ihnen helfen?«

Donnerwetter, dachte Katinka. Höflichkeit ist nichts dagegen. Auf dem Tresen stand ein Schild mit der Aufschrift *Hier ist Isolde Löbers für Sie da.*

»Ich suche Herrn Hartmann«, versuchte sie es.

»Gerne. Einen Moment. Wen darf ich anmelden?«

»Katinka Palfy.« Er war also nicht krankgeschrieben.

Die Sekretärin griff nach dem Telefon, wählte und sagte:

»Herr Hartmann, Löbers hier. Besuch für Sie. Frau Katinka Palfy.« Sie schwieg kurz und sah Katinka nachdenklich an.

»Haben Sie einen Termin?«, fragte sie, die Sprechmuschel mit der Hand überdeckend.

»Nein. Ich komme immer ohne Termin.«

»Selbstverständlich.« Isolde Löbers legte auf. »Er holt Sie sofort ab. Möchten Sie solange Platz nehmen?«

Katinka drehte sich nach den Besucherstühlen um, kam aber nicht dazu, sich zu setzen. Udo Hartmann trampelte in die Szene wie ein Brauereipferd.

»Guten Morgen. Sie wollen zu mir?«

Katinka nahm aus den Augenwinkeln Frau Löbers' kritische Miene wahr.

»Palfy.« Sie streckte ihm die Hand hin. Er reichte ihr seine, langsam, zeitversetzt, als müsse er sich noch entscheiden. Mit der anderen fuhr er über seine ordentlich rasierten Wangen. Ein dicker Bauch schwappte in Wellen über seinen Hosenbund. Udo Hartmanns Übergewicht erinnerte Katinka an die Coburger Klöße. Ohne Begrenzung floss das Fett in alle Richtungen, nur zusammengehalten von seiner Kleidung. Schweiß stand auf seiner Stirn. Die wenigen grauen Haarsträhnen hatte er über seinen Schädel gepappt. Trotz des Winterwetters trug er nur ein Polohemd über der Cordhose. Die Hosenbeine steckten im Stiefelschaft.

»Hier entlang«, sagte er und fügte unter dem glühenden Blick der Empfangsdame ein knurriges »bitte« an.

Katinka folgte ihm durch eine breite Diele, einen Korridor und zwei Durchgangszimmer, die man durch jeweils drei verschiedene Türen betreten konnte. Alte Tricks von Altbauten, dachte Katinka. Die reinsten Labyrinthe, keiner findet mehr dahin zurück, wo er herkam. Ihre Schritte ließen die Dielenböden knarren. Überall hing noch Weihnachtsdekoration, große Adventskränze baumelten von den Decken, ein mächtiger Christbaum neben einem Kamin leuchtete warm. Der Inhaber hatte sich einem so spartanischen wie teuren Einrichtungsstil verschrieben, Möbel, Teppiche, Geräte und Kunstwerke zeugten von fetten Umsätzen.

Hartmann ging schwerfällig vor ihr her, leicht vornüber gebeugt, als habe er Schmerzen. Sein Büro war überfüllt mit Handakten und aus Einzelblättern bestehenden Stapeln. Zwei Rechner füllten den Platz auf dem Schreibtisch gänzlich aus. Drei Wände waren mit Regalen vollgestellt, zerlesene Bücher quollen hervor. Die vierte Wand bestand aus einer einzigen Magnettafel, an die Grafiken und Zeichnungen geheftet waren. Hartmanns Zimmer war kunstwerkfreie Zone. Ungeduldig warf er seinen schweren Körper auf einen Schreibtischstuhl, die Lehne federte vor und zurück.

»Also, was wollen Sie.«

»Sind Sie nicht krankgeschrieben?«

»Meine Frau wollte das. Ich kann's mir nicht leisten«, brummte er ablehnend und wurde durch ein Piepen eines der Rechner gefangen genommen. Er fuhrwerkte mit der Maus herum und gab Katinka Zeit, sich die Ziele ihres Besuches ins Gedächtnis zu rufen.

»Wie geht es denn jetzt mit dem Projekt weiter, das Sie und Mendel gemeinsam vorangetrieben haben.«

Hartmann starrte grimmig auf den Bildschirm und klickte mit dem Zeigefinger auf die Maus, als wolle er sie zerstückeln.

»Woher soll ich das wissen? Fragen Sie den Chef.«

»Vermissen Sie Frank Mendel nicht?«

»Vermissen oder nicht hat mit der Arbeit nichts zu tun.«

»Stimmt es, dass Gruschka zurückkommt?«, fantasierte Katinka.

Hartmann runzelte die Stirn, klickte noch ein bisschen, dann drehte er sich auf seinem Stuhl zu Katinka und sagte:

»Und warum wollen Sie das wissen?«

»Ich … wüsste jemanden für den Auftrag. Nur für den Fall, dass Sie schnellen Ersatz brauchen.«

»Einen Texter?«

»Ja.«

»Sind Sie Headhunterin?«

»Genau.« Katinka fuhr sich durch das kurze Haar.

»Wenn Sie ein Angebot haben, sollten Sie sich an den Chef wenden. Entschuldigen Sie, ich habe zu tun.«

»Stimmt das eigentlich, das mit dem Mobbing?«, fragte Katinka schnell.

Er stand auf, zog die Hosen unter den Speckfalten zurecht und sagte:

»Gehen Sie zum Chef. Ich habe zu arbeiten!«

Er nahm das Telefon zur Hand. Katinka winkte ab.

»Danke. Ich finde raus.«

Sie verließ Hartmanns Büro. Der Mann mochte unansehnlich und ein Kotzbrocken sein, aber dumm war er nicht.

Er weiß genau, dass ich nicht von der Polizei sein kann, sonst hätte ich mich längst ausgewiesen, überlegte Katinka. Und damit weiß er auch, dass ich keine Berechtigung habe, Fragen zu stellen, und noch weniger, Antworten einzufordern. Sie stand einen Augenblick verwirrt in einem der Durchgangszimmer, unfähig zu sagen, aus welcher Richtung sie gekommen war.

»Kann ich helfen?«

Eine junge Frau trat auf Katinka zu. Sie trug einen

engen Jeansrock, einen ebenso engen Pulli und knallbunte Strumpfhosen, die in schwarzen Stiefeln endeten. Auf ihren Händen saß ein aufgeklapptes, summendes Notebook.

»Ich … habe mich verfranst«, sagte Katinka. »Ich hatte eine Besprechung mit Herrn Hartmann und suche den Ausgang.«

Die Frau lachte, stellte ihren Laptop ab und rieb sich die Hände.

»Kalt ist das heute«, sagte sie. »Sieht Udo Hartmann ja ähnlich, dass er seine Besucher nicht zur Tür bringt.«

»Macht er das immer so?«

»Kollege Hartmann hat die Höflichkeit nicht erfunden. Hier geht's weiter.«

Sie wies auf eine der Türen.

»Sagen Sie«, Katinka blieb stehen, »Frank Mendel wird doch an allen Ecken und Enden fehlen, oder?«

In die Augen der jungen Frau traten Tränen.

»Damit haben Sie sicher recht.« Sie wischte sich vorsichtig über die Lider und verrieb ihr Mascara. »So eine traurige Geschichte. Wie schnell sich alles in der Stadt herumgesprochen hat …« Sie schüttelte gedankenschwer den Kopf. Ihre kirschroten Haare wirbelten herum, zu fröhlich für die Tragödie des Frank Mendel und der Agentur Fenering.

Betrübt zeigte sie auf einen Sekretär aus Kirschbaumholz. Ein Bild von Mendel war aufgestellt worden, sehr diskret, mit schwarzem Trauerflor und einer Kerze daneben. Katinka ging näher. Sie erinnerte sich an den kalten Körper im Seziersaal, das schlaff herunterhängende Kinn, das dunkle Einschussloch und die Filzstiftkritzeleien auf der fahlen Haut. Das Gesicht des lebenden

Frank Mendel stellte einen entschlossenen und zugleich verbindlichen Ausdruck zur Schau. Auch die hohen Wangenknochen, die Katinka an dem Toten aufgefallen waren, traten auf dem Foto schwächer hervor.

»Sind Sie auch Texterin?«, erkundigte sich Katinka, während sie sich von dem Bild abwandte.

»Ich mache das ganz gerne, aber ausgebildet bin ich eigentlich für Layout und Design«, sagte die andere und führte Katinka in den nächsten Korridor. »Vielleicht wird das Texten mal ein zweites Standbein. Frank Mendel hat mich in die Agentur geholt, wissen Sie!« Sie musste sich sammeln. »Ich verdanke ihm soviel. Ich kann mir einfach nicht vorstellen, dass er nicht mehr da ist!«

»Das glaube ich Ihnen«, sagte Katinka.

»Ohne ihn hätte ich diesen Job nicht bekommen. Nun bin ich schon seit fünf Jahren dabei. Die meisten meiner Studienkollegen hängen immer noch rum oder arbeiten auf eigene Rechnung.«

So wie ich, dachte Katinka.

Die Frau fummelte aus ihrer Rocktasche ein zusammengeknülltes Taschentuch.

»Verzeihung, ich habe mich noch gar nicht vorgestellt: Thurid Maas.« Sie tupfte sich die Augen.

»Angenehm«, nickte Katinka und studierte ihr Gegenüber. Die einzige Kollegin, die Mendel nicht gemobbt hatte. Die Frau, der er angeblich jeden Kieselstein aus dem Weg räumte. »Katinka Palfy.«

Das Lächeln purzelte Thurid Maas aus dem Gesicht. Sie ließ das Taschentuch fallen, bückte sich und griff mit einer energischen Bewegung danach.

»Was sagen Sie zu der Mobbing-Geschichte?«, fragte Katinka.

»Was?« Thurid sah sie mit einem gehetzten Ausdruck in den Augen an. »Was meinen Sie damit?«

»Ich habe gehört, dass Mendel einen Mitarbeiter aus der Agentur gemobbt hätte. Das ist nur ein Gerücht, oder?«

Thurid Maas zermahlte das Taschentuch zwischen ihren Handflächen. »Da ist ganz und gar nichts dran. Das sind Unterstellungen von Leuten, die Frank seine Fähigkeiten neideten. Und seine Erfolge.« Sie tupfte sich an der Nase herum. »Verzeihung. Ich ... bin ganz durcheinander. Dort vorne sitzt Frau Löbers, sehen Sie?«

Katinka sah vor sich den Empfangstresen und den Hosenanzug.

»Wer übernimmt denn nun das Projekt für das Landestheater? Sie?«

»Ich glaube nicht. Da wird ein professioneller, erfahrenerer Mitarbeiter ranmüssen.« Thurid rieb mit den Händen über ihren Pullover, dass es knisterte.

»Aber Sie sind doch schon fünf Jahre im Geschäft.«

»Ich bin dafür nicht geeignet. Jetzt finden Sie sich zurecht? Schönen Tag noch.«

Thurid Maas drehte sich um und lief davon, Taschentuchkrümel rieselten zu Boden.

Meine Güte, ist die fertig, dachte Katinka. Und sie kannte meinen Namen. Wie Maria Mendel.

Katinka wollte es eigentlich nicht, aber sie tat es dennoch. Sie drehte sich weg von der Empfangsdiele, wich Isolde Löbers' Gesichtsfeld aus, lief leichtfüßig durch die Zimmer zurück, die sie gekommen war, das sanfte Knistern des Dielenbodens unter sich, und hielt erst dort an, wo Frank Mendel aus seinem Trauerfoto ruhig und abgeklärt in die Feneringsche Agenturwelt blickte.

Es sollte nicht allzu schwer sein, sein Büro zu finden, dachte Katinka. Er hatte mit Hartmann zusammengearbeitet. Vermutlich lag sein Zimmer in der Nähe von Hartmanns. Sie betrachtete einige Augenblicke Mendels Gesichtszüge.

Ein Geräusch ließ sie zusammenfahren. Sie sah sich im Raum um, niemand war zu sehen. In ihrem Nacken spürte sie Schweißtropfen. Ihr Blick fiel auf den Tisch in der Mitte. Thurids Notebook stand noch da. Der Lüfter war angesprungen. Katinka rieb sich den Schweiß weg.

Himmelschimmel, dachte sie. Muss ja schon ein älteres Modell sein, es rauscht und knattert wie eine Tupolew.

An der Seite steckte ein Speicherstick. Katinka klickte aus Jux drauf. Der einzige Ordner hieß *Afghanistan*. Eine Tür schlug. Knisterschritte kamen über den Gang.

Katinka zog den Stick ab, der Laptop machte ein verhaltenes *Plingling*. Sie ließ den Stick in die Manteltasche gleiten und verließ das Zimmer durch einen der drei Ausgänge. Im Schatten der halbgeöffneten Tür wartete sie ab. Isolde Löbers kam herein, stellte einen Strauß Freesien vor Mendels Foto ab, arrangierte die Blumen, wischte Wassertropfen mit der Hand vom Tisch und ging wieder.

Katinka zählte bis zwanzig, ehe sie den Gang hinunterlief. Doch dann endete der Korridor an einer Tür mit der Aufschrift *Privat*. Fluchend kehrte sie um. Sie querte das Zimmer, in dem immer noch Thurids Laptop stand. Der Freesienstrauß vor Mendels Foto sah wunderschön aus.

Er ist mit meiner Waffe erschossen worden. Katinka schob den Gedanken weg und machte sich auf in Richtung Empfang. Der Speicherstift in ihrer Tasche fühlte sich an wie ein glühender Meteorit. In irgendeinem Durchgangszimmer wählte sie den falschen Weg und fand sich plötzlich neben einer halbgeöffneten Bürotür. *Frank Mendel, Texter* stand da. Reste von einem Polizeisiegel klebten am Rahmen. Katinka legte die Fingerspitzen auf die Tür, um sie sachte aufzudrücken.

Sie hörte ein Schluchzen und zog ihre Hand zurück. Vorsichtig spähte sie in Mendels Büro. Zwei schwarze Stiefel, in bunte Ringelstrümpfe übergehend, ruhten auf der Tischplatte. Das Schluchzen wurde lauter und verzweifelter. Katinka widerstand dem Impuls, hineinzugehen und Thurid zu trösten.

Sie muss wirklich völlig am Ende sein, dachte Katinka mitleidig, als sie endlich den Weg zum Empfang gefunden hatte. Allerdings frage ich mich, wie Mendels Speicherstick in Thurids Laptop kommt, und warum die Polizei ihn nicht gefunden und sichergestellt hat.

Der Korridor machte einen Knick. Eine andere Tür stand offen. *Thurid Maas, Layout und Text*, las Katinka. Sie ging hinein. Thurid würde so schnell nicht zurückkommen. Sie weinte, und wenn sie sich beruhigt hatte, musste sie ihr Gesicht waschen und die Schminke erneuern. Rasch ging Katinka den Schreibtisch durch. Alles war akribisch aufgeräumt, der Computer ausgeschaltet. In Augenhöhe hing ein Zeitungsausschnitt an der Wand: Thurid zwischen Mendel und Hartmann, einen Blumenstrauß in der Hand. *Gelungene Werbekampagne der Agentur Fenering für das Coburger Hofbräuhaus,* lautete die Bildunterschrift. Hofbräuhaus, dachte Katinka. Ich wusste gar nicht, dass die hier auch sowas haben. Sie riss sich los und wandte sich dem Zeichenbrett zu. Nackt und bloß stand es neben dem Fenster. Es schneite wieder. Unförmige Flocken kamen dicht an dicht aus den grauen Wolken geschwebt. Es war kühl in Thurids Büro. Verwundert stellte Katinka fest, dass Thurid das Heizthermostat nur auf *eins* stehen hatte. Fröstelnd zog sie die Schultern hoch, und wie im Reflex streckte sie die Hand nach dem Thermostat aus. Sie hielt inne. Etwas Buntes klemmte hinter dem Heizkörper. Etwas Buntes aus Plastik.

Katinkas Hände waren gerade schmal genug, um sich hinter dem Heizkörper durchzuschlängeln. Zwischen Zeige- und Mittelfinger fischte sie ein Handy ans Tageslicht.

Irgendwo am anderen Ende des Korridors ging eine Toilettenspülung. Katinka steckte das Handy zu dem Speicherstift in ihre Tasche und verließ Thurids Büro. Hinter ihr knarrte eine Tür. Ohne sich umzusehen schritt Katinka durch die Gänge bis zum Empfang, nickte Isolde Löbers zu und trat ins Freie.

Sie wandte sich in Richtung Innenstadt. Ein silbergrauer Mercedes kam ihr entgegen und rauschte vorbei. Sie drehte sich um. Der Wagen bog in die Einfahrt zur Agentur Fenering. Katinka ging ein paar Schritte zurück. Ein Mann stieg aus, stattlich, schlank, Ende fünfzig, die Schläfen silbern, sehr schick gekleidet, aber mit Understatement, anders als Schilling. Er hatte ein Handy zwischen Kinn und Wange eingeklemmt. Während er auf ein Gespräch wartete, legte er einen Mantel über seinen Arm.

»Na endlich!«, rief er ins Telefon. »Fenering hier.

Gut, dass ich Sie so schnell erreiche. Ich bin quasi auf dem Weg zum Flughafen …« Er stürmte zur Tür, sah sich kurz um und ging ins Haus.

Sieh an, dachte Katinka. Das ist also der Chef.

10. Oberstleutnant Benno Lehmann

Dienstag, 11. 1. 2005, 13:20 Uhr

You must remember this, a kiss is still a kiss …

Katinka lehnte sich zurück und betrachtete die Ausdrucke neben dem leeren Saftglas. Sie hatte sich für eine Zwischenpause im *Café M* entschieden, weil die rotschimmernden Wände so einladend warm leuchteten und der Pianist genau die Songs spielte, die ihrem überanstrengten Hirn die nötige Entspannung versprachen.

»Möchten Sie noch was trinken?«

»Gern. Einen …«, sie hätte beinahe Cognac gesagt. »Einen Latte Macchiato.«

… a case of do or die …

Die Bedienung nickte, und Katinka schickte ihre Gedanken zurück zu den Papieren, die sie vor zwei Stunden an ihrem portablen Drucker im Auto ausgedruckt hatte. Mendels Daten hatte sie von dem Speicherstick auf ihre Festplatte gezogen. Wirklich nützlich, so ein Informatiker als Freund, dachte sie und lächelte verträumt. Tom hatte ihr die mobile Ausrüstung aufgeschwatzt.

Ohne Zweifel lag Frank Mendels Ghostwriting-Projekt vor ihr: die Erinnerungen des Oberstleutnants Benno Lehmann – und nicht eines Generals, wie Alissa Herbst behauptet hatte – an seinen Afghanistaneinsatz. Das Buch stand kurz vor dem Abschluss. Katinka hatte kein Light-Produkt erwartet und keine Seifenoper, aber die Berichte über militärische Sinnlosigkeiten, florierenden Drogenanbau und das elende Sterben von Bevölkerung und Soldaten ging ihr an die Nieren.

Ein Briefwechsel Mendels mit einem Verlag in Stuttgart ließ darauf schließen, dass das Mendel-Lehmann-Projekt für die Veröffentlichung im kommenden Herbst vorgesehen war. Nun war sein Autor tot. Womöglich konnte ein Lektor die Fassung straffen und das Manuskript vollenden, ohne dass ein neuer Ghostwriter gewonnen werden musste.

Die Bedienung brachte den Latte Macchiato, ein schlankes Glas auf einem ovalen Teller. Deutlich waren die drei Schichten zu erkennen: weiße Milch, brauner Kaffee und weiße Schaumkapuze. Schnee, Matsch, Schnee.

Katinka zog ihr Notizbuch hervor und schlug eine neue Seite auf. Während der Stift gemächlich über das Papier wanderte, Fragen aufschrieb, verwarf und neu formulierte, ordneten sich ihre Gedanken. Katinka strich durch und kritzelte zwischen die Zeilen. Hielt inne und klopfte nachdenklich mit dem Stift an ihre Schneidezähne.

Angenommen, Mendel bewahrte die Daten zu diesem Projekt nur auf dem Speicherstick auf, den Katinka gefunden und entwendet hatte. Angenommen, Alissa Herbst hatte den Ermittlern von dem angeblichen General erzählt, aber die Polizei hatte seine Identität noch nicht festgestellt. Katinka trank von ihrem Latte. Die drei Schichten schwappten gemächlich hin und her. Mendel mochte bei den Recherchen zu seinem Projekt auf etwas gestoßen sein … auf etwas, das zu veröffentlichen einem anderen schaden konnte. Vielleicht nicht einer einzelnen Person, sondern einer Institution, zum Beispiel der Bundeswehr …

Katinka erinnerte sich an Hardos Mahnung: Das ist kein Fall für einen allein. Er lag vollkommen richtig. Katinka wusste genau, dass sie die Pflicht hatte, der Kripo Coburg den Speicherstick zu überlassen. Und außerdem Mendels Handy.

Es war Mendels, kein Zweifel. Die Nummern, die er gespeichert hat, passen wie Arsch auf Eimer, dachte Katinka. Alissa Herbst war in die Anrufergruppe *Familie* einsortiert, wie auch seine Kinder, jedes mit einer eigenen Nummer. Dann waren alle Kollegen aus der Agentur mit ihren vollständigen Adressen eingetragen. Hartmann, Thurid, der Chef selbst, außerdem eine Irmela Fenering, vermutlich dessen Exfrau. Eigenartig, überlegte Katinka, die hat er auch unter Familie einsortiert. Außerdem benutzte Mendel sein Mobiltelefon als Terminplaner. Katinka tippte ein wenig im Menü herum. Da waren reichlich Termine eingetragen, die würde sie prüfen müssen. Und wäre die kommende Woche rund um die Uhr beschäftigt. Das ist kein Fall für einen allein.

Die Polizei hat sicher längst Mendels Handynummer über die Telefongesellschaft checken lassen, dachte Katinka, und rausgekriegt, mit wem Mendel vor seinem Tod als letztes telefoniert hat. Mit Thurid Maas. Und die hat Mendels Handy aus dem Verkehr gezogen, allerdings reichlich stümperhaft.

Katinka legte das Telefon auf den Tisch und betrachtete gedankenversunken den Klavierspieler, einen jungen Typen mit Kapitänsmütze auf dem Blondhaar. Auf seinen marineblauen Troyer war ein goldener Anker aufgestickt. Ein Meeresliebhaber, dachte Katinka, oder einer der davon träumt, dass es irgendwo ein besseres Leben gibt als gerade dieses. Sie löffelte Milchschaum und dachte daran, wieviele Male Hauptkommissar Uttenreuther ihr bei ihren ersten zwangsweise gemeinsam bearbeiteten Fällen eine Abreibung erteilt hatte, weil sie dazu neigte, bestimmte Informationen nicht an die Polizei weiterzugeben, allein mit der Absicht, die Nuss selber zu knacken. Sie hatte ein Problem damit, als Smutje die Kartoffeln zu schälen und die Gourmetchefs die Lobpreisungen einheimsen zu lassen. Ausgerechnet jetzt hätte sie sich gerne mit Hardo beraten. Wenn sie mit ihm redete, sortierte sie ihre eigenen Gedanken und gab ihnen Struktur. Ich sollte ihn wirklich anrufen, dachte Katinka, und unsere Meinungsverschiedenheit aus dem Weg räumen.

... a kiss to build a dream on ...

Sie zahlte. Eilig schob sie ihre Unterlagen zusammen und stopfte sie in den Rucksack. Sie wollte schneller sein, besser und schneller als Schilling in seinen schicken Klamotten. Es war wie das unvernünftige Bedürfnis nach einer Zigarette, schon lange nachdem man mit dem Rauchen aufgehört hatte. Hardos Worte kamen ihr in den Sinn, während sie zum Parkplatz lief. Wolf Schilling ist nicht Ihr Typ. Sie vermisste Hardo. Verdammt, sie vermisste ihn, doch während sie durch den Schnee zu ihrem Auto stapfte, redete sie sich die Hoffnungen von Zusammenarbeit und Kollegialität aus. Selbst wenn Hardo nun hier wäre und der zuständige Ermittler für diesen Fall, er würde sie doch nur an der kurzen Leine halten und seine Energie darauf verwenden, sie aus den Recherchen rauszuhalten. So lief es immer. Zwar respektierte er Katinkas Fähigkeiten mittlerweile, er schluckte ihre unkonventionellen Arbeitsmethoden, aber im Grunde seines Herzens gab er einen durch und durch loyalen Beamten ab. Einen, der an zehn inneren

Schweinehunden vorbei musste, um neue Wege auszuprobieren. Ich habe nur Sehnsucht danach, mit jemandem zu reden, rechtfertigte sie sich. Mich zu beraten, die Dinge von der anderen Seite zu sehen. Nicht einmal ihre Freundin Britta konnte sie momentan ins Vertrauen ziehen. Die schleppte sich gerade durch eine Fortbildung für Journalisten an der Medienakademie Kulmbach und war nicht zu erreichen.

Mit klammen Fingern fegte Katinka die Scheiben ihres Autos frei. Während sie den Motor startete, stand ihre Atemluft wie der Rauchkegel eines Vulkans vor ihrem Gesicht. Fröstelnd verließ sie den Parkplatz und tastete sich vorsichtig in den Verkehr auf den rutschigen Straßen.

»Und Sie sind nicht von der Polizei?« Benno Lehmann führte Katinka in sein Wohnzimmer. »Setzen Sie sich doch. Dorit, meine Frau ist mit unserer Tochter beim Skifahren. Gerade fünf Jahre ist die Kleine alt und würde schon am liebsten die schwarzen Pisten runterfegen!« Er lächelte und wies auf ein Foto. Seine Frau und seine Tochter, beide pummelig und einander wie aus dem Gesicht geschnitten, lächelten mit strahlenden Augen in die Kamera. »Möchten Sie was Heißes trinken?«

»Das wäre nett«, sagte Katinka.

»Ausgerechnet Frank Mendel«, kam es aus der Küche. »Ausgerechnet! Denken Sie nicht, ich jammere nur wegen des Buches. Ich mochte ihn wirklich gern. Er war ein klarsichtiger, einfühlsamer Mensch. Einer, der begriff, worauf ich hinauswollte, obwohl ich mich nicht immer geschickt ausdrücke. Solches Verständnis findet man nicht oft.«

Diese Beschreibung passte so ganz und gar nicht zu

dem Eindruck, den Katinka bisher von dem Mordopfer gewonnen hatte. Lehmann streckte den Kopf ins Wohnzimmer.

»Dummerweise kann ich Ihnen nur Tee anbieten. Ich war noch nicht einkaufen, und die Filtertüten sind ausgegangen. Sie trinken doch Tee?«

»Ja, gern«, log Katinka und sah aus dem Fenster. Seidmannsdorf. Was für ein Ort. Versunken im Schnee, mit elektrischen Weihnachtslichtern hinter jeder Scheibe, das ganze Dorf spielte Lichtorgel. Nikoläuse kletterten über Dächer und enterten Balkone.

Benno Lehmann balancierte Teegeschirr auf einem Tablett herein.

»Ich habe es in der Presse gelesen«, sagte er und wies auf die Zeitung. »Die haben zwar keinen Namen genannt, aber ich hatte schon so eine böse Vorahnung. Ein Werbetexter, heißt es hier. Keine Ahnung, wieviele es davon in Coburg gibt, aber …« Er stellte das Tablett ab. »Ich habe manchmal solche Intuitionen. Ich habe gleich an Frank gedacht.«

Er ging in die Küche und goss den Tee auf. Katinka überflog den Artikel. Die Polizei suchte Zeugen. Personen, die zur Tatzeit, kurz davor oder danach im Hofgarten gewesen waren und Beobachtungen gemacht hatten, die zur Aufklärung des Mordfalls beitragen würden.

»Die spinnen ja, die von der Zeitung. Wer läuft bei der Kälte und dem miesen Wetter nachts im Hofgarten herum!«

Lehmann kam mit der Teekanne zurück und schenkte Katinkas Tasse voll. Der Tee roch stark, nach Malz und Nelken.

»Allerdings«, bestätigte Katinka. »Wie sind Sie denn auf Frank Mendel gekommen?« Gewohnheitsmäßig nahm sie ihre Umgebung in sich auf, während sie auf Lehmanns Reaktion wartete. Speicherte das Wohnzimmer mit seinen geblümten Sofas, Scheibengardinen und geschickt arrangierten Lampen in ihrem Gedächtnis.

»Er hatte eine Anzeige aufgegeben. Warten Sie.« Lehmann suchte auf einem Sekretär herum. »Hier.«

Katinka griff nach dem Zeitungsausschnitt. *Erfahrener Texter und Ghostwriter übernimmt Buchprojekte aller Art.* Es folgte Mendels Handynummer.

»Ich rief ihn an und wir trafen uns«, fuhr Lehmann fort und setzte sich. »Ich wollte einfach mal sehen, ob ich mit ihm kann. Ob ich Vertrauen zu ihm entwickle oder nicht. Er war mir von Anfang an sympathisch.«

Katinka nippte am Tee. Ihr gefielen Lehmanns offenes Gesicht, der braune Schnauzbart, die weichen Lippen und sein behutsames, ein wenig verschmitztes Lächeln.

»Ich bin im Juli 2003 dabei gewesen, als der Bus, der uns zum Flughafen bringen sollte, in die Luft flog.«

Lehmann fuhr sich durch das kurze Strubbelhaar. Seine Finger bebten, und als er weitersprach, wurde seine Stimme immer höher.

»Ich hatte mit Timo den Platz gewechselt. Ich wollte neben einem anderen sitzen, neben Manni. Wir hatten etwas zu besprechen. Nichts Wichtiges. Als der Bus in die Luft flog, starb Timo. An meiner Stelle.«

Lehmann sprang auf und rannte wie eine gefangene Ratte im Wohnzimmer herum.

»Ich bin seitdem arbeitsunfähig. Die körperlichen Verletzungen sind unerheblich. Die steckt man weg. Aber …«

Katinka dachte an die Passagen in Mendels Manuskript, die sie gelesen hatte.

»Zunächst sah es so aus, als käme ich drüber weg. Aber nach einigen Monaten hatte ich den Eindruck, komplett durchzudrehen. Ich schlief kaum noch. Wälzte mich im Bett hin und her, schwitzte und fror. Ich hatte das Gefühl, als würde sich mein Körper in die Luft erheben, würde herumgeschleudert, immer höher gesaugt und schließlich auf die Erde zurückgeworfen. Stundenlang. Es war die Hölle.«

Lehmann trank im Stehen einen Schluck Tee und nahm seinen unruhigen Lauf wieder auf.

»Der Arzt schrieb mich krank. Ich war in mehreren Kliniken, habe alle Therapien ausprobiert. Manches half mir, das meiste nicht. Deshalb kam ich auf die Idee, meine Erlebnisse aufzuschreiben, um mich so von ihnen zu befreien. Aber ich kam nie über eine Seite raus.«

Katinkas Zehen wurden kalt. Sie bewegte sie vorsichtig, als könnte jede noch so winzige Veränderung im Raum Lehmanns Redefluss zum Versiegen bringen.

»Ich habe eine kleine Hütte, hinter dem Dorf, bei den Fischteichen«, machte Lehmann weiter. »Dort habe ich mich für ein, zwei Wochenenden eingebunkert, mit einem Laptop auf den Knien. Aber ich fand einfach nicht in die Geschichte rein, ich wurde richtig wütend dabei. Bitte, nehmen Sie doch noch Tee.«

Er griff nach der Kanne, aber seine Hände zitterten so sehr, dass er den Tee neben und nicht in Katinkas Tasse goss.

»Ich … Entschuldigung.«

Er rannte beinahe in die Küche und kam mit einem Lappen zurück.

»Könnten Sie das wegputzen?« Zornig schleuderte er den Lappen auf den Tisch. Katinka begann, ruhig die Teelachen aufzuwischen. Anschließend schenkte sie sich ein. Lehmann beobachtete sie. Zu ihrem Erstaunen lächelte er.

»Sie sind ein verständnisvoller Mensch. Wie Mendel. Der konnte zuhören. Wie er zuhören konnte, das kann sich niemand vorstellen. Kein Nachbohren, keine Ahas, Hms und so weiter. Er saß auf diesem Sofa, sah mich an und hörte mir zu.«

Katinka rührte Sahne in ihren Tee und beobachtete die cremigen Wirbel in ihrer Tasse.

»Posttraumatische Belastungsstörung heißt mein Syndrom. Schöner Name. Störung. Das Leben geht weiter, haben mir viele gesagt. Es ist alles schon irgendwie besser geworden.«

Lehmann starrte einen Augenblick aus dem Fenster. Dunkelheit wälzte sich über den Ort. Er drehte sich auf dem Absatz um und kam an den Tisch zurück, setzte sich aufs Sofa, sprang wieder auf.

»Haben Sie Lust, zu meiner Hütte rauszufahren? Ich brauche Luft. Es ist nicht weit, fünf Minuten mit dem Auto, maximal!«

Katinka folgte ihm in den Flur. Seine Unruhe steckte sie an, ihre Finger flatterten. Lehmann schlüpfte in einen grauen Parka und kniehohe Stiefel. Sein Wagen, ein schmutzverkrusteter Pick-up, parkte in einer Garage neben dem Haus. Katinka kroch auf den Beifahrersitz und rümpfte die Nase.

»Der Fischgeruch ist penetrant«, gab Lehmann zu.

»Sie sind Angler?«

»Seit meiner Jugend«, sagte Lehmann stolz, während er über die weiß verschneiten Straßen steuerte. Im Scheinwerferlicht tanzten Schneeklümpchen. »Die einzige Beschäftigung, die mich ruhig macht. Und auch das nicht immer.«

Der Pick-up wühlte sich durch die beiseite gepflügten weißen Hügel neben der Straße.

»Hier hinten liegen die Fischteiche. Jetzt sind sie natürlich abgelassen. Eine triste Zeit, so ein Winter.«

Katinka seufzte. Für sie selbst bedeutete der Winter vor allem blöde Klamotten, Verkehrsbehinderungen, Heizkosten und das ewige Frieren. Lehmann dagegen vermisste Karpfen und Hechte.

Er fuhr ein gutes Stück weiter auf ein Wäldchen zu.

»Ich behaupte, es hat mir geholfen, mit Mendel zu reden«, sagte Lehmann, stieg aus und knallte die Tür zu. »Mehr als die psychotherapeutischen Beratungsgespräche.«

Er stapfte durch den Tiefschnee Richtung Wäldchen. Katinka kam kaum hinter ihm her.

»Ich habe Mendel vergangenen Donnerstag zuletzt gesehen«, rief Lehmann über die Schulter zurück. Eine Holzhütte tauchte aus der Dunkelheit. Einsam war es hier. Katinkas Zähne klapperten, die Teewärme von vorhin war verpufft. »Eigentlich wollten wir uns erst am Samstag treffen, um die letzten Details zu besprechen. Das Buch ist ja so gut wie fertig. Mendel konnte schreiben. Ich bin kein Mann des Buches. Klar, ich lese ab und zu einen Krimi, aber selber irgendwas zu Papier bringen, das liegt mir nicht. Mendel meinte, es sei ein Handwerk, alles eine Sache der Technik. Ich bin mir nicht sicher, ob ich das glauben soll.«

Katinka brannten eine Menge Fragen auf der Zunge, aber sie bremste sie gerade noch ab, bevor sie mit Höchstgeschwindigkeit aus ihrem Mund wollten. Lehmann würde alles erzählen, von selbst. Er schloss die Tür auf.

»Dann rief er am Donnerstagmorgen an, um den Termin zu verschieben. Er sei schon früher fertig und wollte nur noch einige Kleinigkeiten abklären. Ob ich Zeit hätte, klar, ich hatte. Es war ja Feiertag, meine Frau arbeitete nicht, ich hatte kinderfrei. Mendel und ich trafen uns im *Ratskeller* in Coburg. Und seitdem habe ich nichts von ihm gehört.«

Er ließ Katinka herein.

»Sehen Sie, alles da. Ofen, Feuerholz. Mehr Holz lagere ich hinter dem Haus.« Lehmann machte sich an einem Sicherungskasten zu schaffen und drückte auf einen Schalter. Die Deckenlampe schickte gelbes Licht aus. »Tja, ein Ein-Zimmer-Verschlag«, Lehmann lächelte, »keine Luxussuite.«

Katinka sah sich um. Da war ein offenes Regal mit Teekanne, Töpfen und Geschirr, Handtüchern, Konservenvorräten und Knäckebrot. Anglerbücher lagen herum. In der Ecke stand ein halb voller Kasten Bier. Katinkas Magen knurrte vehement. Unruhig wartete sie, was kommen würde.

»Hier habe ich eine kleine Dusche, mit Durchlauferhitzer«, setzte Lehmann seine Führung fort. Er zeigte auf ein durch dünne Sperrholzwände abgetrenntes Quadrat. »Ich habe alles selbst eingebaut, Trennwände, Elektrik, Leitungen. Das Bad brauche ich. Wegen dem Fischgeruch.« Er lachte trocken, »Ohne geduscht zu haben, komme ich nicht nach Hause. Ich habe die Hütte von einem Anglerkollegen übernommen, der war Junggeselle. Der konnte stinken, wie er wollte, da gab es keinen Knatsch.«

»Das glaube ich.« Die Kälte strapazierte Katinkas Geduld. Das Sofa mit seinen Kissen, ordentlich zusammengelegten Decken und Schlafsäcken lächelte sie einladend an. »Und als Sie sich an dem Dreikönigstag mit Mendel trafen …«

»Mendel notierte sich noch ein paar Bemerkungen, die ich zum Buch hatte«, schoss es aus Lehmann heraus. »Er versprach mir, alles bis zum Wochenende einzuarbeiten. Er wollte sich gleich dransetzen. Das Buch trieb ihn irgendwie voran. Ich hatte den Eindruck, dass es für ihn selbst eine wichtige Geschichte war. Er erzählte mir, dass er selber mal darüber nachgedacht hatte, sich über den Wehrdienst hinaus zu verpflichten. Gott sei Dank hat er es nicht getan, das sage ich Ihnen, Frau Palfy. Die Afghanistan-Geschichte ist noch nicht ausgestanden. Da steht uns noch einiges bevor.«

Grrrrrummm, antwortete Katinkas Magen.

»Haben Sie Hunger?«, fragte Benno Lehmann, und der bedrückte, bittere Ausdruck auf seinem Gesicht machte einem schelmischen Lächeln Platz. »Mögen Sie Spaghetti?«

Während sie durch den tiefen Schnee zum Wagen zurückstapften, warf Katinka einen zweifelnden Blick auf die Fischteiche, verschneite, tiefliegende Vierecke in der Dunkelheit. Düster hingen die Zweige vereinzelter Sträucher über die weiß gepolsterten Uferböschungen. Vogelspuren waren am Grund der leergelaufenen Teiche zu sehen. Nicht lange, und es würde wieder schneien. Katinka leckte sich über die Lippen. Kleine, krümelige Fetzchen rollten sich zusammen und lösten sich von der Haut. Sie zwirbelte die Hautstückchen und zupfte sie ab. Trotz aller Behutsamkeit riss die empfindliche Haut darunter ein. Katinka schleckte das Blut weg. Die Lippe spannte. Schnell stieg sie in den eiskalten Pick-up und zog die Tür zu. Lehmann kam über den Pfad, eine Taschenlampe aus seiner Parkatasche ziehend, und leuchtete über die in der Dämmerung allmählich abtauchenden Teiche. Der vermisst seine Karpfen wirklich, dachte Katinka. Lehmann stieg ins Auto, ließ den Motor an und setzte den Wagen über die Schneehaufen zurück auf die Straße. Von der Seite musterte Katinka sein sympathisches, offenes Gesicht. Am Steuer wirkte er entspannt, sie wagte sich nicht vorzustellen, wie er in dem Bus in Kabul gesessen hatte. Zurück in Lehmanns Wohnung schlüpfte Katinka aus ihren tropfenden Stiefeln.

»Kommen Sie mit in die Küche«, sagte Benno Lehmann, während er sich aus seinem Parka schälte.«

Katinka sah ihm beim Kochen zu. Er setzte einen Topf mit Wasser auf, richtete seine Zutaten und warf schließlich die Spaghetti ins Wasser, bevor es kochte. Die Bolognesesoße rührte er aus einer Tüte an, aber er tat es mit Hingabe und einer beinahe lausbübischen Begeisterung.

»Ich habe heute auch noch nichts Richtiges gegessen. Mendel erschossen …«

»Haben Sie das Manuskript für Ihr Buch hier?«, wollte Katinka wissen.

»Eben nicht. Ich habe es Mendel wiedergegeben, mit den Anmerkungen.« Lehmann hantierte mit dem Quirl im Soßentopf. »Was meinen Sie«, er wandte sich Katinka zu. »Was wird nun aus dem Buch?«

Katinka biss sich auf die Lippen. Die aufgerissene Stelle tat weh.

»Sie haben doch einen Vertrag? Die Veröffentlichung ist ausgemachte Sache?«

»Ja!«, sagte Lehmann. »Klar! Ich habe alles hier. Mendel wollte sich mit diesen Dingen nicht befassen. Er sagte, es sei seine Aufgabe, das Buch zu schreiben. Verhandelt hat er mit dem Verlag, das muss ich sagen, und er hat denen die Eier gut gebraten auf den Teller gelegt. Aber als wir die Verträge unterschrieben hatten, legte er Wert darauf, dass ich alles aufbewahre.«

Die Bolognesesoße ploppte mit einem Knall aus dem Topf. Panisch pfefferte Lehmann den Deckel drauf und zog den Topf von der Herdplatte. Katinka hing ihren Gedanken nach, während der Oberstleutnant die Spaghetti abgoss, auf zwei Suppenteller verteilte und zum Küchentisch trug.

»Herr Lehmann«, fragte Katinka, »wem schadet Ihre Geschichte?«

»Niemandem.« Er lachte hilflos aus. »Allenfalls dem internationalen Terror und den Amerikanern.«

Katinka sagte nichts. Die CIA erschoss einen Ghostwriter im Coburger Hofgarten mit Palfys Beretta. Nie im Leben. Und wenn doch, dann hätte Lehmann auch dran glauben müssen, aber der saß munter vor ihr. Sie gabelte ihre Spaghetti geschickter auf als Lehmann. Die Tütensoße, obgleich angebrannt, schmeckte ihr hervorragend, und ihr Magen bedankte sich für die Mahlzeit, indem er sich entspannte. Lehmann pickte einzelne Spaghettistrippen auf und beobachtete, wie sie wieder auf den Teller glitten.

»Wer hat denn Ihr Buch zu Gesicht bekommen?« Katinka kratzte die letzten Nudeln aus ihrem Teller.

»Niemand. Meine Frau hat mal reingeschaut, das war aber auch alles.«

»Hat Mendel jemanden ins Vertrauen gezogen? Vielleicht einen Kollegen von der schreibenden Zunft?«

Lehmann schüttelte energisch den Kopf.

»Nein. Ich habe ihm die Geschichte erzählt unter der Voraussetzung, dass alles unter uns bleibt.«

Katinka bekam die beiden Enden nicht zu fassen.

Oberstleutnant Benno Lehmann wollte seine Erlebnisse loswerden, indem er sie erzählte, aufschreiben ließ und als Buch veröffentlichte, aber gleichzeitig sollte niemand davon erfahren. Lehmann erriet ihre Gedankengänge.

»Das Buch erscheint unter Pseudonym«, sagte er. »Die Namen von lebenden Personen, die im Buch vorkommen, haben wir alle verändert, auch einzelne Eigenschaften, die einen bestimmten Menschen verraten könnten.« Angewidert schob er den halb vollen Teller von sich. »Ich möchte niemandem mit diesem Buch schaden. Es ist nur für mich. Im Grunde ist es mir auch egal, wer es liest und ob es jemand liest.« Er fuhr sich mit allen zehn Fingern durchs Haar. »Mendel und der Verlag sehen darin eine Ware, aber ich ... für mich ist es ein Stück meines Leben, ein Geschwür, nekrotisches Gewebe. Das bin ich dann los. Hoffe ich. Falls das Buch jetzt noch erscheint.«

Katinka studierte die roten Soßenschlieren in ihrem Teller.

»Aber ein Lektor oder eine Lektorin im Verlag kennt doch das Manuskript oder wenigstens eine grobe Gliederung der Geschichte, nehme ich an?«

Lehmann zuckte die Schultern.

»In groben Zügen.«

Ein Gedanke erzeugte eine machtvolle Hitzewelle in Katinkas Kopf. Sie fuhr sich unter den Pulloverkragen, lehnte sich zurück und wollte plötzlich vom Stuhl aufspringen und eine Runde um den Tisch drehen. Lehmann hatte gesagt, Mendel habe bis zum vergangenen Wochenende alle Details und Korrekturen einarbeiten wollen. Doch die Dateien waren am 5.1. um 23:23 zum letzten Mal gespeichert worden. Mendel hatte nach dem Treffen mit Lehmann nicht mehr daran gearbeitet, nicht an denen auf dem Speicherstift, und möglicherweise überhaupt nicht, wenn es nirgendwo anders Kopien gab. Katinka zeichnete Muster in die Soßenreste. Hätte Mendel auf seinen anderen Rechnern, die die Polizei sichergestellt hatte, Dateien zum Buchprojekt Lehmann, die Beamten wären längst beim Oberstleutnant vorstellig geworden. Also besaß nur Katinka momentan eine vollständige Datensammlung. Und – neben Lehmann – als Einzige eine Vorstellung, worum es bei dem Ghostwriting-Projekt ging.

Es stimmte nicht ganz. Thurid hatte Mendels USB-Stick an sich genommen. Die Daten zu kopieren dauerte nur Sekunden. Katinka hatte Thurids Laptop nicht durchsucht. Sie sah Lehmann zu, wie er das Geschirr in die Spülmaschine räumte. Sie beide kannten das Buch, dessen Autor kurz vor der Fertigstellung ermordet worden war. Und vielleicht Thurid. Sonst niemand.

»Was für Details waren das, die Sie Mendel noch mitgegeben haben, als sie sich am vergangenen Donnerstag trafen?«

Lehmann hielt inne, über die Besteckeinlage gebeugt.

»Wie ich schon sagte, nichts Besonderes mehr.« Er richtete sich auf und kam an den Tisch zurück. »Ich habe die afghanischen Ortsnamen nochmal recherchiert. Die Schreibweise, verstehen Sie. Ob man *Kunduz* hinten mit z oder mit s schreibt. Solche Sachen.«

»Sie sollten sich mit der Polizei in Verbindung setzen«, sagte Katinka.

»Ich muss wohl.« Er seufzte. »Ich muss wohl.«

»Sagen Sie denen, Sie hätten die Zeitung eben erst gelesen. Falls Sie mich nochmal sprechen wollen«, Katinka legte ihre Visitenkarte neben Lehmanns Teller ab, »hier ist meine Handynummer. Ich bleibe noch ein paar Tage in Coburg. Und, Herr Lehmann?«

Lehmann sah durch Katinka hindurch.

»Wenn Sie meinen Besuch und meine Existenz vielleicht für sich behalten könnten ...«

Er brachte sie zur Tür.

»Eigenartig, nicht? So viele wollen Arbeit, aber sie kriegen keine. Und ich habe meine Arbeit noch, ich will arbeiten, aber ich kann nicht!«

»Wo waren Sie in der Nacht, als Mendel ermordet wurde?«

»Zu Hause. Wo auch sonst.«

11. Der Erpresser

Dienstag, 11. 1. 2005, 17:56 Uhr

»Du bist ja verrückt.«

»Was ist daran verrückt?« Katinka telefonierte wie üblich ohne Freisprechanlage. Aufmerksam spähte sie nach Polizeiautos. Man könnte sich viel besser auf den Verkehr konzentrieren, wenn nicht dieses blöde Telefonierverbot wäre, dachte sie. »Der Fall verspricht, interessant zu werden.«

»Aber es bezahlt dich keiner dafür. Du hast dich doch oft aufgeregt, wenn du völlig blank aus einem Auftrag rausgeschlittert bist.«

»Ach, komm schon, Tom!« Katinka parkte das Auto gegenüber dem *Kaufhof*. »Ich bleibe maximal noch eine oder zwei Nächte. Ich löse den Fall ja nicht. Aber es gibt einige Dinge, die mich interessieren, und die werde ich herausfinden.«

Tom lachte.

»O.k. Tu, was du nicht lassen kannst. Ich jedenfalls hätte heute Abend glacierte Sparerips im Angebot.«

Katinka lief das Wasser im Mund zusammen. Sie klemmte das Handy zwischen Kinn und Ohr und las die Außentemperatur auf dem Display neben dem Rückspiegel ab. Minus neun. Glacierte Sparerips.

»Das ist Erpressung.«

Tom lachte wieder.

»Schon in Ordnung, Kat the Catey. Löse deinen Fall und dann komm nach Hause.«

Als Katinka über die Straße zum *Kaufhof* rannte, kroch ein Gefühl des Erstaunens in ihr hoch. Tom gab sich ungewohnt entspannt, als wäre sie hier zum Shopping. Bin ich ja auch, dachte Katinka, als sie durch die gläsernen Eingangstüren schritt, die Augenbrauen zusammenziehend gegen den künstlichen, warmen Fönwind.

Sie kaufte sich eine frische Garnitur Wäsche, Socken, Strumpfhosen und ein T-Shirt, außerdem einen dicken Rollkragenpullover, rechtfertigte sich damit, dass er unter dem Label *After X-mas* verscherbelt wurde, und ging dann zur Drogerieabteilung, um Kleinigkeiten wie Zahnbürste und Shampoo zu besorgen. An der Kasse warteten mindestens zehn Kunden. Katinka scherte aus der Schlange aus und probierte ein paar Lippenstifte. Das helle Rostbraun lachte sie an. Gibt selbst fröstelnder Haut einen warmen Ton, dachte sie. Wie von selbst suchten ihre Finger noch einen Mascara aus. Schwarzbraun. Ihre Farbe. Der ideale Kontrast zu ihren hellbraunen Augen, passend zum Haar.

Mit zwei aufgeplusterten Tüten trat sie auf die Straße und tippte die Nummer des *Festungshofes* in ihr Handy. Während sie wartete, dass jemand abnahm, beobachtete sie die endlose Autoschlange, die an ihr vorbeikroch, und die müden Arbeitsheimkehrer, die letzten Besorgungen nachgingen. Endlich kam jemand an den Apparat. Katinka erkannte Mirko Büchners Stimme, buchte ein Zimmer für zwei weitere Nächte und drückte den Aus-Knopf.

»'n Abend.«

Katinkas Nackenhaare stellten sich auf. Mitten in

dem Feierabendsgewühl spürte sie genau, dass sie angesprochen war und niemand anders. Udo Hartmanns rundes Gesicht tauchte vor ihr auf. Trotz der eisigen Temperaturen trug er keine Jacke, sondern steckte in einem ausgebeulten, fusseligen Wollpullover.

»Guten Abend«, fing sich Katinka.

»Sie sind durchtrieben«, begann Hartmann ohne ein weiteres Wort. »Fast so wie Mendel.«

Katinka zog die Brauen hoch.

»Verraten Sie mir auch die Pointe?«

Hartmann lachte unfroh. In seinem finsteren Gesicht spiegelte sich Häme.

»Sie meinen wohl, Sie kommen groß raus, was? Geben Sie doch zu, dass Sie von der Zeitung sind und nach dem großen Kick suchen.«

»Die Hunderttausend-Euro-Frage haben Sie knapp verpasst.«

Verwundert sah Katinka die buckeligen Schweißtropfen auf Hartmanns Stirn. Sein Fett isoliert perfekt, überlegte Katinka. Ich sollte auch ein paar Kilo zunehmen. Gleichzeitig dachte sie noch etwas. Etwas Bedrohliches, das ihr Herz kalt machte. Hartmann musste sie beobachtet haben, als sie den Stick von Thurids Laptop abzog, oder sogar, als sie in Thurids Büro stand und Mendels Handy klaute. Vielleicht hatte Thurid gar nicht ihr eigenes Notebook auf dem Tisch abgestellt, sondern Hartmanns. Deswegen war ihm aufgefallen, dass der Stick fehlte.

»Ich melde Sie der Polizei. Dann können Sie einpacken. Egal, was Sie von Beruf sind, Frau Ballmann.«

»Palfy«, berichtigte Katinka automatisch. Eine glühende Kugel schoss durch ihren Kopf. Ich Riesenross. Sie starrte auf die Menschentrauben an den Ampeln.

Ungeduldig und frierend traten die Leute von einem Fuß auf den anderen. Hartmann grinste höhnisch.

»Von wegen hunderttausend Euro. Tja, so geht's mit den superschlauen Frauen.«

»Einen schönen Abend, Herr Hartmann«, sagte Katinka und wandte sich um. Rasch ging sie die Straße hinauf. Rempelte Passanten an. Meinte, auf der gegenüberliegenden Straßenseite Edith Hartmann auszumachen, klein und kegelförmig wie eine aufgeplusterte Mensch-ärgere-dich-nicht-Figur. Sie kniff die Augen zusammen. Edith Hartmann war nicht mehr zu sehen.

»Frau Palfy«, kam es von hinten. Hartmann klebte ihr an den Fersen. Sie standen vor dem Schaufenster eines Optikers. Katinka sah ihr bleiches, verfrorenes Gesicht, den hochgeschlagenen Kragen. Hartmanns Kopf tauchte über ihrer Schulter auf.

»Zehntausend und den Speicherstift, ansonsten Polizei.« Es klang so unwirsch und nebensächlich, als hätte er sie angewiesen, einen Mülleimer auszuleeren.

Katinka wirbelte herum. Sah ihm direkt in sein behäbiges Gesicht. Missgunst und Hoffnungslosigkeit reflektierten in seinen Augen. Er schwitzte immer noch. Das gibt's doch gar nicht, dachte Katinka. Ich friere wie ein Schneider. Wir haben minus zehn Grad. Und dieser Zombie hat nur einen Pulli über seinem Polohemd.

»Ich bin nicht erpressbar«, sagte Katinka. »Das gilt generell. Sagen Sie dem ermittelnden Hauptkommissar einen schönen Gruß von mir.«

Sie drehte sich um und lief weiter, ohne auf die Richtung zu achten. Ihr Herz pumpte mit Hochdruck Blut durch die Adern. In ihrem Kopf rauschte es. Vor ihr lag ein hell erleuchtetes Café. Im Nacken kitzelten Schweißperlen. Jetzt fange ich selber an zu schwitzen, dachte sie, und dann wird mir noch kälter. Hinter dem Café ragte ein Stadttor auf. Katinka mochte die schlanke, anheimelnde Architektur und das warme, gelbe Licht, das den Stein zum Strahlen brachte. Stadttore faszinierten sie. Sie erinnerten an die Zeiten, als Städte anders aussahen und anders funktionierten. An Zeiten, als sie noch nicht kanzerös in alle Richtungen wucherten, sich noch nicht ohne klare Umgrenzung ausbreiteten wie Coburger Klöße. Oder wie Hartmanns Fett. Katinka drehte sich um. Hartmann war nicht mehr da. Ihr Atem beruhigte sich. Aus einem Impuls heraus betrat sie den Schuhladen an der Ecke und sah sich die reduzierten Paare an.

»Kann ich helfen?«, fragte eine Verkäuferin und betrachtete wohlwollend Katinkas Einkaufstüten.

»Ich wollte einfach mal schauen.«

Sie probierte ein Paar Boots, nur um sich abzulenken.

»Wir haben ziemlich viel reduziert«, fing die Verkäuferin wieder an. »Hier, bei den Boots, die Sie gerade anhaben, da gehen dann noch 20 Prozent ab.«

Zerstreut nickte Katinka. Zehntausend Euro. Er hätte gleich Hunderttausend fordern können. Katinka war überzeugt, wenn es mit Zehntausend funktionierte, waren auch Hunderttausend drin.

»In Größe vierzig ist natürlich schon alles ziemlich ausgesucht.« Die Verkäuferin schlug mit dem Arm aus. »Aber noch haben Sie Glück, wir haben unsere Rabattaktion gerade erst begonnen.

Der eine probiert's mit glacierten Sparerips, der andere mit Euros, seufzte Katinka im Stillen. Winterstiefel im Sonderangebot sind auch eine prima Währung.

Hartmann mochte auch Mendel erpresst haben. Katinka stellte die Boots wieder ins Regal zurück. Aber dann wäre es logischer gewesen, wenn Hartmann dem Mord zum Opfer gefallen wäre anstatt Mendel. Es sei denn ... Sie entdeckte ein Paar Stiefel mit bunten Streifen an den Seiten. Nahm sie aus dem Regal und schlüpfte in den rechten. Es sei denn, Mendel hatte Hartmann gedroht, ihn auffliegen zu lassen. Hatte vielleicht etwas gegen den ungeliebten Kollegen in der Hand gehabt. Katinka dachte an die kleine Edith mit den funkelnden Augen, der Goldbrille und den temperamentvollen Händen. Versuchte sich vorzustellen, wie Hartmann und seine Frau im Ehebett lagen, Hartmann schnarchend, seine Frau sich wälzend und um Schlaf flehend.

»Mendel, was hattest du in der Hand gegen Hartmann«, murmelte Katinka, verhedderte sich mit den Schnürsenkeln und zog den Stiefel entnervt wieder aus. Die Verkäuferin bedachte sie mit einem gereizten Augenaufschlag.

»Ich kann Ihnen gerne ein ähnliches Modell zeigen«, sagte sie.

»Danke. Nicht nötig.«

Hartmann, du Saftsack, wie kommst du an meine Waffe. Wenn du es warst. Katinka schüttelte die Gedanken ab und verließ das Schuhgeschäft. Den Mantelkragen hochschlagend trat sie auf die Spitalgasse. Die Dunkelheit drückte ihre Laune nach unten. Während sie noch herumstand und sich nicht entscheiden konnte, ob sie noch ein bisschen bummeln oder gleich zu ihrem Auto zurückgehen sollte, fiel ihr eine junge Frau mit zwei großen Einkaufstüten auf. Jeansrock, ein knapper Anorak mit Kunstpelzbesatz drüber, Stiefel, rotes Haar, das unter einer Wollkappe hervorlugte.

»Hallo, Frau Maas!«

Thurid fuhr herum. Dabei riss der Henkel einer der

Tüten. Joghurtbecher, Schokoriegel, eine Rolle Coburger Butterkäse und allerlei Kleinkram rollten auf den nassen Asphalt.

»Entschuldigung«, rief Katinka und half beim Einsammeln.

»Nicht ... nicht so schlimm«, gab Thurid zurück. Sie sah erschrocken aus, als habe sie auf ein neuerliches brutales Zuschlagen des Schicksals gewartet.

»Tut mir wirklich leid«, sagte Katinka. »Ich wollte Sie nicht erschrecken.«

»Schon in Ordnung.«

Katinka wischte den letzten Schokoriegel an ihrem Mantel trocken und reichte ihn Thurid.

»Ich lade Sie zu einem Kaffee ein«, sagte sie. »Als Entschädigung. Gibt's hier in der Nähe ein schönes Plätzchen?«

»Ach, wissen Sie ...« Thurid schien zu überlegen. »Ich wohne nicht weit von hier. Ein paar Schritte über den Markt.«

»O.k.«

Thurid führte sie über den Marktplatz. An der Hofapotheke bogen sie in eine schmale Gasse. Katinka erinnerte sich an eine Geschichte, die alle Städte mit alten Burgen, die auf sich halten, erzählen: Es sollte einen Geheimgang geben, von der Veste bis in die Stadt, der direkt hier in der Hofapotheke am Markt endete. Der Stoff, aus dem Legenden sind, dachte Katinka. Thurid war weit voraus, und sie musste machen, dass sie hinterherkam. Sie folgte Thurid durch ein winziges Gässchen mit überhängenden Fassaden und ertappte sich dabei, wie sie den Arm ausstreckte, um sich die Häuser vom Leib zu halten.

»Gefällt Ihnen Coburg?«

»Ja.« Katinka war nicht in Stimmung, Konversation zu machen. Ihre Gedanken wirbelten gerade eine Menge Unrat auf, zuviel, um sich auf höfliche Plaudereien zu konzentrieren. Sie erreichten einen kleinen Kirchhof, kopfsteingepflastert, eng, alt. Wieder eine Puppentheaterkulisse.

»Hier, die Morizkirche«, sagte Thurid, zückte einen Schlüssel und führte Katinka zu einem roten Häuschen im Schatten des mächtigen Gotteshauses. Pfarrgasse, las Katinka.

»Moriz ... das ist Coburgs Stadtpatron, oder?«, fragte sie, während sie dem grellroten Hydranten neben Thurids Haustür eine Grimasse schnitt.

»Ja. Eigentlich hieß er Mauritius. Ein Legionär im Dienste der Römer, ein Märtyrer. Soweit ich weiß, weigerte er sich, die römischen Stadtgötter zu verehren. Im 3. Jahrhundert. Schon ganz lange her. Er wird als Mohr dargestellt.«

Katinka nickte: »Sein Kopf ziert sogar die Kanaldeckel, habe ich gesehen.«

»Finden Sie das ... unpassend?«, fragte Thurid ernsthaft.

Katinka grinste und ließ den Blick in die Höhe schweifen.

»Nein. Wer ist der Kleine, Dicke dort an dem Gebäude?«

Thurid steckte den Schlüssel ins Schloss.

»Herzog Johann Casimir. Er hat das Gymnasium gegründet und sich ansonsten einen Namen als Hexenverfolger gemacht.«

»Ach du Schande.« Katinka stieg hinter Thurid eine enge Treppe in den ersten Stock hoch. »Haben Sie diese Schule besucht?«

»Sprechen wir lieber nicht darüber«, seufzte Thurid, offenbar halb im Scherz, halb im Ernst. »Kommen Sie rein.«

In Thurids Wohnung herrschte afrikanische Hitze. Als Katinka das winzige Wohnzimmer betrat, kam es ihr vor, als prallte sie gegen eine heiße Mauer. Sie schälte sich aus ihrem Mantel. Thurid warf ihren Anorak achtlos auf einen Stuhl. Ihr Gesichtsausdruck sah ratlos aus.

»Tja, was ... trinken Sie?«

»Was Warmes«, sagte Katinka, obwohl ihr die Zunge schon am Gaumen klebte. Sie sah sich um. An den Wänden hingen wenige gerahmte Bilder, alles Plakate mit dem Logo der Agentur Fenering. An der Decke pendelten zwei Mobiles aus Wollfiguren: Schafe, Hunde, Pferde. Kindlich, irgendwie.

»Ich hatte Angst, heimzugehen«, seufzte Thurid, während sie in die Küche ging und einen Wasserkessel auf den Herd stellte. Katinka kam ihr nach. Auch die Küche war mikroskopisch klein. »Ich ...« Sie brach ab und Tränen kullerten ihr aus den Augen. Schnell rieb sie sie weg, mit einer ärgerlichen Bewegung, als wolle sie den Tränen mitteilen, dass sie ungelegen kämen. Verletzlich, dachte Katinka. Sie ist so verletzlich.

Katinka fiel ein schmaler Ring an Thurids linkem Ringfinger auf, den ein auffallender, dunkler Stein zierte.

»Schöner Ring«, sagte sie.

»Ja, nicht?« Thurid betrachtete das Schmuckstück zufrieden. »Ist ganz gut geworden.«

»Haben Sie den in Auftrag gegeben?«

»Von wegen!« Sie wagte ein Lächeln. »Ich habe ihn selber geschmiedet.«

Katinka sah sie verdutzt an.

»Ab und zu muss man mal was anderes machen«, sagte Thurid und suchte Kaffeepulver aus dem Küchenschrank. »Immer nur Werbung …«

»Aber es ist ein Job, den Sie mögen, oder?«

Thurid zuckte die Schultern.

»Schon. Ja.«

Da fehlte die schlagende Überzeugung, doch Katinka fragte sich ehrlicherweise, wie sie selbst auf diese Frage reagieren würde. Sie liebte ihre Arbeit, aber sie litt auch bisweilen unter ihrem Terror.

»Irgendwie hat Werbung immer damit zu tun, Leute zum Narren zu halten«, sagte Thurid. »Ich wollte was Ehrliches machen, was Echtes. Außerdem hatte ich Lust, mal mit meinen Händen zu arbeiten, ohne PC zwischen mir und der Wirklichkeit. Ich habe einen Goldschmiedekurs an der VHS besucht. Das hier ist ein Turmalin.« Sie zeigte auf den Stein. »Der Ring selbst ist aus Edelstahl.«

»Wäre die Schmiedekunst nicht ein gute berufliche Alternative?«, fragte Katinka, nur um etwas zu sagen und Thurid von ihrem Schmerz abzulenken.

Thurid betrachtete nachdenklich den Ring an ihrem Finger, als erwöge sie Katinkas Frage in allen Einzelheiten. Schließlich sagte sie:

»Es ist manchmal so ein Gedanke. Aber leben Sie mal vom Goldschmieden.«

Katinka sah ihr zu, wie sie Kaffee aufbrühte.

»Wie haben Sie Frank Mendel kennen gelernt?«

»Er gab Layouting-Kurse an der Fachhochschule. Einer der wenigen Dozenten, die aus der Praxis kommen. Alles, was er sagte, hatte Hand und Fuß.« Sie verschraubte die Kaffeekanne. »Man merkte ihm seine Kompetenz an. Mit uns Studenten ging er ziemlich streng um. Er sagte, Leute, wenn Ihr euch auf Layout spezialisieren wollt, müsst ihr ein bisschen mehr über Sprache wissen. Denn ihr layoutet vor allem Texte. Er verlangte richtig viel von uns, fast wie im Deutsch-Leistungskurs damals in der Schule.« Sie lachte auf. »Manche mochten das nicht und beschwerten sich. Aber wir lernten eine Menge bei ihm.« Sie drehte sich um und ging mit der Kaffeekanne in der einen und Milch in der anderen Hand vor Katinka her ins Wohnzimmer. »Als ich mir einen Praktikumsplatz suchen musste, bat ich Mendel um Rat. Bei Fenering war zu der Zeit nichts frei, aber Frank Mendel schrieb mir ein Gutachten, mit dem ich mich in München in einer renommierten Agentur bewarb – und genommen wurde. Brauchen Sie Zucker?«

»Nein. Danke«, sagte Katinka.

»Das Praktikum war anstrengend«, fuhr Thurid nach einer Pause fort und massierte mit Daumen und Zeigefinger ihre Augenbrauen. »Damals habe ich gezweifelt, ob der Job überhaupt was für mich ist. Immer der schöne Schein, den man hochhält und noch goldener und glänzender machen muss, von Berufs wegen. Und die ganze Selbstinszenierung der Kollegen ... Ich war froh, als ich das Praktikum überstanden hatte.« Sie blies in ihre Tasse. »Natürlich habe ich das Studium trotzdem zu Ende gebracht. Ich war ja schon so nah an den Prüfungen. Und als ich abgeschlossen hatte, gab mir Mendel den Tipp, mich bei Fenering zu bewerben, weil gerade jemand gekündigt hatte.«

Katinka rührte Milch in ihren Kaffee. Sie grübelte darüber nach, warum Mendel sich für Thurid eingesetzt hatte. Mochte sein, dass sie wirklich gut war als Layouterin. Mochte sein, dass er väterliche Gefühle für sie hegte. Sie war der Typ dafür: schüchtern, zierlich, unsicher. Allerdings war sie auch hübsch, sodass Katinka die väterlichen Gefühle zurückstellte und andere Emotionen erwog. Sehr weit kann es mit dem Feminismus nicht gekommen sein, dachte sie selbstkritisch, wenn Frauen schon anderen Frauen unterstellen, sich hochgeschlafen zu haben. Sie betrachtete Thurids Miene. Ein trauriges, sorgenvolles Gesicht mit ersten Fältchen um die Augen.

»Wie lange hat Frank Mendel eigentlich bei Fenering gearbeitet?«

»Ach, ewig«, winkte Thurid ab.

»Er war doch ein guter Texter?«

»Der beste in der Agentur.«

»Hatte er nicht auch mal das Bedürfnis, anderswo hinzugehen, Karriere zu machen?«

»In Coburg gibt es keine bessere Agentur als Fenering.«

»Die Welt ist groß«, sagte Katinka, obwohl gerade das in Thurids Wohnung unwahrscheinlich wirkte.

»Er hat sich wohl einige Male wegbeworben, aber dann blieb er doch immer bei Fenering«, sagte Thurid und tastete über ihre Nase. »Er sagte nicht viel dazu, aber wenn ich mich nach seinen Plänen erkundigte, antwortete er immer, er könne gar nicht weg mit den drei Kindern und dem Haus.«

»Und Sie?«

»Wie … ich?« Thurid sah Katinka verdattert an.

»Haben Sie nicht Lust, Ihr berufliches Glück woanders herauszufordern?«

Thurid fuhr sich durchs Haar.

»Ich habe mich in Hamburg beworben. Hat mir Frank … Frank Mendel empfohlen, in einer weltweit arbeitenden Werbeagentur.«

»Und? Haben Sie den Job gekriegt?«

Thurid blickte zu ihren wolligen Mobiles hinauf.

»Ich habe noch nichts gehört«, sagte sie.

Katinka schwieg, obwohl sie das Bedürfnis verspürte, etwas Ermunterndes zu sagen.

»Könnte es denn nicht sein, dass Sie nun Mendels Position bekommen?«

Sie hatte danach gefragt, aber mit anderen Worten, und deshalb hoffte sie, Thurid doch noch aus der Reserve zu locken.

»Wie ich schon sagte«, erklärte Thurid und löste ihren Blick von den Tierkindern, »ich bin eigentlich keine Texterin. Da muss jemand mit mehr Erfahrung ran.«

»Haben Sie Zugang zu Mendels Daten?«

Thurid verschränkte ihre Hände ineinander. Weiß traten die Knöchel hervor.

»Nein.«

»Hat er Ihnen nicht vertraut?«

Thurid sah Katinka unglücklich an.

»Er hatte keinen Anlass, mir nicht zu vertrauen. Den hatte er wirklich nicht.«

Sie brach erneut in Tränen aus.

Als Katinka zu ihrem Wagen zurückkam, klemmte ein Strafzettel unter ihrem Scheibenwischer. Ungeduldig fetzte sie ihn weg. Er war an dem nassen Gummi angefroren und riss entzwei. Unbesehen warf Katinka die Reste in den Rinnstein und trat sie tief in den Matsch.

Im Auto herrschten Tiefkühlschranktemperaturen. Katinka ließ den Motor an und drehte die Heizung voll auf, kurbelte aus der Parklücke und fuhr Richtung Hofgarten. Am Berg war es glatt, mit zusammengebissenen

Lippen kämpfte sie sich bis zum *Festungshof*, ließ das Hotel aber links liegen und steuerte den Berg weiter hinauf. Die Straße glitzerte im Scheinwerferlicht, Eis blitzte wie Tausende funkelnder Strasssteinchen. Oben auf der Höhe wiesen Schilder zum Flugplatz, zur Fliegerklause und zum Aero-Club. Katinka hielt und stieg aus. Die grauen Wolken der letzten Tage waren abgezogen, das ganze Firmament spannte sich sternenübersät über die Welt. Eiseskälte aus dem Weltraum rollte in unendlichen Wellen teilnahmslos über Land und Menschen hinweg. Still blieb Katinka stehen und ließ ihren Blick über die Hügel schweifen, ihren mit der Nacht verschmelzenden Umrissen nachsinnend, von Lichtpunkt zu Lichtpunkt wandernd. Sie hatte diese Vision, dass eines Tages der Globus einfach im Januar stehen bleiben könnte und es immer Winter und kalt bliebe. Oft spielte sie in Gedanken durch, wie sie sich helfen würde. Nach Australien auswandern, das im ewigen Sommer gelandet wäre. Natürlich war ihr klar, dass die Erde niemals einfach anhalten würde, und wenn, wäre sie ohnehin all ihre Sorgen los. Es war nur ein Gedankenspiel, fein säuberlich getrennt von den Problemen ihres wirklichen Lebens. Sie dachte an die Nacht, die aus ihrem Gedächtnis gefallen war, erschauerte beim Gedanken an die Schleusenmauer, an das gurgelnde Wasser neben ihr.

Ihr Handy klingelte. Es lag auf dem Beifahrersitz, aber sie hörte den Nokia-Ton überdeutlich.

»Palfy?«

»Susanna Heinze. Sie haben bei mir angerufen.«

Ihre Stimme schwappte träge durch die Leitung.

Katinka brauchte einige Sekunden, um sich in Erinnerung zu rufen, dass sie auf Susanna Heinzes Anrufbeantworter eine Nachricht hinterlassen hatte, und dass Susanna zu den Pärchen gehörte, die sie im *Rio Club* in Bamberg gesehen haben mussten.

»Frau Heinze, gut dass Sie zurückrufen. Es geht um den *Rio-Club*. Am Samstag, da kamen Sie doch mit drei anderen in den Gastraum, um Geld zu wechseln, oder?«

Es dauerte eine Weile, bis Susanna Heinze sich zu einem »ja« durchrang, das *a* taumelte wie betrunken durch die Leitung.

»Können Sie sich erinnern, an einem der Tische, gleich bei der Theke, eine Frau und einen Mann gesehen zu haben?«

Katinka beschrieb sich selbst und kam sich wie ein Clown dabei vor. Susanna Heinze reagierte nicht.

»Dann war ein Mann dabei, Brille, Farmerhut ...«, fuhr Katinka fort.

»O.k., klar!« Susanna Heinze wachte auf. »Klar. Ein Typ. So einen blöden Bart hatte der. Wie ein Tier, das gekämpft hat, gegen einen Rivalen, und dem der Pelz aufgerissen wurde.«

Ziemlich durchgedrehter Vergleich, dachte Katinka.

»Kannten Sie den Mann.«

»Nee. Wieso?«

»Würden Sie ihn wiedererkennen?«

Es ist sinnlos, dass ich das frage, dachte Katinka. Ich habe keinen Henryk Pawlowicz im Kühlschrank, den ich ihr präsentieren könnte.

»Keine Ahnung. Kann sein. Oder auch nicht.« Susanna Heinze zog sich in ihren sedierten Zustand zurück.

»Danke, Frau Heinze, für Ihren Rückruf.«

»Schon recht. Tschüss dann.«

Katinka beobachtete, wie ein Wagen langsam vorbeifuhr und zum Flugplatz abbog. Die Rücklichter tauchten in die Dunkelheit. Sie blieb noch eine Weile auf der Höhe stehen. Sie zählte die Lichter auf den Hügeln, die Türme der Veste und schickte ihre Gedanken in die Geschichte zurück. Wer immer sich dieser Burg mit der Absicht genähert hatte, sie einzunehmen, musste gespürt haben, dass sein Ansinnen nicht von Erfolg gekrönt sein konnte. Sie war zu mächtig. Das Wort *Trutzburg* fiel Katinka ein, und ein Kirchenlied: *Ein' feste Burg ist unser Gott.* Diese Festung war ein Fels der Uneinnehmbarkeit in einem Krieg aus dem Mittelalter, in dem mit Kanonen und Armbrüsten gekämpft wurde. Wenn Katinka die Augen schloss, hörte sie in ihrer Fantasie Kanonenkugeln gegen Mauern donnern, sie sah die Burgfrauen beim Schein blakender Flammen zusammengekauert in ihren Kemenaten sitzen, sah einen Verschwörer über den Burghof schleichen, sich wachsam umsehen, bevor er sich dem Burgbrunnen näherte und Gift aus einem Beutel hineinrieseln ließ. Lauschte den energischen Schritten des Burgherrn, der zum Tor unterwegs war, um seine Kapitulation bekannt zu geben. Was für ein ganz anderes Leben, dachte Katinka. Nehmen wir an, die Agenturmitarbeiter sind Burgbewohner des Mittelalters. Nehmen wir an … ihre Gedanken verloren sich in der Nacht, sie beobachtete die Atemwolken vor ihrem Gesicht. Ich muss mehr über die Verhältnisse der Agenturkollegen zueinander rauskriegen, sagte sie sich. Beispielsweise über diesen Gruschka, der angeblich rausgemobbt wurde.

Allmählich spürte sie ihre Füße nicht mehr. Von dem kleinen Flugplatz tönte Motorengeräusch herüber. Katinka riss sich los, stieg ins Auto und drehte den Zündschlüssel. Behutsam und konzentriert ließ sie den Wagen den Berg hinunterrollen, ein Scheinwerferpaar stahl sich in ihren Rückspiegel. Der Wagen fuhr schnell, blendete auf, überholte und sauste um die Kurve beim Hotel.

»Idiot«, knurrte Katinka. Sie hielt auf dem Hotelparkplatz und schnappte sich ihre Tüten. Unprofessionell, dachte sie, so mit Plastiktüten in ein Hotel reinzugehen.

Mirko Büchner freute sich wie ein Schneekönig.

»Schön, dass Sie noch ein bisschen bleiben«, sagte er. »Ich reserviere Ihnen den gleichen Tisch wie gestern, ist das recht?«

»Ja. Danke.«

Katinka nahm ihm den Zimmerschlüssel aus der Hand. Hartmann wusste nichts von dem Handy. Katinka nahm die Stufen in den zweiten Stock im Laufschritt. *Zehntausend und den Speicherstift, ansonsten Polizei.* Er hatte nichts von dem Telefon gesagt. Also wusste er nichts davon, oder er brauchte es nicht. Er wollte nicht an Mendels Nummern, Adressen und Termine. Er hatte es auf die Daten zum Ghostwriting-Projekt abgesehen.

»Aber warum«, sagte Katinka zu der Zimmertür. Sie drehte den Schlüssel, drückte die Tür auf und ließ mit einem Seufzer ihre Einkaufstüten fallen. Mit dem Ellenbogen schaltete sie das Licht an. Das Zimmer sah genauso aus wie gestern, als sie es zum ersten Mal bezogen hatte. Das ist das Angenehme und gleichzeitig Gruselige an Hotels, überlegte Katinka. Man hatte ihr eine Praline aufs Kopfkissen gelegt. Im Zimmer war es kühl. Katinka drehte das Heizungsthermostat hoch, sortierte ihre Einkäufe. Stellte Shampoo, Zahnputzzeug, Haarbürste ins Bad.

Hartmann weiß nicht, dass ich Mendels Handy entdeckt habe. Thurid kann nicht zugeben, dass sie es vermisst. Ich kenne Mendels Termine. Ich habe die Adressen. Ich kann loslegen.

Sie betrachtete ihr Gesicht im Spiegel über dem Waschbecken. Erstaunt stellte sie fest, dass sie frisch aussah, beinahe ausgeruht. Vielleicht war das hier wie Urlaub. Sie sollte expandieren. Möglicherweise konnte sie auch im Ausland ermitteln. Venedig, Budapest, Paris, Odessa. All die Städte, von denen sie träumte. Katinka fischte den Lippenstift aus der Kaufhaustüte. Bedächtig trug sie helles Rostbraun auf ihre Lippen auf. Sie biss auf ein Stück Klopapier. Zu spät entdeckte sie die Kleenexschachtel auf dem Bord neben dem Spiegel.

Sie nahm Stift und Notizbuch mit und machte sich auf den Weg ins Restaurant. Nach Sauerbraten mit Blaukraut und Coburger Klößen bestellte sie sich einen Espresso. Sie kopierte zuerst Mendels Adressbuch, dann seine Termine vom Handy in ihr Notizheft. Er hatte weit vorgeplant, in diesem Jahr. Am 6.1. fand sich kein Eintrag. Er wird den Termin mit Lehmann nicht mehr nachgetragen haben, weil er sich spontan mit ihm verabredet hat, dachte Katinka. Sie ließ den Betrag für das Essen auf ihre Zimmerrechnung setzen und ging zur Rezeption.

»Ich bräuchte einen Briefumschlag, wenn es geht, einen neutralen«, sagte sie zu Mirko Büchner, während sie ihren Zimmerschlüssel über den Tresen reichte.

Büchner nickte und verschwand im Büro, kam mit einem braunen Kuvert zurück.

»Danke!«

Katinka trat ins Freie. Noch mehr Sterne hatten sich zu ihren Artgenossen an den Himmel gesellt. Sie stieg ins Auto, steckte Mendels Handy und USB-Stick in den Umschlag, schrieb ihren Namen als Absender drauf und klebte ihn zu.

Der Diensthabende in der Polizeidirektion sah sie mit müden Augen an.

»Ich habe etwas für Hauptkommissar Schilling abzugeben.«

Sie reichte dem Beamten den Umschlag.

»Der ist erst morgen wieder da«, sagte der Mann müde.

»Morgen reicht. Schönen Gruß.«

Wenig später war Katinka wieder beim Hotel. Sie stürmte die Auffahrt hinauf und trat an die Rezeption.

»Jemand hat nach Ihnen gefragt«, sagte Mirko Büchner, glücklich, endlich richtig Hotel spielen und Nachrichten weitergeben zu können.

»Wer?«

»Er hat seinen Namen nicht genannt. Ein grobschlächtiger Typ, graue Haare.«

Hartmann, dachte Katinka. Jetzt drückt er auf die Tube.

»Sollte der Herr nochmal auftauchen, ich habe keinen Gesprächsbedarf.«

Im Zimmer stellte sie den Fernseher an. Hartmann würde sie sich noch vorknöpfen. Sie kuschelte sich ins Bett und sah sich ihre Aufzeichnungen durch. Peter Gruschka, dachte sie, angeblich von Frank Mendel aus der Agentur gemobbt. Alissa Herbst glaubte nicht daran, ihr Geliebter würde so etwas nicht tun. Als möglichen Mörder nannte sie jedoch Gruschkas Namen. Welchen Grund könnte Gruschka haben, Mendel aus dem Weg zu räumen?

Mendel drangsaliert Gruschka, macht ihm das Arbeiten in der Agentur unmöglich, rechnete Katinka ihre Variablen durch. Das ist die eine Version. Es gibt aber noch eine andere. Hat am Ende Mendel Gruschka erpresst? Von Gruschka verlangt, den Job hinzuschmeißen, ihm gedroht, irgendwas auffliegen zu lassen? War Gruschka ihm bei irgendetwas im Weg? Eigentlich konnte jeder zufrieden sein mit dem Status quo. Lehmann bekam sein Buch geschrieben. Gruschka arbeitete freiberuflich, wie er es sich immer gewünscht hatte. Hartmann hatte immerhin einen Job und war als Graphiker erste Sahne, wenn man glauben durfte, was gesagt wurde.

Katinka sah auf die Liste, die sie vor Alissas Haus notiert hatte:

ein gemobbter Ex-Kollege
ein neidischer Kollege
ein General aus Afghanistan

Letzteren kann ich streichen, dachte Katinka. Er ist erstens kein General. Und zweitens hat er keinen ersichtlichen Grund, Mendel umzubringen.

Sie stand auf und trat ans Fenster.

»Es sei denn«, sagte sie zu den weißglänzenden Schneeflächen dort draußen in der eisigen Nacht, »es sei denn, er wollte plötzlich sein Buch nicht mehr veröffentlicht sehen. Warum auch immer.«

Sie dachte an Benno Lehmann, den sympathischen Mann mit der Leidenschaft für Karpfen. Labil, psychisch aufs äußerste verletzt. Den ein paar Tropfen verschütteten Tees aus dem Gleichgewicht warfen.

Jeder ist fähig, einen Mord zu begehen, wenn die Umstände stimmen, mahnte sich Katinka. Jeder. Und alle Kriminellen lügen und spielen Theater. Alle.

Unbeeindruckt schickten die Straßenlaternen ihr schwaches, kaltes Licht in die Dunkelheit. Jenseits der Lichtkreise lag nichts als Schwärze, ein stummes, bewegungsloses Nichts. Sie war in Gedanken bei Thurid und ihrem Mentor. Thurid hatte einfach Glück gehabt, jemanden kennen zu lernen, der ihr den Weg ins Berufsleben freischaufelte. Keiner leckte sich die Finger nach Studienabsolventen, Katinka hatte es am eigenen Leib zu spüren bekommen. Das Gefühl, bewertet, kritisiert und weggebissen zu werden, war Bestandteil ihrer eigenen Erfahrungen. Versonnen rief sie sich ihre Anfänge als Privatdetektivin in Erinnerung. Ein Zusammenstoß mit den Autoritäten in Gestalt der kompromisslosen Oberkommissarin Johanna Winkler hätte sie beinahe aus dem neu gewählten Beruf getrieben. Sie hatte an sich gezweifelt, auf eine bittere, beinahe selbstzerstörerische Art. Aber dann war Hauptkommissar Harduin Uttenreuther auf der Bildfläche erschienen, ein Mensch mit gesunder Neugier. Ein Fels an Zuverlässigkeit. Hardo. Katinka betrachtete ihr undeutliches Spiegelbild im Fenster. Einer, den sie von Anfang an in all seiner Ruppigkeit sympathisch fand. Dessen Appetit auf Bier und fränkische Hausmannskost sie entwaffnet hatte, der ihren unkonventionellen Ermittlungsmethoden als bayerischer Beamter misstraute und als erfahrener Polizist vertraute, der sich für sie einsetzte und ihr Selbstwertgefühl hob, indem er zuließ, dass sich ihre Kenntnisse und Vorgehensweise an der Wirklichkeit erprobten. Was für eine Idiotie, dieser Streit, dachte Katinka seufzend und erwog, ihn anzurufen. Angelte nach dem Handy, ließ es aber sinken und sah unentschlossen in die Winternacht hinaus.

Ein Mann ging draußen vorbei, eingemummelt gegen die Kälte. Ein Hund lief ihm nach.

12. Von Häusern und Frauen

Mittwoch, 12. 1. 2005, 8:01 Uhr

Katinka verfluchte die Sommerreifen. Die Brücke war spiegelglatt, trotz kleiner Maulwurfshügel von Streusalz auf der Fahrbahn. Letztendlich fluchte sie über ihre eigene Faulheit. Winterreifen aufziehen zu lassen, wäre die einfachste Sache der Welt gewesen.

Ölberg, dachte Katinka. Eine solide Adresse. Sie quetschte sich in eine Parklücke, hoffte, dass der Käfer nicht zurückrutschen würde, und stieg aus.

Die Gegend lag ruhig, das durchdringendste Geräusch kam von einer Armee Schneeschaufeln, die über Wege und Gehsteige schrappten. Hier räumten die Anwohner vorschriftsmäßig Schnee.

Katinka öffnete das Gartentor. Das Haus der Hartmanns lag am Hang, von der Straße zurückgesetzt, und blickte düster in den frühmorgendlichen grauen Winterdunst. Der Fußweg zum Haus war vom Schnee befreit worden, kleine Splittsteinchen sollten gegen die Glätte helfen. Katinka kletterte über steile Treppenstufen, bis der Weg eine scharfe Biegung zur Haustür machte.

»He!«, rief jemand. Katinka drehte sich um.

Ein Mann mit Pudelmütze auf dem Kopf und einer Schneeschippe im Arm winkte vom Nachbargarten herüber. Pillauge is watching you, dachte Katinka. Sie stapfte durch die Schneehaufen zum Zaun.

»Wohin wollen Sie denn?«, fragte der Nachbar.

»Ich will zu den Hartmanns«, sagte Katinka. »Die wohnen doch hier, oder?«

»Da kommen Sie zu spät, die sind immer früh dran. Spätestens um sieben sind die aus dem Haus.« Der Nachbar kratze sich unter der Pudelmütze. »Was wollen Sie denn von den Hartmanns?«

Privat mochte Katinka keine Typen wie diesen, aber beruflich waren sie nützlich.

»Ich hatte eine Anzeige aufgegeben«, erklärte sie bereitwillig. »Ich helfe im Haushalt und solche Sachen. Edith Hartmann hat mich angerufen.«

»Ach so«, sagte er. »Dann braucht sie jemanden für den Umzug, nehme ich an.«

Katinka sah perplex zu, wie er begann, die Schneeklumpen von den Rändern seiner Schaufel zu kratzen.

»Ziehen die Hartmanns um?«

»Sie können das Haus nicht mehr halten. Hat Edith Ihnen das denn nicht gesagt?«

»Nein. Ich dachte, es geht um eine Haushaltshilfe, Putzen und so was«, erwiderte Katinka. Sie schob die Hände tief in die Taschen, ihre Handschuhe lagen im Auto.

»Tja, traurige Geschichte«, sagte der Mann. »Wissen Sie, Udo hat da einige blödsinnige Finanzaktionen am Laufen. Er hat Geld verloren, alle Rücklagen. Ein schwerer Schlag.«

Es klang, als beklage der Mann ein Erdbeben.

»Da habe ich auch schon die schlimmsten Geschichten gehört«, kam Katinka ihm entgegen. »Man darf niemandem trauen, besonders nicht den Anlageberatern, wenn sie einem Renditen bis zum Himmel versprechen.«

»Genau.« Er hieb die Schaufel einige Male auf den Boden, dass die Eisreste wegspritzten. »Und wissen Sie was? Die Fonds hat ihm ein Kollege untergejubelt. Hat ihm das Blaue vom Himmel runtergelogen, alles wäre bombensicher und nach ein paar Jahren würden grüne Scheinchen auf ihn runterregnen. Tapfere Frau, die kleine Edith Hartmann. Sie legt sich mächtig ins Zeug, um das Schlimmste abzuwenden, aber als Aushilfe verdient sie natürlich viel zu wenig, um alles reinzuholen, was in den Fonds abgesoffen ist.«

Katinka schwirrte der Kopf. Ein Kollege. Wenn es dieser eine gewesen war, der nun steif wie gefrorener Kabeljau in der Rechtsmedizin lag ...

»Wird das Haus verkauft?«, fragte sie.

»Ist schon über den Tresen«, sagte der Nachbar eifrig. »Kaum annonciert, kamen hier die Interessenten scharenweise den Berg rauf. Ich dachte, Sie wären auch eine von denen. Die Hartmanns haben normalerweise wenig Besuch. Viel haben sie nicht mehr für die Bude gekriegt.«

»Da muss man einiges renovieren, was?«

Der Mann spießte seinen dick wattierten Handschuhzeigefinger in die Luft.

»Ich habe es Hartmann schon jahrelang gesagt, in den Ohren lag ich ihm damit. Das Dach gehört neu gedeckt, die Heizung ist jenseits von gut und böse, und ein neuer Außenputz wäre auch mal nicht schlecht. Im letzten Sommer hat Edith die Fenster gestrichen. Da hat sie einen Mann im Haus, aber ...« Er brach ab, als sei ohnehin schon alles gesagt.

»Haben die Hartmanns lange hier gewohnt?«

»Seit der Junge geboren war, ein halbes Jahr war der höchstens alt, da zogen sie ein. Freddy ist jetzt 26, gerade fertig mit dem Studium. Kommt sowieso nicht wieder nach Coburg, der will die Welt sehen. Physiker ist er geworden.«

»Traurig, ausziehen zu müssen, wenn man in einem eigenen Haus daheim war!«, drückte Katinka auf die Tränendrüse.

»Die Hartmanns haben sich eine Wohnung gemietet. Nicht in der besten Gegend, muss man leider sagen. Edith sagte, sie haben jetzt nur noch drei Zimmer. Unter drei hätte sie es nicht gemacht. Lieber geht sie schuften.«

Katinka sah zum Hartmannschen Haus hinüber. Stellte sich vor, wie die nächsten Bewohner die Fenster aufrissen, hämmerten und sägten, wie die ersten Schneeglöckchen aufblühten und ein neugieriger kleiner Hund mit Schlappohren durch den Garten schnüffelte.

»Also, schönen Tag dann noch«, sagte der Nachbar, wandte sich um und stapfte in seinen eigenen Fußspuren davon. »Umzug ist in drei Wochen. Ich werde auch Hand anlegen. Dann sehen wir uns ja!«

Mittwoch, 12. 1. 2005, 9:05 Uhr

Katinka suchte gerade die krakeligen Namensschilder an dem Haus in der Ketschengasse nach dem Namen *Gruschka* ab, als die Tür aufging und ein Riese sie beiseite schob. Er hielt ein Handy an sein Ohr und sah gleichermaßen besorgt wie entnervt aus.

»Wie du meinst, Becky. Ich bin unterwegs zum *Prinz Albert*. Komm auf ein halbes Stündchen rüber, dann besprechen wir das.«

Becky, dachte Katinka. Von Maria Mendel hatte sie

den Namen gehört. Becky ist die Ehefrau des gemobbten Peter Gruschka. Nichts wie hinterher.

Sie folgte dem hageren XXL-Mann die Straße hinauf. Er betrat ein Café und stieg in den ersten Stock hinauf. Katinka blieb dicht dran, setzte sich an den Nebentisch und schlüpfte aus ihrem Mantel. Er bestellte sich einen schwarzen Tee, die Bedienung trat an Katinkas Tisch.

»Was darf ich Ihnen bringen?«

»Einen Kaffee bitte«, sagte Katinka gehetzt. Sie setzte sich so, dass sie Gruschka genau im Visier hatte. Er legte ein Magazin vor sich bereit, wurde aber sogleich von einer Frau unterbrochen.

»Becky, da bist du ja schon.« Er klang fröhlich, auch wenn sein Gesicht so aussah, als würde er sich lieber erst einmal mit seinem Magazin beschäftigen. »Was gibt's so Dringendes?«

Becky Gruschka schob sich neben ihn. Sie war groß, dicklich, und trug ihr kräftiges, blondes Haar hochgesteckt. Ein sinnlicher roter Mund verzog sich zu einem halbherzigen Lächeln.

»Das macht keinen Spaß mehr, Peter«, sagte sie mit gedämpfter Stimme. Katinka beugte sich unbeteiligt über ihr Notizbuch und kritzelte Grinsgesichter auf die Seite.

»Was ist los!«

»Im Büro piesacken sie mich alle. Wollen rausfinden, was ich über den Mord weiß.«

»Nichts weißt du. Wir beide haben ein Alibi. Uns kann keiner an die Wäsche.«

Becky lachte unfroh.

»Klar, eine Party mit beinahe zwanzig Gästen, das muss man sich auf der Zunge zergehen lassen.«

»Einer der Zufälle, die das Leben schreibt«, mutmaßte Gruschka und winkte der Kellnerin. Becky bestellte heiße Milch mit Honig. »Dass wir in jener Nacht was geraucht haben, braucht niemanden zu interessieren.«

Sieh an, dachte Katinka. Sie schrieb *kiffen* auf ihr Blatt und griff nach der Tageszeitung, die jemand auf einem Stuhl hatte liegen lassen.

Becky stöhnte.

»Du stehst im Zenit des Interesses, Peter.«

»Ich?«

»Nicht des polizeilichen. Klatsch eben. Die Kollegen fragen nach. Gerüchte kursieren, dass Mendel dich gemobbt hätte und Fenering dich hätte rausschmeißen müssen, um den Frieden wiederherzustellen …«

»Das ist Unfug, Becky«, fuhr Gruschka dazwischen. »Ich habe aus freien Stücken gekündigt. Und wenn ausgerechnet Fenering von Frieden spricht …«

Katinka blätterte sich zur Kulturseite durch.

»Komm schon«, murrte Becky. Sie nahm huldvoll die heiße Milch in Empfang. »Wer glaubt das!«

»Das geht mir am Körperteil vorbei, wer das glaubt«, fauchte Gruschka und reagierte nicht auf das vorsichtige *Psssst* seiner Frau. »Ich kann meinen Kündigungsbrief an Fenering sogar öffentlich machen.«

»Darum allein geht's nicht.« Becky rührte in ihrer Tasse. »Du warst Fenerings rechte Hand, du hattest den besten Verdienst in der ganzen Agentur. Mendel wollte deine Position. Niemand versteht, wie du so was aufgeben konntest.«

Gruschka beugte sich vor.

»Liebste«, sagte er. »Ich habe meine Gehälter nicht publiziert. Woher wollen die das wissen? Woher will überhaupt irgendjemand wissen, was wirklich bei Fenering vorgeht?«

»Du meinst das erotische Dauerkarussell?«

Katinka tat, als kopiere sie etwas aus der Zeitung in ihr Notizbuch und lauschte verwundert Beckys leisem Kichern. Gruschka stupste sie auf die Nase und setzte sich in Positur.

»Fenering hat mit allen Frauen. Sogar mit dir und Alissa Herbst.«

Katinkas Stift machte einen Schlenker.

»Und du hast mit Irmela Fenering, mit Edith Hartmann und …«, listete Becky auf.

Upsassa, dachte Katinka.

Gruschka winkte ab. Sie brachen beide gleichzeitig in lautes Lachen aus.

»Aber ich habe nicht mit Thurid«, sagte Gruschka. »Und Hartmann hat mit keiner.«

Becky schnäuzte sich lautstark.

»Sag lieber, keine hat mit Hartmann.«

Sie sahen einander liebevoll an.

»Worüber regst du dich auf«, fragte Gruschka dann. »Lass die Leute reden.«

»Liebschaften sind nicht das einzige Thema. Du und Mendel, ihr wart erbitterte Konkurrenten.«

Katinkas Handy vibrierte lautlos. Sie warf einen Blick auf das Display. Schillings Name blinkte auf. Soll warten, dachte sie.

»Fenering traute mir mehr zu als Mendel.« Gruschka beugte sich vor. »Becky, Darling. Ich habe bekommen, was ich will. Es ist ein Traum, frei zu arbeiten. Und was den Mord betrifft: Ich habe ein Alibi, ebenso wie du und Fenering. Ich bin aus dem Schneider. Ich würde doch mein Leben und deines nicht versauen, um Mendel aus dieser Welt zu pusten. So wichtig ist er mir wirklich nicht. Wie wäre es, wenn du deine Tratschtanten auf Hartmann ansetzt?«

»Wegen der Fonds?«

Katinka schrieb *Fonds* auf und setzte die leere Kaffeetasse an die Lippen.

»Wenn sich in gewissen Kreisen schon alles so schnell herumspricht«, sagte Gruschka ärgerlich, »dann sollte doch auch bekannt sein, dass Mendel uns Kollegen irrwitzige Renditeversprechen machte, damit wir in diesen Fond einzahlten. Wer hat sich drauf eingelassen? Hartmann. Wer sonst.«

Katinka bestellte einen zweiten Kaffee. Kurz traf sich ihr Blick mit Beckys.

»Seine Frau tut mir leid«, seufzte Becky jetzt. »Alle Ersparnisse beim Teufel.«

Gruschka trommelte mit den Fingern auf den Tisch.

»Ich muss mehr an Thurid denken. Armes Mädchen.«

»So?«, ließ sich Becky kühler als zuvor vernehmen.

»Sie war die Einzige, die Mendel wirklich mochte. Und er mochte sie.«

»Da habe ich aber andere Storys gehört«, widersprach Becky.

Katinka bekam ihren Kaffee.

Gruschka gähnte und sagte halbherzig: »Wieder Gerüchte.«

»Thurid stand unter Mendels Fuchtel. Sie fühlte sich ständig in der Pflicht, seine Meinungen zu vertreten, seine Vorlieben und Strategien zu übernehmen. Wen Mendel nicht mochte, den hatte auch Thurid auf dem Kieker. Du hast es mir selbst erzählt, schon vergessen?«

Gruschka grummelte etwas Unverständliches.

»Rede dich nicht damit raus, dass er sie eingeführt hat, dass sie in ihn verliebt und stolz war, mit ihm schlafen zu dürfen«, raunte Becky. »An was für einem Projekt arbeitete Mendel eigentlich aktuell, weißt du das?«

Gruschka zückte seine Brieftasche.

»Nein. Wirklich nicht. Keine Ahnung. Aber du erinnerst mich daran, dass ich mich meinen eigenen Projekten widmen sollte.« Er legte Geld auf den Tisch. »Hast du in letzter Zeit zufällig Irmela gesehen?«

Becky schüttelte den Kopf und betrachtete missmutig die Münzen.

»Stehst du immer noch auf Sportskanonen?«, fragte sie.

Gruschka richtete seine knappen zwei Meter auf und schlüpfte in seinen Anorak.

»Nein. Ich wollte nur wissen, ob deine Waschweiber Irmela auf der Tagesordnung haben.«

»Warum sollten sie? Sie ist seit langem von Fenering geschieden und hat mit der Agentur nichts zu tun.«

»Sie ist Sportschützin.« Gruschka küsste seine Frau zärtlich auf die Wange. »Ist dir das entfallen?«

Katinka fiel der Stift aus der Hand und klirrte gegen die Kaffeetasse. Niemand nahm Notiz von ihr.

»Außerdem«, fuhr Gruschka fort. »Sie war ernsthaft auf Mendel aus. Mehr als alle anderen.« Becky schob nachdenklich ihre Tasse weg.

»Irmela?«

»Aber ja!« Gruschka küsste sie noch einmal. »Das machen wir wieder öfter, kleine gemeinsame Kaffeepausen am Vormittag, versprochen?« Er winkte zum Abschied und ging davon. Seine Frau sah ihm lange nach.

13. Drohungen

Katinka knallte die Autotür zu. Schneeflocken tanzten vom Himmel. Schneewalzer, dachte Katinka und drehte den Zündschlüssel.

Das Handy. Immer klingelte das Handy einen Tick zu spät. Sie ließ den Motor laufen, drehte die Heizung hoch und meldete sich.

»Frau Palfy, hier spricht Schilling. Ich würde Sie gern sprechen.«

Katinkas Herz begann ein rasendes Percussionsolo. Furioso.

»Sicher. Heute gegen … 14 Uhr?« Sie hatte noch was anderes vor.

»Nein. Sofort. Ich erwarte Sie in einer halben Stunde.« Furiosissimo.

»Gibt es was Neues von …?«

»Wir können alles klären, wenn Sie hier sind. Bis gleich, Frau Palfy.«

Er legte auf. Katinka drückte den roten Knopf und warf das Handy auf den Beifahrersitz.

Schilling saß in seinem Büro, eine dampfende Tasse Cappuccino neben sich, und betrachtete seine Finger, als seien sie äußerst interessante Spurenträger bei einer wichtigen Beweisaufnahme.

»Ah, da sind Sie ja.«

»Guten Morgen«, sagte Katinka schwungvoll. »Worum geht's?«

Schilling trennte sich vom Anblick seiner Finger und fummelte in seinen Schubladen herum. Er förderte erst ein Handy, dann einen Speicherstick zutage. Beides kannte Katinka ziemlich gut.

»Würden Sie mir das freundlicherweise erklären?«, fragte er, setzte die Lesebrille auf und betrachtete das Handy, als sei es eben erst aus einem Saurierei geschlüpft.

Katinka hatte damit gerechnet, dass es Ärger geben würde, aber Ärger war sie gewohnt, den konnte sie geregelt kriegen. Schillings Blick sandte jedoch eine deutliche Sturmwarnung aus, als er sie jetzt über die schmalen Gläser seiner Brille hinweg quasi harpunierte.

»Ich habe gestern mit Thurid Maas gesprochen«, begann Katinka. Ein Warnschild mit der Aufschritt *ruhig bleiben, Stimme senken* blinkte in ihrem Kopf auf. »Sie brach in Tränen aus und brauchte ein paar Minuten für sich. In der Zeit entdeckte ich an Thurids Laptop diesen Speicherstick und hinter dem Heizkörper in ihrem Büro das Handy. Ich nahm an«, sie holte Luft und sprach langsamer weiter, »dass beides Mendel gehörte und dass Sie und Ihre Kollegen die Sachen bei der Durchsuchung der Büroräume nicht gefunden hatten. Also fühlte ich mich in der Pflicht –«

Schilling riss die Brille von seiner Nase und schleuderte sie auf den Tisch:

»Was ist das denn für eine abartige Geschichte!«

Katinka kannte Hauptkommissar Uttenreuthers Ausbrüche. Der schrie zwar nicht, aber seine Kritik kam, gelinde gesagt, durchaus ausdrucksstark rüber.

»Die Wahrheit ist eben manchmal abartig«, sagte sie.

»Eines vorweg«, fing sich Schilling und schraubte

seinen Ton auf Zimmerlautstärke. »Haben Sie Mendel erschossen?«

»Nein. Haben Sie den letzten Anruf gecheckt, der von Mendels Handy abging? Er hat Thurid …«

»Frau Palfy, halten Sie an sich. Sie sagen aus, erstens, Ihre Waffe sei entwendet worden, nachdem Sie angeblich mit K.o.-Tropfen ausgeknockt wurden. Zweitens, Sie behaupten, einen Auftrag von einer Klientin erhalten zu haben, einen gewissen Pawlowicz zu beschatten, können aber weder Adresse noch Telefonnummer der Frau angeben. Ihre Aussage können wir also nicht überprüfen.«

Er holte Luft, nahm aus der Tasse einen Schluck Cappuccino. Fasziniert beobachtete Katinka das Fetzchen Milchschaum, das in seinem Mundwinkel hängen blieb und zu wackeln begann, als er weiterredete.

»Drittens: Für die Tatzeit haben Sie kein Alibi. Viertens.« Er schnaufte, blieb stecken, leckte sich über die Lippen, die Milchschaumflocke klebte immer noch in seinem Mundwinkel. »Viertens: Sie befragen unbefugt Beteiligte, Sie«, das weiße Fetzchen löste sich sachte aus seinem Gesicht und taumelte weich wie Schnee in Richtung Schreibtisch, »mischen sich in die Ermittlungsarbeit ein.«

»Es gibt Zeugen, die mich mit Pawlowicz in der Kneipe gesehen haben«, sagte Katinka. »Folgende Personen können das bestätigen: Susanna Heinze und Tonio Albert, der an dem Abend im *Rio-Club* arbeitete. Als Alibi kann ich meinen Freund Tom Thiele nennen.«

»Ha!«, machte Schilling, klappte die Bügel seiner Brille ein und aus, ein und aus. »Sie wissen so gut wie ich, dass das nichts taugt, gar nichts.«

»Nachts schlafen die Ratten«, gab Katinka wütend

zurück. Allmählich fand sie Schilling reichlich albern, seine Anschuldigungen ebenso wie seine Fliege, sein im Deckenlicht violett changierendes Sakko und seine Lesebrille. »Und ich weiß so gut wie Sie, dass Alibis zu Nachtzeiten immer ein gewisses Problem darstellen, es sei denn, der Verdächtige feiert gerade in der Tatnacht eine rauschende Party mit zwanzig Gästen.«

»Gruschka. Sie waren bei Gruschka.«

»Ich habe nicht mit ihm gesprochen«, sagte Katinka wahrheitsgemäß. »Aber ich weiß, dass Fenering in der Tatnacht in Frankfurt eine Hotelbar leergetrunken hat.«

Schilling widersprach nicht.

»Aber was ist mit Hartmann, hat der ein Alibi?«, fragte Katinka. »Und seine Frau? Ich nehme stark an, die beiden decken sich gegenseitig.«

»Ja. Wobei …« Schilling biss sich auf die Lippen. Katinka verkniff sich ihr Grinsen mit Blick auf die Schwierigkeiten, die vor ihr lagen.

»Meine Waffe hätte ich gerne wieder«, begann sie.

Schilling ließ eine Schimpftirade vom Stapel. Katinka wartete seinen Temperamentsausbruch ab, ehe sie fragte: »Was haben Sie eigentlich für ein Problem mit mir?«

Hinter Schillings Rücken blinkten die Lichter des Kaffeeautomaten.

»Sie haben Ihre Beretta einem Mann geborgt, dessen Identität Sie uns nicht preisgeben wollen«, sagte Hauptkommissar Schilling. »Sie täuschen vor, mit K.o.-Tropfen willenlos gemacht worden zu sein.«

»Das GHB ist nachgewiesen worden. Schauen Sie in die Akten!«, erwiderte Katinka um einiges lauter. Sie dankte Hardo und Dr. Koninger im Nachhinein, dass sie auf einer Blutuntersuchung bestanden hatten. »Wirklich, Herr Hauptkommissar, wir können hier sitzen und uns anschreien wie Monsterkrähen. Das macht's auch nicht besser. Ich habe meine Waffe niemandem geborgt. Ich bin kein Pistolenverleih, sowas ist völlig daneben, das würde ich nie tun.«

Schilling lehnte sich zurück. Seine manikürten Hände drehten Tasse gegen Untertasse, bis die bunten Muster wieder zueinander passten.

»Ich kann Sie drankriegen, wegen Verstoßes gegen das Waffengesetz, Strafvereitelung und – last but not least – Beihilfe zum Mord.«

»Wie bitte?« Die grün und rot blinkenden Kontrollleuchten an der Kaffeemaschine blendeten Katinka mit einem Mal. Sie kniff die Lider zusammen. Bunte Lichter tänzelten vor ihren Augen. »Das kriegen Sie nie eingetütet.«

»Es war Ihre Waffe, Frau Palfy, und Sie haben keinerlei vernünftige Erklärung dafür, wie Ihre Pistole in diesen Fall hineingerutscht ist.«

»Was Sie mir damit sagen wollen«, entgegnete Katinka zuckersüß, »ist doch, dass es in Ihren Verantwortungsbereich fällt, eine solche Erklärung aufzuspüren, oder?«

Schilling trug seine Tasse mit bebenden Händen zum Waschbecken neben der Tür.

»So, Frau Palfy. Ich nehme Sie entweder sofort fest, dann haben Sie 48 Stunden Extraurlaub, in einem weniger komfortablen Quartier als im *Festungshof*, und anschließend entscheidet der Haftrichter. Oder aber, Sie machen sich auf die Socken, fahren hübsch brav nach Hause und lassen uns unsere Arbeit machen.«

Das können Sie nicht machen, wollte Katinka sagen,

aber es klang ihr zu sehr nach Kino. Das zweite, was sie loswerden wollte, war, Sie miese Ratte. Sie profitieren doch nur von Ihrer Position der Stärke in der administrativen Hierarchie. Das Kaffeecockpit des Hauptkommissars hörte nicht auf zu blinken. Da war dieser plötzliche Impuls, auf die Hochtechnologie einzuschlagen, die Elektronik mit ein paar Hieben außer Gefecht zu setzen und Schilling die Chromnickelstahlverkleidung zwischen die Zähne zu schieben.

»Schönen Tag dann!«, sagte Katinka nur, stand auf, schnappte sich ihren Rucksack und ging zur Tür.

»Ach, Frau Palfy?«

Unwirsch drehte sich Katinka um. »Was ist!«

»Ihre Waffe dürfen Sie abholen, sobald sich die Vorwürfe gegen Sie geklärt haben.«

Mittwoch, 12. 1. 2005, 11:59 Uhr

Das hohe Walmdach des *Festungshofes* hatte sich eine dicke Schneemütze übergestülpt. Sogar das runde Erkertürmchen an der Ecke träumte unter einer weißen Haube. Der Schnee fiel nun fein, die Temperaturen fielen. Katinka blieb einen Moment im Auto sitzen, um die Nachrichten zu hören. Der Tsunami in Ostasien nahm immer noch die erste Stelle ein. Katinka konnte sich nicht konzentrieren. Die Gedanken rasten durch ihren Kopf wie von einem Schneebesen verrührt, schwappten gegen die Innenwände ihres Schädels, sie hielt sich die Ohren zu, drehte das Radio aus und kurbelte das Fenster herunter. Die kalte Luft brachte sie zur Besinnung.

Sie ließ sich ihren Zimmerschlüssel geben. Mirko

Büchner war nicht da. Katinka packte ihre Habseligkeiten in die Kaufhaustüten und checkte aus.

»Tut mir leid, aber mir ist was dazwischengekommen«, hörte sie sich sagen, wobei ihr durch den Kopf ging, dass sie sich für ihre Abreise nicht zu rechtfertigen brauchte. Ich könnte Mirko Büchners Kollegin auch sagen, statt im Hotel penne ich heute Nacht im Knast, dachte sie, als sie mit ihrer Kreditkarte bezahlte, ihre Tüten aufnahm und zum Auto ging.

Schilling wusste, dass sie im *Festungshof* gewohnt hatte. Die Überwachungsgesellschaft funktionierte perfekt. Jedenfalls konnte er jetzt ihr Konto überprüfen lassen und feststellen, dass sie bezahlt hatte und abgereist war. Wohin auch immer.

Katinka fuhr den Berg zu dem kleinen Flugplatz hinauf. Sie hörte Streusalz gegen die Karosserie spritzen. Auf der Höhe hielt sich der rotweiße Windsack exakt waagerecht in der Luft. Sie verzichtete darauf, auszusteigen, stellte den Motor ab und wählte eine Nummer. Sie musste warten, sich dann durchstellen lassen und wieder warten, bis sie endlich die Stimme hörte, auf die sie gehofft hatte.

»Sabine Kerschensteiner?«

»Sabine! Wunderbar, du hast Dienst. Hier ist Katinka.«

Sie sah die Polizistin vor sich, wie sie ihren Pferdeschwanz richtete und sorgsam die grüne Krawatte zurechtrückte.

»Wo steckst Du eigentlich, Katinka?«

»Ich bin noch in Coburg. Eigentlich wollte ich nur mal mit jemandem reden.«

»Was ist los. Geht's dir nicht gut?«

»Nein. Euer Coburger Kollege hängt mir allerlei miese Sachen an. Verstoß gegen das Waffengesetz. Strafvereitelung.«

»Was? Kann er … hat er …«

»Er hat nichts in der Hand, nein. Außer großer Töne, die er aber auch irgendwann restlos ausgespuckt hat, bleibt da nicht viel. Bloß Beihilfe zum Mord!«

Sabine holte tief Luft.

»Beihilfe zum Mord?«

»Dieser Mendel ist mit meiner Waffe erschossen worden.«

»Aber Katinka«, beruhigte Sabine. »Er blufft. Beihilfe würde voraussetzen, dass Du Mister X die Waffe freiwillig gegeben hast und wusstest, dass jemand damit ermordet werden sollte.«

»Wozu stiehlt man sonst eine Waffe, wenn nicht, um jemanden zu ermorden!«

»Du sagst es! Die Waffe wurde gestohlen, du hast sie niemandem verliehen.«

»Das kann ich aber nicht beweisen.«

»Aber der Kollege kann dir das Gegenteil nicht beweisen!«

»Wie geht's eurem Chef?«, fragte Katinka halbwegs beruhigt.

»Uttenreuther? Er ist in letzter Zeit reichlich missmutig. Ein paar Kollegen haben schon gejuxt, er sei wohl in den Wechseljahren für Männer. Stimmungsschwankungen und so weiter.«

Katinka lachte.

»Grüß ihn von mir.«

»Katinka?«

»Ja?«

»Du machst doch … »

»Keine Dummheiten, nein. Nur so, wie dieser Wolf

Schilling sich das vorstellt, kann es ja nun auch nicht gehen.«

»Das war eine ziemlich billige Drohung«, sagte Sabine. »Vielleicht kannst du ihn sogar drankriegen, weil er dich psychologisch unter Druck gesetzt hat … falsche Verdächtigung im Amt und sowas. Wir sind erst neulich darüber belehrt worden.«

Sie beendeten das Gespräch, Katinka legte das Handy weg und fragte sich, ob Schilling ihr jemanden an die Fersen geklebt hatte. Hier oben sah sie niemanden, kein Auto, nichts. Sie hätte gerne Hardo angerufen, ließ es aber bleiben. Ein Anschiss durch einen Polizeihauptkommissar am Tag reichte ihr fürs Erste. Katinka stieg aus. Schneeflocken umwirbelten sie, setzten sich auf ihre Schultern und ihr Haar.

Mendel wird erschossen, mit meiner Waffe. Soweit klar. In der Agentur Fenering geht's rund wie im Puff. Soweit auch klar. Das bringt eine Menge böses Blut und Eifersüchteleien mit sich. Katinka richtete ihr Gesicht genau in den Wind. Der Schnee biss in ihre Haut. Außerdem war da Hartmann, der um sein Vermögen betrogene Bärbeiß, ein Erpressertyp obendrein. Warum er Mendels Datenspeicher haben wollte, ging Katinka nicht in den Kopf. Was hatte Hartmann mit Benno Lehmanns Afghanistangeschichte zu tun. Womöglich erwartete Hartmann, auf dem Speicherstick erpressungstaugliches Material zu finden. Aber Mendel war tot und nicht mehr erpressbar. Katinka schüttelte den Schnee aus dem Haar und stieg wieder ins Auto. Sie suchte ihr Notizbuch heraus und kritzelte Stichpunkte aufs Papier. Sie gab zu, Hartmann gern als Hauptverdächtigen in die erste Zeile zu setzen. Er besaß die nötige Kaltschnäuzigkeit, um jemanden umzubringen, und ein Motiv hatte er auch. Katinka unterstrich *Motiv* mit vielen dicken Strichen, bis das Papier nachgab und der Kuli auf der Seite darunter weitermalte.

Hartmann hat Geld verloren, überlegte Katinka. Sie schrieb *Schulden* auf die Seite. Mendel umzubringen brachte ihm aber keine finanziellen Vorteile. Eher, Mendel zu erpressen. Aber Erpresser sind keine Killer. Erpresser werden gekillt. Katinka war heiß und kalt zugleich. Sie war sicher, die entscheidenden Daten beisammen zu haben, sie wusste, was es zu wissen galt, sie sah nur das große Ganze nicht. Katinka blätterte in ihrer Kladde herum. Sie notierte sich immer ziemlich viel, manches unzusammenhängend, wie es gerade kam, meistens Informationen zu ihren Fällen, Adressen, Termine, ein wildes Durcheinander, das für sie Sinn machte, weil sie die Anlässe kannte, um derentwillen sie die Eintragungen gemacht hatte. Ganz vorne ins Buch hatte sie einen Satz von Albert Einstein geschrieben: *Ich will Gottes Gedanken kennen. Alles andere ist Kleinkram.*

Wenn sie den einen Gedanken destillieren könnte, das entscheidende Motiv für einen der Beteiligten, Mendel umzubringen, dann würden die Details wie von selbst dazustoßen, sich zu einem prächtigen, barocken Bild gruppieren. Sogar ihre Beretta hätte darauf Platz, einen Ehrenplatz vermutlich, dachte Katinka.

Sie ging die Personen durch, die sie bisher kennen gelernt hatte. Frauen, dachte sie, unerwartet viele Frauen sind da neben den Platzhirschen. Wie stand es um die Exfrau des Agenturchefs, die Sportschützin? Katinka rief sich den Tatort ins Gedächtnis. Jeder, der im Umgang mit Waffen geübt war, würde eine für einen Fernschuss geeignetere Waffe mitbringen oder näher an sein Opfer herangehen. Sie rieb sich die Schläfen. Welchen

Sinn könnte es haben, Mendel zunächst anzuschießen, dann auf ihn zuzugehen und schließlich wie ein Exekutionskommando abzudrücken, aus unmittelbarer Nähe? Dazu brauchte es ein erhebliches Maß an Hartgesottenheit, grübelte Katinka. Oder große Verzweiflung, vielleicht auch Hilflosigkeit.

Sie notierte:

Hartmann – hartgesotten genug.

X – verzweifelt genug.

Auf Hartmann mochte beides zutreffen. Sie kritzelte ein wenig auf dem Papier herum, bastelte einen Dreisatz aus ihren Notizen und strich dann alles durch. Ich will Gottes Gedanken kennen.

Edith Hartmann. Katinka blies sich die Ponys aus der Stirn. Edith hat alles verloren. Nimmt Rache an Mendel. Katinka schloss die Augen, um sich die Szenerie im Hofgarten mit Edith Hartmann am Abzug vorzustellen.

Ein Auto kam von hinten, fuhr vorbei. Langsam. Katinka blinzelte. Die Straße war gestreut, aber voller rutschiger Schlieren aus Schneematsch und Salz. Hundert Meter weiter blieb das Auto stehen. Katinka sah die Bremslichter aufleuchten, Abgaswölkchen stoben aus dem Auspuff.

Sie legte eine Liste an. Zuerst schrieb sie alle Frauen auf: Edith Hartmann, Thurid Maas, Maria Mendel, Alissa Herbst. Ihr fiel auf, dass sie mit Irmela Fenering noch nicht gesprochen hatte. Dann gab es da noch Becky Gruschka, die eine Affäre mit dem Ex-Chef ihres Mannes gehabt hatte, während ihr Mann die Ex-Frau seines Ex-Chefs flachgelegt hatte. Das waren Katinka entschieden zuviele Exe, sie drehte und wendete die Namen in ihrem Kopf wie Memory-Kärtchen.

Männer, dachte sie, notieren wir doch mal die Männer: Udo Hartmann, Peter Gruschka, Edgar Fenering. Dann fiel ihr Benno Lehmann ein, und sie setzte seinen Namen dazu. Lehmann hatte auch eine Frau. Dorit Lehmann.

Der Wagen vor ihr fuhr wieder an. Ein simpler Polo älteren Datums. Sie beobachtete, wie die Rücklichter hinter der nächsten Kuppe versanken.

Becky Gruschka hatte sie in natura gesehen. Dorit Lehmann wenigstens auf einem Foto. Beide waren zu beleibt, um als Ines Pawlowicz durchzugehen. Aber Irmela Fenering käme vielleicht in Frage.

Katinka bekam Hunger. »Am Ende«, sagte sie laut zu sich selber, »ist einer der Männer hier als Henryk Pawlowicz aufgetreten, verkleidet mit Bart, Hut, Brille. Das wäre der Knaller.«

Doch Hartmann, Gruschka, Fenering, den sie gestern Morgen vor der Agentur kurz gesehen hatte, und auch Benno Lehmann kamen nicht in Frage. Ihre Staturen passten nicht. Gruschka zu groß und zu hager, Hartmann zu fett, Fenering zu stattlich und Lehmann zu kompakt. Ihr kam das Zeitungsfoto in den Sinn, das Thurid in ihrem Büro aufgehängt hatte. »Merkwürdig«, zog Katinka das Lenkrad ins Vertrauen. »Frank Mendel hätte als einziger aller Männer hier die passende Figur. Aber Mendel ist tot.« Sie dachte an die Leiche mit den Filzstiftkritzeleien auf der fahlen Haut.

Das Handy bohrte sich schrillend in ihre Gedanken.

»Palfy?«

»Hallo, Liebste.«

»Tom!«

»Ich habe heute noch gar nichts von dir gehört!«

»Ja, ich …« Katinka strengte sich an, um herauszufinden, ob sich da Spitzen hinter seinen Worten verschanzten. Im Gegenteil, er klang fröhlich, zuvorkommend, verständnisvoll.

»Ich muss gleich nach Hof, wollte dir nur rasch Bescheid geben«, unterbrach Tom sie. »Ein größerer Auftrag, da gibt es Kohle satt!«

»O, gut. Sehr gut«, hörte sich Katinka sagen. Sollte ihre Lizenz unter Schillings Einflussnahme im Gully landen, wäre es angebracht, wenn wenigstens Toms Geschäft florierte.

»Ich habe vor, heute Nacht noch nach Bamberg zurückzufahren, es kommt aber aufs Wetter an«, kam es von Tom.

»In deiner Klapperkiste nachts über die verschneite Autobahn?«, rief Katinka. »Mach das bloß nicht.« Sie wischte mit der freien Hand den Staub vom Armaturenbrett. »Und was ist mit Vishnu? Hat er genug Fressen?«

Tom lachte leise.

»Aber sicher. Ich freue mich, dass auch du dir mal um mich Sorgen machst, Darling. Und um unseren kratzenden Mitbewohner. Ich muss los. Wann kriegst du deine Waffe wieder?«

»Die ballistischen Untersuchungen sind noch nicht abgeschlossen.«

Katinka wünschte Tom viel Glück für seinen Auftrag und legte auf, ehe ihm weitere Fragen einfielen. Sie drehte den Zündschlüssel und stellte die Scheibenwischer an. Dicke Schneepacken rutschten über das Glas. Das Telefon schrillte erneut.

»Palfy?«

»Irmela Fenering. Ich würde Sie gerne kennen lernen.«

»Worum geht es?«

»Frank Mendel. Haben Sie heute um kurz nach 3 Uhr Zeit?«, fragte Irmela Fenering.

Katinka blätterte geschäftig in ihrem Notizbuch.

»Sieht so aus.«

»Dann um viertel nach drei. Vor dem Herzoginbau.«

»Wo bitte?«

»Auf der Veste. Waren Sie noch nicht da? Egal, Sie treten durch das große Tor und folgen den Hinweisen zu den Kunstsammlungen. Dann gehen Sie einfach noch ein Stück weiter. Wir können uns im Burghof gar nicht verfehlen.«

»Wie wäre es mit einem Café in der Innenstadt?«

»Frau Palfy, mich kennt Hinz und Kunz in dieser Stadt. Ich möchte mich ungestört mit Ihnen unterhalten. Ohne, dass es gleich wieder heißt, die Fenering hat sich mit einer Privatdetektivin getroffen.«

Katinka seufzte.

»In Ordnung. Herzoginbau. Bis dann.« Sie drückte den Aus-Knopf und lehnte sich zurück. Ihr Magen knurrte und tobte. Sie musste dringend etwas essen, irgendeine Kleinigkeit. Möglichst ohne Schilling zu treffen.

14. Herzoginbau

Mittwoch, 12. 1. 2005, 14:56 Uhr

Katinka konnte es nicht lassen. Sie stieg die sechs Stufen zu dem kleinen Wachtürmchen hinauf und spähte durch den schmalen Sehschlitz in die Dämmerung hinaus. Ihr Blick blieb an dem wuchtigen Turm auf dem nächsten Hügel hängen, bestimmt einen guten Kilometer entfernt. Armer Wachsoldat, dachte sie, während sie, den Mantel eng um sich geschlungen, in dem winzigen Rondell kauerte. Was für lange, eisige Stunden waren das, bis deine Ablösung kam. Schnell schlüpfte sie durch den schmalen Durchlass zurück, kletterte die Stufen mit einem Gefühl der Befreiung hinunter und schritt auf das barocke Vortor zu. Tief unter ihr lag der Burggraben. Ein feines Flimmern kam vom Himmel, winzige, federleichte Schneeflocken. Beim Anblick der alten Mauern überwältigte die Historikerin in Katinka für kurze Zeit die Detektivin. Vielleicht vermischten sich auch beide Personen zu einer. Zur Historienschnüfflerin. Katinka grinste und betrat den breiten Gang, der in den ersten Burghof führte. Er war gebogen, ein cleverer Verteidigungstrick gegen Eindringlinge, deren Rammbock unwillkürlich machtlos wurde. Ein Gittertor schwebte an der Decke, die Zacken bedrohlich auf die Besucher gerichtet. Katinka machte, dass sie weiterkam. Sie wusste nicht, ob dieses Tor noch benutzt wurde, aber das Kettenrasseln wollte sie lieber nicht hören, wenn das

Gitter herunterraste und Feinde mit seinen gezackten Riesenzähnen aufspießte. Sie sah einen schmalen Gang nach links abbiegen, stellte sich blakende Fackeln in groben Haltern vor, tanzende Schatten von Verschwörern, Erpressern und heimlichen Liebhabern an den Wänden. Stattdessen gab es Plakate, Werbung für die Kunstsammlungen. Hier war Luther durchgegangen, vor beinahe 500 Jahren. Sie berührte die eiskalte Mauer mit dem Zeigefinger und ging langsam weiter, die Fingerspitze strich über den rauen Stein. Luther hatte die Veste Coburg einige Male besucht und sich schließlich für ein halbes Jahr hier oben verborgen gehalten. Ein sichereres Versteck konnte es nicht geben. So eines bräuchte sie auch. Einen Ort, an dem sie ihrer Arbeit nachgehen konnte, ohne von Schilling und Co. behelligt zu werden. Allerdings übersetzte Katinka Palfy nicht die Bibel, ihr Job verlangte Ortswechsel. Sie dachte kurz an Benno Lehmann und seine Phantome. Die Kälte fraß ihre Füße ab.

Sie kam im ersten Burghof an. Überwältigt drehte sie sich ein paarmal im Kreis. Die Fassaden des Fürstenbaus, der Lutherkapelle, des Bulgarenturms und der Steinernen Kemenate fuhren vor ihren Augen Karussell. Sie hatte Lust, zur Hohen Bastei hinaufzusteigen, um die Stadt tief unter sich liegen zu sehen, ließ es aber bleiben. Schließlich wollte sie zu ihrem Date mit Irmela Fenering nicht zu spät kommen. Auf eine völlig irrationale Weise fühlte sie sich zwischen diesen Mauern beschützt und aufgehoben. Der berühmte Schoß Abrahams, dachte sie lächelnd, während sie durch das Tor neben der Steinernen Kemenate in den zweiten Burghof schritt. Durch die Eingangstür zu den Kunstsammlungen schimmerte warmes Licht in die Dämmerung hinaus. Der Himmel riss auf, eiskalt glänzende Sterne blinkten und zwinkerten. Katinka schlug den Mantelkragen hoch. Sie sah auf die Uhr, schon 12 Minuten nach 3. Ein großes Kanonenrohr präsentierte sich neben dem Museumseingang, *Chinesisches Geschützrohr* vermeldete die Aufschrift und nannte als Jahreszahl 1689. Rechts daneben sah Katinka ein Gitter hinter Efeu versteckt. Bären, dachte sie. Eine Burg hielt sich in früheren Zeiten einen Bären, und der arme Kerl verbrachte sein sinnloses Leben im Karzer.

Sie ging am Museumseingang vorbei. Jenseits der warmen Lichter lag der Herzoginbau. Katinka tastete sich die wenigen Stufen hinunter. Hier kam kein Lichtstrahl an.

Ihr Enthusiasmus verpuffte. Sie mochte diese Ecke nicht, alles wirkte undurchsichtig, opak, finster. In der Düsternis zwischen den alten Mauern vermisste Katinka ihre Pistole. Sie beobachtete eine Gruppe Besucher, die aus dem Museum kamen und mit klackernden Absätzen über das Kopfsteinpflaster hasteten. Das Geräusch verklang, tiefe Stille senkte sich auf den Burghof. Die Kälte biss nicht nur die Zehen ab, sie fraß auch alle Klänge. Den Schal viele Male um den Hals gewickelt, kam Katinka sich steif und unbeweglich vor. Sie ließ die Schultern kreisen, hüpfte auf und ab. Ein Blick auf die Armbanduhr, sie musste ihren Arm verdrehen, um in dem spärlichen Licht sehen zu können. Es ging auf halb vier zu. Keine Irmela Fenering in Sicht.

Katinka lehnte sich an die Außenmauer des Herzoginbaus. Die Kälte drängte sich durch Mantel und Pullover. Katinka spürte ein Ziehen im Kreuz. Ischiasnerven mochten keine Winter. Sie stieß sich ab und flitzte ein paarmal die Treppen zum Burghof hinauf und hinunter. Sechs Stufen, Plattform, nochmal sechs Stufen. Andere Richtung. Der Burgbär fiel ihr ein, der hatte weniger Auslauf gehabt.

Die Stimme tönte silbrig, wie eine Regieanweisung aus dem Off:

»Fideliter et constanter.«

Katinka kam ins Straucheln, ruderte mit den Armen und rutschte zwei Stufen tiefer, bis sie sich fing.

»Verzeihung!« Ein amüsiertes Lachen folgte, glockenhell, einmal die Tonleiter hinauf und wieder hinunter. »Irmela Fenering. Tut mir leid, wenn ich Sie erschreckt habe.«

Katinka missachtete die ausgestreckte Hand:

»Und ich will keinen Lateinunterricht bei Ihnen nehmen.«

Wieder das Lachen.

»Sie haben sich kundig gemacht.«

Also ist sie tatsächlich Lateinlehrerin, dachte Katinka, das war ein Zufallstreffer, sowas wie Anfängerglück.

»Fideliter et constanter«, dozierte Irmela Fenering, »das war der Wahlspruch des Herzogtums Sachsen-Coburg. Sie sind Historikerin, und deswegen sage ich das.«

»Woher habe ich nur den Eindruck, dass Sie mich kennen?«

Irmela Fenering lachte. Sie hatte Ausstrahlung, kein Zweifel. In Jeans, klobigen Stiefeln, einem ausgebeulten Parka und mit einem Wachshut auf dem Kopf gelang ihr, was den meisten Frauen selbst im Ballkleid verwehrt blieb: Groß, breitschultrig, das Gesicht auf eine anziehende Weise unregelmäßig, strahlte sie Eleganz aus.

»Sie waren in der Agentur. Sie haben Maria Mendel

getroffen. Sie spazieren seit kurzem durch diese wunderhübsche kleine Stadt. Und meinen, man dürfe Sie nicht kennen. Nichts da, Frau Palfy, inkognito zu ermitteln will gelernt sein.«

»Das ist keine Antwort auf meine Frage.«

Irmela Fenering rückte an ihrem Hut. Sie zog Fausthandschuhe aus der Tasche und schlüpfte hinein. Ihr Gesicht leuchtete warm und rosig in dem spärlichen Licht.

»Sie arbeiten doch mit der Presse zusammen«, sagte sie leichthin. »Auch in der hiesigen Tageszeitung standen Berichte über Sie. Spektakuläre Fälle lösen Sie, das muss man sagen. Wobei ich ja meine, dass es sich als Detektivin leichter arbeiten lässt, wenn man unbekannt bleibt.«

Katinka spürte wieder das Ziehen im Kreuz.

»Haben Sie Informationen für mich?«

Irmela Fenering ginge ein paar Schritte hin und her.

»Konkret nichts.«

»Gut«, sagte Katinka. »Das war's dann wohl.« Sie drehte sich um und setzte den rechten Fuß auf die unterste Stufe.

»Warten Sie!«

Aha, dachte Katinka. Ihre Unruhe hat sie bisher gut überspielt.

»Ich bin befreundet mit Maria Mendel«, begann Irmela Fenering. »Ich bin mit ihrem Mann ins Bett, dafür ist sie mit meinem intim gewesen. Egal.«

»Stop!«, fuhr Katinka dazwischen. »Sie sind befreundet und haben die Männer in bestem Einvernehmen getauscht?«

»Das ist der Kern der Geschichte. Maria Mendel hat

normalerweise nicht viel Spaß in ihrem Leben, das kann ich Ihnen sagen.«

Katinka dachte an die Version der Gruschkas. Die klang nicht so, als habe die Affäre zwischen Mendel und Irmela Fenering nur eine Nacht lang gedauert.

»Weiter!«, sagte Katinka.

»Maria rief mich letztes Wochenende an. Sie machte sich Sorgen. Natürlich hatte sie nicht die Bohne Ahnung, dass ihr Mann so schnell in die ewigen Jagdgründe eingehen würde. Aber sie hatte Ärger mit Edith.«

Katinka unterdrückte das Klappern ihrer Zähne. Sie ahnte, was kommen würde.

»Edith setzte Maria unter Druck. Der Punkt ist wohl, dass Marias Mann Ediths Mann zu riskanten Geldanlagen überredet hat. Hartmann hat sämtliche Sicherheiten bei diesem Experiment in die Luft geblasen, und nun sah Edith einen Grund, Maria in die Mangel zu nehmen.«

Scheißkälte, dachte Katinka. Ihr Blick wanderte an den dunklen Fassaden hinauf. Dahinter sah sie Martin Luther auf und ab gehen, sich auf der Suche nach der rechten Übersetzung den Kopf an den Wörtern stoßend.

»Edith sagte, jetzt, wo Maria sich scheiden ließe, würde sie doch eine Menge Geld einsacken. Ob sie davon nicht etwas an Edith abtreten könne. Ansonsten sähe Edith sich gezwungen, Marias erotische Abenteuer mit den Männern der Agentur Fenering weiterzutragen.«

»Das sollte eine Drohung sein?«, wollte Katinka ungläubig wissen. »Mendel ist in ich weiß nicht wie viele Betten gekrabbelt. Und Edith Hartmann meines Wissens auch.«

Zumindest in Gruschkas, dachte sie bei sich und beobachtete beinahe amüsiert das verblüffte Gesicht ihres Gegenübers.

»Ja«, schob Irmela Fenering kühl nach, »die Scheidung der Mendels war in trockenen Tüchern. Sie wollten ja beide nicht mehr. Aber im Ehevertrag der Mendels gibt es einen Passus: Untreue verschlechtert die Ausgangsposition.«

»Wäre nur der Mann untreu, bekäme die Frau mehr Geld …«

»… als wenn die Frau auch untreu ist, klar!«, bestätigte Irmela Fenering fröhlich.

Das wäre natürlich ein Motiv. Ein starkes Motiv. Motive gab es ja immer, wusste Katinka. Aber ein ausreichend starkes fehlte oft.

»Sie glauben, Maria Mendel hat ihren Mann erschossen?«, fragte sie.

Irmela Fenering sah ein wenig verwirrt drein.

»Könnte nicht Edith Hartmann Mendel erschossen haben? Nun hat Maria noch mehr Geld, und in Ediths Weltsicht steht ihr, also Edith, ein gewisser Teil davon zu.«

Krause Theorie, dachte Katinka. Sie rief sich ihr Plauderstündchen mit Edith Hartmann ins Gedächtnis. Die Frau erschien ihr immer rätselhafter. Wer ist diese Edith Hartmann eigentlich, überlegte Katinka. Ein Racheengel, der Mendel umlegt, weil der dem eigenen Ehemann die Ersparnisse abgeschwatzt hat? Und Maria Mendel spielt die Businessfrau, die ihre Scheidung zur perfekten Geschäftsgrundlage für einen Neuanfang ausarbeitet?

»War da sonst noch etwas? Zum Beispiel mit Thurid Maas und Mendel?«, fragte Katinka angelegentlich.

»Thurid Maas ist ein liebes Mädchen«, antwortet Irmela Fenering. »Sie ist mit den ganzen Machenschaften in der Agentur doch völlig überfordert. Edith Hartmann hat sie unter ihre Fittiche genommen. Sie kann ja sehr mütterlich sein, die gute Edith. Auf ihr Anraten hin hat sich Thurid ein paar Tage krankschreiben lassen, wie Frau Löbers mir sagte. Wir beide können ja immer noch ganz gut miteinander, nach so vielen gemeinsamen Jahren als Ehefrau beziehungsweise Sekretärin ein und desselben Mannes. Das ist so eine Art Parallelehe gewesen.« Sie kratzte mit den Schuhen Muster in den Schnee. »Diese Mordsache übersteigt Thurids Kräfte. Sie ist ziemlich am Ende. Manche Menschen sind ja schon in jungen Jahren mit allen Wassern gewaschen. Aber ohne Mendel wird es Thurid schwer haben. Mendel hat sie beschützt.«

»Vor wem?«

»Thurid ist gut in ihrem Job. Das passt Hartmann nicht. Er wehrt sich gegen alle Neuerungen, ist unflexibel bis dorthinaus. Außerdem hat er Probleme mit Frauen, die gut sind.«

»Er hat Thurid gemobbt?«

»Wissen Sie«, sinnierte Irmela Fenering und stampfte mit den Füßen, um sich aufzuwärmen, »Hartmann muss man zu nehmen wissen. Man darf ihm keinen Millimeter entgegenkommen. Ansonsten ...«

»Ist Ihr Mann mit Thurid Maas ins Bett spaziert?«, fragte Katinka. Ihre klappernden Zähne versperrten den Wörtern den Weg. Sie kamen kantig und verzerrt aus ihrem Mund.

»Kann sein. Dabei steht Edgar ja auf verheiratete Frauen. Die Untreue ist für ihn der Kick.«

»Wenn«, sagte Katinka langsam, »in der Agentur Fenering so eifrig die Partner getauscht wurden ... was hatte das für eine Auswirkung auf die berufliche Zusammenarbeit?«

Irmela Fenering lachte laut auf.

»Nur gute, nehme ich an. Näher als beim Sex können Sie einem Menschen nicht kommen.«

»Ich meine etwas anderes«, entgegnete Katinka ungerührt. »Da bleiben immer Spuren: Eifersucht, Neid, Einsamkeit, das Gefühl, zurückgewiesen zu werden, zu kurz zu kommen.«

Irmela Fenering zuckte die Schultern. »In jeder Firma mit mehr als zwei Leuten gibt es Frust, Missverständnisse, Mobbing, Ausbeutung, Unterschlagung, Vorteilsnahme!« Sie holte mit dem Arm aus, um zu zeigen, sehen Sie, so verwerft ist die Welt.

»Das ist ja das Interessante«, mutmaßte Katinka und beobachtete Irmela Fenering scharf. »Wie kann ein Mensch zeigen, dass er dieses und jenes nicht mehr mit sich machen lässt – ohne gleich den anderen umzubringen?«

»Spannende Frage, das Thema fasziniert mich ebenso wie Sie.« Irmela Fenering zog die Schultern hoch. »Ich halte es ja mit den preußischen Typen: Contenance wahren, keine Miene verziehen und irgendwann zuschlagen.«

Katinka zog die Stirn in Falten.

»Das klingt nicht, als würde es für Sie sprechen.«

»Hej, Lady«, wehrte Irmela Fenering ab. »So geht's ja nun nicht! Glauben Sie, ich könnte der Vernunft keine Chance geben? Außerdem hatte ich kein Problem mit Mendel. Er war gut. Im Job und im Bett. Er hatte Humor. Das ist selten bei Männern. Humor verlangt innere Stärke.«

Da ist was Wahres dran, dachte Katinka und schnitt

Grimassen, um ihr Gesicht vor dem Einfrieren zu bewahren.

»Sagen Sie, Frau Fenering«, bedächtig suchte sie nach den richtigen Worten, »mit wem ging Hartmann ins Bett?«

»Hartmann?« Irmela Fenerings Lachen kam laut und metallisch aus ihrem Hals, als hätte jemand ein paar Bleche geknickt. »Hartmann? Das können Sie doch nicht ernst meinen! Hartmann legt eine Frau flach? Die ist danach platt, als hätte ein Vierzigtonner sie überrollt.«

Ein unbedachtes Kichern perlte aus Katinka heraus, aber sie biss es schnell weg. Sie mochte die Selbstzufriedenheit nicht, mit der Irmela Fenering losprustete.

»Sie sind Sportschützin, Frau Fenering«, hakte sie hastig nach. Sie hatte nur noch den einen Gedanken: schnell aus der Kälte rauszukommen. »Der Mörder hat Mendel erst aus großer Distanz angeschossen und ihn dann gleichsam exekutiert, aus nächster Nähe. Was halten Sie von dieser … Vorgehensweise?«

Irmela Fenering wiegte den Kopf. Sie schien nun auch zu frieren, gab sich aber alle Mühe, es zu verbergen.

»Also«, sagte sie. »Es ist ungewöhnlich. Ein Mörder, der sich mit Schusswaffen auskennt, wartet, bis sein Opfer nah genug ist. Wie nah etwas sein muss, das lernt man.«

»Womit schießen Sie?«

»Mit Sportgewehren. Und ich habe zwei Waffen zu Hause. Einen Korth Sportrevolver, richtig schick, mit Griffschalen aus Elfenbein und Monogrammeinlage. Und einen Colt. Python 8″.«

Die ist ausgerüstet wie Calamity Jane, dachte Katinka.

»Haben Sie ein Alibi?«

»Nein. Fernsehen. Zu Hause. Allein. Plüschtiere.«

»Sagen Sie mal, Frau Fenering ... in Sachen Drogen, wie sieht da die Coburger Szene aus?«

»Drogen?« Irmela Fenering lächelte matt. »Hier gibt es alles. Wie überall.«

»GHB?«

»Das ist dieses Zeug, das Frauen sexuell gefügig machen soll, oder? Liquid Ecstasy. Ich habe neulich im Radio einen Bericht gehört.«

»Hatte Frank Mendel Kontakte in die GHB-Szene?«

Irmela Fenering wiegte den Kopf. Katinka beobachtete sie genau.

»Ehrlich gesagt«, wählte Irmela Fenering ihre Worte, »kann ich mir Mendel nicht im Zusammenhang mit Drogen vorstellen. Er verschaffte sich seine rauschhaften Zustände durch Arbeit und Sex. In dieser Reihenfolge. Er sah gut aus und war in seiner ganzen Art ein attraktiver Mann. Er kriegte die Frauen auch so rum, ohne Drogen.«

»Ihr Mann ist ja fein raus«, sagte Katinka.

»Warum?«

»Er hat ein wasserdichtes Alibi für die Mordnacht.«

Irmela Fenering lächelte beinahe zärtlich.

»Sehen Sie, das ist seine unnachahmliche Art.«

»Mögen Sie Alissa Herbst?«

Irmela Fenering büßte ein wenig von ihrer hochgelobten Contenance ein.

»Ein kleines Dummchen. Sie hat sich Hoffnungen gemacht.«

»Und Sie? Haben Sie sich nicht auch Hoffnungen auf Frank Mendel gemacht?«

Irmela Fenering schnaubte.

»Wer hat Ihnen das denn erzählt!«

»Haben Sie?«

Katinka beobachtete, wie die Fassade der Frau vor ihr zu bröseln begann. Wütend riss sich Irmela Fenering die Fäustlinge von den Händen und schleuderte sie in den Schnee. Der berühmte Fehdehandschuh, dachte Katinka. Ein eisiger Windstoß fing sich in dem düsteren Winkel und riss an ihrem Haar.

»So einen totalen Quatsch habe ich ja noch nie gehört«, tobte Irmela Fenering. »Nie und nimmer. Ich bin froh, dass ich diese Phase hinter mir habe. Männer einzufangen macht Spaß, wenn es für ein nächtliches Vergnügen ist. Ein Appetithäppchen, bevor die Kerle dann vor die Tür treten und sich höflich verabschieden. Aber heiraten? Nochmal diese Kämpfe? Schwiegereltern? Stehpinkler? Ohne mich!«

Mit ein paar schnellen Schritten war Irmela Fenering bei ihren Handschuhen, sammelte sie ein und sagte:

»Tja, mehr habe ich nicht anzubieten.« Sie wandte sich um. »Übrigens, fideliter et constanter: treu und beständig. Oder besser: in Treue und Beständigkeit.«

Sie nickte Katinka zu und ging davon.

Ich hätte dir geglaubt, grübelte Katinka, ich hätte dir wirklich geglaubt, aber du warst scharf auf Mendel, und jetzt ist er tot und das tut dir weh.

15. Schockstarre

Die Frau an der Museumskasse kam bedauernd auf Katinka zu.

»Kein Einlass mehr. Tut mir wirklich leid. Die Kunstsammlungen schließen um vier.«

»Nicht so schlimm.« Katinka wollte nur eins: sich aufwärmen. »Ich bin auf der Suche nach ein paar Postkarten.«

Sie drehte den Ständer wie eine Gebetsmühle, pickte ab und zu lustlos eine Karte heraus und steckte sie wieder an Ort und Stelle zurück. War Edith Hartmann verzweifelt genug, um einen Mord zu begehen, der obendrein selbst in der Täterlogik völlig sinnlos war? Ein toter Frank Mendel würde das Geld, das er Hartmann abgeluchst hatte, nicht wieder zurückbezahlen können. Katinka wickelte den Schal ab. Mochte Edith Hartmann tatsächlich damit gerechnet haben, von Maria Mendel nach dem Tod ihres Mannes entschädigt zu werden für die Verluste, die die Hartmanns erlitten hatten? Katinka kam dieser Gedankengang absurd vor. Kurzsichtig. Genau, dachte sie, kurzsichtig ist das richtige Wort. Sie musste grinsen und bemerkte mit Erstaunen, dass sie sich an ihre neuen Sehverhältnisse inzwischen perfekt gewöhnt hatte. Ihr war weder das Fehlen ihrer Brille bewusst, noch dachte sie daran, dass sie Kontaktlinsen trug. Edith Hartmann konnte Mendel nicht erschossen haben. Katinka fehlte die Kraft, sich vorzustellen, wie Edith Hartmann in ihrem Lodenmantel unter den

Bäumen auf Mendel gewartet hatte. Dann schon eher Maria.

Sie nahm fünf Postkarten aus dem Ständer und bezahlte. Was hatte Irmela Fenering da erzählt? Treue und Glauben?

»Wie lautet nochmal der Wahlspruch des Herzoghauses Sachsen-Coburg?«, fragte sie die Frau an der Kasse.

»Fideliter et constanter. Sie finden das Wappen gleich hier draußen im Hof, in Schwarz und Gold mit grünem Rautenkranz. Die Burg schließt übrigens bei Einbruch der Dunkelheit.«

Katinka bedankte sich, steckte das Tütchen mit den Postkarten in ihren Rucksack und trat auf den Hof hinaus. Eine Windbö fiel sie heimtückisch von der Seite an. Heulend fing sich der Wind in Wehrgängen und Kaminen. Katinka fror und bemitleidete die beiden Nackten aus Bronze, die den Weg zum Wappen wiesen. Ganz versunken betrachtete Katinka die kreisrunde, golden glänzende Scheibe. Die Schritte hinter sich hörte sie zu spät. Ein unsäglicher Schmerz zerriss ihren Hinterkopf. Sie hatte noch Zeit, ihr eigenes Erstaunen zur Kenntnis zu nehmen, bevor sie an dem Wappenpfahl vorbeiflog, dabei einmal um die eigene Achse gewirbelt wurde und den Schnee vor ihren Augen schwarz werden sah.

Sie trieb über ein dunkles, bewegungsloses Meer. Rote, violette, weiße und gelbe Lichter jagten auf sie zu, viereckig, rasend schnell wie in einem außer Kontrolle wirbelnden Kaleidoskop. Katinka öffnete die Augen. Die bunten Vierecke blieben. Sie ließen die Umgebung hinter einem feinen, blinkenden Vorhang verschwimmen.

Dann gab es da ein Geräusch. Katinka hob den

Kopf und wurde sofort von einer Welle aus rasendem Schmerz überspült. Sie ließ den Kopf sinken und überließ sich für eine Weile den zerrissenen Gedankenfetzen, die über sie hinwegbrandeten, sich an den Burgmauern brachen und zurückkehrten. Das Geräusch irritierte sie. Sie brauchte eine Weile, bis sie bemerkte, dass sie ihre Zähne klappern hörte. Sie flehte die Vierecke an, zu verschwinden. Umsonst.

Ihr Zeitgefühl war außer Dienst. Sie stellte nüchtern fest, dass sie in einem Schneehaufen lag, dass die Kälte und die Nässe durch ihre Kleider drangen, und dass sie nicht mehr lange durchhalten würde.

Vorsichtig richtete sie sich auf, stemmte sich gegen den Schmerz. Ihr Kopf rammte gegen die Burgmauern, die Bäume, gegen die Dächer und den Himmel. Die Vierecke kamen wie Schneeflocken auf sie zugestürmt, verloren sich, kamen zurück, rasant, unaufhaltsam. Sie richtete sich auf, der Wind wehte sie ein Stück weiter, panisch taumelte Katinka auf den Torbogen zu. Sie stieß gegen eine kalte, feuchte Mauer, tastete sich weiter. Ihr Schal rutschte von ihren Schultern, ihre Füße verhedderten sich darin. Sie bückte sich, um den Schal aufzuheben, und fiel hin. Rutschte ein Stück auf dem glatten Boden. Unbeirrt stürmten die Vierecke auf sie ein, bunt, grell, gleißend. Sie musste durch das Burgtor kommen. Sie musste einfach. Sie hatte keine Ahnung, wie spät es war, wie lange sie da im Schnee gelegen hatte und, ob noch jemand hier oben im Burghof oder in den Gebäuden war. Sie musste um alles in der Welt das Tor offen vorfinden. Ihre Hände tasteten über den Boden, bekamen den Schal zu fassen. Angespannt sah sie sich um. Sie war gegen etwas gestoßen, das aussah wie ein kleines Haus. *Ausgang*, entzifferte Katinka ein Schild und folgte den Treppen. Die Stufen waren steil und eng. Katinka drehte sich um und kletterte rückwärts hinunter, wie eine Leiter. Über ihr baumelte knirschend die gläserne Leuchte an ihrem schmiedeeisernen Haken. Übelkeit überkam sie.

Sie erreichte den breiten, gebogenen Durchgang. Ließ sich treiben, der Gang fiel leicht ab. Hoch oben schwebte das Gittertor, sie sah die Zacken jenseits der wirbelnden bunten Formen vor ihren Augen. Halb blind streckte sie die Arme nach vorne, taumelte weiter, sah Wolken über einen dunklen Himmel treiben, trat ins Freie. Sie spürte den kalten Wind, und obwohl sie fror und spürte, dass die Kälte sie Stück für Stück auffraß, weinte sie vor Erleichterung, nicht eingeschlossen worden zu sein. Sie lehnte sich gegen die Brüstung und übergab sich in den Burggraben. Da kam nicht viel. Reste ihres spartanischen Mittagsimbisses.

Die Vierecke wehten nun weniger stürmisch auf sie zu. Katinka tastete nach ihren Manteltaschen. Da war der Autoschlüssel. Geldbeutel. Kein Handy. Vielleicht lag das im Auto. Sie stöhnte auf. Kramte vergeblich nach der Erinnerung, wo sie das Auto abgestellt hatte.

Sie ging los, torkelnd wie eine Betrunkene. Über die Brücke, durch einen weiteren Torbogen, an dem Wachtürmchen vorbei. Wolken trieben über ihr. Eiskalter Wind verwuschelte ihr das Haar. Die Kälte tat ihrem Kopf gut, der Schmerz ließ nach. Sie hielt sich an einer Schautafel fest und würgte. Betrachtete desinteressiert das Plakat, das für einen Besuch der Kunstsammlungen warb.

Sie ging weiter, zog den Schlüsselbund heraus und betätigte den automatischen Türöffner. Versuchte es einmal, zweimal. Beim dritten Mal sah sie die gelben

Lichter aufblinken. Erst, als sie vor ihrem Wagen stand und den Türgriff kaum bedienen konnte, fiel ihr auf, wie heftig sie zitterte. Ihre steifgefrorenen Finger wollten die Tür nicht öffnen.

»Verdammt«, schrie Katinka über den leeren Parkplatz. Ihre Stimme kam lauter aus ihrem Hals, als sie gedacht hatte. Das gab ihr Auftrieb. Sie sammelte sich, streckte die Hand aus, die Finger angewinkelt wie eine Baggerschaufel. Griff unter die Mechanik, ruckte mit dem Arm und löste den Türgriff.

Gegen die geöffnete Tür gelehnt würgte sie und erbrach sich, traf den vorderen Reifen. Die Anstrengung trieb ihr die Tränen in die Augen. Sie sank auf den Fahrersitz. Schlug die Tür zu, steckte den Zündschlüssel ins Schloss, drehte, der Motor sprang an. Das satte Geräusch beruhigte sie. Sie stellte die Heizung auf Höchststufe, legte die Hand auf den Schaltknüppel. Auf dem Beifahrersitz lag ihr Rucksack. Sie kippte ihn aus. Alles war da. Auch das Handy. Eingeschaltet.

Katinka gab Gas, ließ die Kupplung kommen. Rubbelte sich beim Anfahren ein Guckloch in die beschlagene Scheibe. Fuhr einfach los, in irgendeine Richtung, aus Gewohnheit nahm sie den Weg zum Flugplatz hinauf, vorbei am *Festungshof*, sie dachte nicht an ein warmes Zimmer dort oben, sie dachte an nichts, nur ans Fahren.

Der Wagen kletterte gehorsam den Berg hinauf. Ab und zu drückte eine Windbö das Auto in die Straßenmitte. Niemand kam ihr entgegen. Oben beim Windsack hielt sie. Der Wind heulte, als sie die Tür öffnete und sich durch den Spalt erbrach. Sich schüttelnd vor Kälte knallte sie die Tür wieder zu und fuhr weiter. Der Schnee auf der Ebene war eine einzige eisige, glänzende Fläche. Sie bog scharf rechts ab und kam durch ein Dorf. Die Häuser lagen dunkel, wenige Lichter schickten Wärme in die Nacht. Sie bog auf gut Glück ab, ließ den Wagen einen steilen Berg hinunterrollen. Landete in einem Wald. Die Bäume wanden sich und neigten ihre Kronen von beiden Seiten weit über die Straße, zogen sich knarrend und knackend wieder zurück. Dramatische Schatten tanzten vor den Scheinwerfern. Mit zunehmender Wärme kamen die Hammerschläge in Katinkas Hinterkopf zurück. Konzentriert blinzelte sie die störenden Farbreflexe vor ihren Augen weg, spähte durch sie hindurch. Sie kam in ein neues Dorf und las mit Mühe das Ortsschild. *Seidmannsdorf.*

Es mochte an ihrem außerordentlich guten Orientierungssinn liegen. Wo sie einmal gewesen war, dorthin fand sie zurück. Es mochte auch Glück sein oder Zufall oder die Barmherzigkeit eines Gottes dort draußen im kalten All. Als sie den Schlüssel umdrehte, der Motor erstarb und die Stille in ihren Ohren dröhnte, sah sie vor sich Lehmanns Hütte, und ein Stück links die Karpfenteiche.

Keuchend vor Anstrengung stopfte sie ihre Siebensachen wieder in den Rucksack. Sie stieg aus, schwankte im Wind, dachte an den Holzofen in der Hütte. Das Schloss bekam sie trotz ihrer zitternden Finger mit Leichtigkeit auf. Übung macht eben doch den Meister, dachte sie, während sie den Dietrich wieder in den Rucksack rutschen ließ.

Drinnen war es kalt. Kälter beinahe als draußen. Katinka drückte auf den Lichtschalter. Nichts. Schwärze. Sie hörte ihren eigenen Atem. Ein Schnauben und Schnaufen wie von einem Motor, der sich anschickte, in seine Bestandteile zu zerfallen. Da gab es einen Sicherungskasten. Katinka wühlte in ihrem Rucksack nach der Taschenlampe. Fand sie, schaltete sie ein, ließ dabei den Rucksack fallen. Sie entdeckte den Kasten, identifizierte den Hauptschalter, legte ihn um. Licht flammte auf, warmes, gelbes Licht. Weinend vor Erleichterung stellte Katinka ihre Taschenlampe auf den Tisch an der Seite. Sie hockte sich vor den Holzofen, war aber nicht imstande, ihn anzuschüren. Sie schwankte zum Sofa, griff nach einer Decke, rollte sich zusammen wie ein Igel und gab sich einer samtenen Dunkelheit hin, die Schlaf sein konnte oder Ohnmacht oder auch beides.

Das Handy klingelte mehrere Male. Irgendwann bohrte es sich durch ihr Bewusstsein, sie tastete nach ihrem Rucksack, über den Boden kriechend, fühlte Splittsteinchen, Staub und endlich das Telefon.

»Hallo?«

Sie hoffte, dass es Tom war. Gerade fiel ihr ein, dass es ja Tom gab.

»Palfy?«

Nicht Tom. Ein anderer. Ein Vertreter der Zunft, mit der sie momentan nicht so gut stand.

»Palfy, sind Sie dran?«

»Ja«, flüsterte Katinka. »Hardo. Was wollen Sie.«

»Was ist los! Ich versuche seit Stunden, Sie zu erreichen. Ihren Freund kriege ich auch nicht an die Strippe, weder bei Ihnen zu Hause noch am Handy.«

Katinkas Hand bebte vom Gewicht des Telefons.

»Wir haben einige Arbeitsergebnisse in Sachen K.o.-Tropfen. Wo sind Sie denn!«

»Ich bin«, begann Katinka und ließ den Kopf auf den Rucksack sinken. Ihr Magen hob sich, wölbte sich drohend.

»Palfy! Was fabrizieren Sie da!«

»Ich bin«, versuchte es Katinka noch einmal, »in Lehmanns Karpfenteich.« In Panik ließ sie das Handy fallen, robbte zu dem winzigen Duschraum hinüber, klappte den Klodeckel auf und spuckte Reste von grüner Galle in die Schüssel. Vor Anstrengung traten ihr die Augen aus den Höhlen. Nach Luft japsend sank sie zu Boden.

Sie wachte auf, weil ihr Körper bebte und vibrierte, als sei er unter Strom gesetzt worden. Unfreundlich entließen ihre wirren Träume sie in die Wirklichkeit einer eiskalten Holzhütte. Immer noch jagten bunte Vierecke über ihre Netzhaut, aber die Technicolorfarben verblassten ein wenig. Draußen heulte der Wind. Sie setzte sich auf, den Mantel um sich gewickelt, hielt sich den Kopf und befühlte zum ersten Mal jene Stelle, die ihr Angreifer gezielt getroffen und beinahe zu Brei geschlagen hatte. Die beiden knochigen Höcker an ihrem Hinterkopf fühlten sich nicht viel anders an als sonst. Vielleicht irgendwie unförmiger. Schon die winzigste Berührung rief gleißenden Schmerz auf den Plan.

Katinka kroch zum Ofen. Sie fand Zeitungspapier, kleine Zweige, Holzscheite. Es fehlte das Feuerzeug. Einst hatte sie geraucht und eines bei sich gehabt. Verfluchter Gesundheitsfanatismus, dachte sie, suchte weiter, entdeckte eine Streichholzschachtel. Sie baute Papier und Holz im Ofen auf, riss ein Streichholz an. Das Papier loderte auf, das Reisig fing Feuer, schließlich die Scheite. Erleichtert kuschelte Katinka sich vor dem Ofen auf dem Boden in ihren Mantel. Sie musste etwas trinken. Ihr Mund war ausgedörrt, die Zunge geschwollen. Der Geschmack von Erbrochenem quälte sie. Von ihrem Platz auf dem Boden aus fiel ihr Blick auf Lehmanns Hausrat. Sie würde Wasser aus dem Bad holen, den Topf hier auf den Ofen stellen, warten, bis das Wasser kochte, und dann einen Tee trinken. Katinka hasste Tee, aber ihr Magen würde nichts anderes annehmen, vor allem nichts Kaltes.

Sie teilte sich die Aufgaben ein. Zuerst robbte sie zu dem Regal und nahm sich einen Topf heraus. Dann bewegte sie sich halb auf ihren Füßen, halb auf Knien ins Bad und zog sich an der Duschwand hoch. Ein Waschbecken gab es nicht. Vorsichtig stellte sie den Wasserhahn an, passte auf, nicht nass zu werden, und füllte den Topf. Gegen die Kloschüssel gelehnt wartete sie eine Weile und lauschte auf das Prasseln des Feuers. Dann holte sie tief Atem und schaffte es zurück bis zum Ofen. Sie stellte den Topf oben drauf und sah zu, wie sich winzige Bläschen bildeten, größer wurden, bis das Wasser sprudelte.

Sie angelte sich eine Teeschachtel, zog einen Beutel heraus, warf ihn in die Teekanne. Sie musste aufstehen, um das sprudelnde Wasser in die Kanne zu gießen. Schwankend streckte sie die Hände nach dem Topf aus. Bekam Angst, sich zu verbrühen, ihre Arme zitterten vor Schwäche. Goss die Kanne voll. Stellte den Wassertopf weg und sah zu, wie der Tee dunkler und dunkler wurde. Sie schenkte sich eine Tasse ein und trank ganz langsam, in kleinen Schlucken, damit ihr nicht wieder schlecht wurde.

Ihre Augen brannten. Katinka hielt ihre Lider auseinander und entfernte die Kontaktlinsen. Sie kramte die Aufbewahrungsdöschen aus dem Rucksack und tunkte die Linsen in die Flüssigkeit. Das verzerrte Bild, das sich ihr nun bot, irritierte sie. Sie rieb sich die Augen.

Dabei gerieten die Vierecke in Wallung. Sie verschwammen mehr und mehr, wurden zu bauchigen, verwachsenen Formen.

Katinka setzte sich aufs Sofa, zog die Stiefel aus und kroch in einen von Lehmanns Schlafsäcken. Er roch nach Fisch. Zum ersten Mal stellte sie die Frage, die zwischen all den verblassenden, verschwimmenden Vierecken auf sie zugetrieben kam: Wer?

Sie musste sich bei Tom melden. Fand das Handy nach einigem Suchen und Tasten über den Boden. Sie wählte seine Nummer. Nichts. Mailbox. Sie fühlte Angst herankriechen. Draußen lag Schnee. Er war unterwegs. In Hof, ausgerechnet, dem Kühlschrank Bayerns. Sie hinterließ keine Nachricht, zu müde zum Sprechen.

Aus den Augenwinkel beobachtete sie, wie das Feuer die Holzscheite verzehrte. Sie musste nachlegen, kroch im Schlafsack über den Boden, schob ein paar Scheite in den Ofen. Kroch zurück. Legte sich wieder hin, zog noch zwei Decken über sich und schlief sofort ein.

Donnerstag, 13. 1. 2005, 0:02 Uhr

Das Feuer war heruntergebrannt. Ein Hauch von Wärme hing noch in der Hütte, als Katinka aufwachte. Das Pulsieren in ihrem Kopf hatte sie geweckt, und noch etwas.

Ihr Kopf hämmerte und dröhnte. Sie brauchte einen Eisbeutel.

Schnee, dachte Katinka und richtete sich auf. Blinzelnd blickte sie sich um. Das beruhigende Knistern des Feuers fehlte ihr. Sie kroch aus dem Schlafsack und begann sofort zu frieren. Sich den Schlaf aus den Augen reibend, angelte sie nach ihren Stiefeln, schlüpfte hinein, ließ die Schnürsenkel offen und stand zittrig auf. Wenn sie die Arme ausstreckte wie ein Seiltänzer, konnte sie die Balance halten.

Sie ging zur Tür, lauschte einen Augenblick, hielt den Atem an. Ungeduldig begehrte der Wind Einlass. Der Schmerz trieb einen Keil in ihren Hinterkopf. Sie öffnete die Tür, trat hinaus und griff mit beiden Händen in den nächstbesten Schneehaufen. Sie presste den Klumpen gegen ihren Hinterkopf, bis ihr die Finger beinahe abstarben. Der Schmerz zog sich sofort zurück. Nass klebten die Haare an ihrem Kopf. Sie bückte sich erneut, formte einen festen Ball und drückte ihn wie einen Eisbeutel auf die pulsierende Stelle. Der Wind kam aus Nordosten und trieb eisige Schneeflocken vor sich her. Die Hüttenwand war schon einen knappen Meter zugeweht. Katinka lauschte dem Raunen des Wäldchens. Dann hörte sie es wieder: das gleiche Geräusch wie vorhin.

Eine Autotür schlug.

Schlotternd stand sie in der Kälte, ohne Linsen hilflos den ausgefransten Eindrücken ausgeliefert. Hörte knärzende Schritte. Sie ließ den Schneeball fallen, trat zurück in die Hütte, schloss die Tür und knipste die Deckenlampe aus. In der Dunkelheit konnte sie sich selbst keuchen hören.

16. Sturm

Das Ohr gegen die Wand gepresst, das Radar auf Empfang, lauschte sie in die stürmische Nacht. Kam Lehmann her, in der Hoffnung auf Heilung seiner Schlaflosigkeit? Bei dem Sturm?

Die Schritte näherten sich behutsam, diskret beinahe. Alle paar Sekunden verschluckte sie ein Windstoß. Katinka tastete sich zum Ofen, nahm einen der wenigen verblieben Holzscheite aus der Schütte und postierte sich neben der Tür.

Sie lauschte mit voller Konzentration. Die Schritte entfernten sich ein Stück. Hin und wieder schoss eine neue Salve glitzernder Vierecke durch ihr Blickfeld. Katinka hob langsam den Scheit. Wer auch immer dort draußen durch den Schnee stiefelte, er kam näher. Sie straffte die Schultern. Die Anspannung ließ ihre Muskeln zittern. Konzentrier dich, befahl sich Katinka.

Es klopfte.

Um ein Haar wäre ihr der Holzscheit aus der Hand gefallen. Sie schnappte nach Luft. Wieder. Ein zurückhaltendes Klopfen. Nein, dachte Katinka und grinste. Du kriegst mich nicht auf die höfliche Art, Baby, wer auch immer du bist. Schweiß trat auf ihre Stirn.

»Katinka?«

Diesmal rutschte ihr der Scheit aus den Händen und polterte zu Boden. Dankbar um ihre dick gefütterten Schuhe trat sie einen Schritt zurück und drückte die Klinke nach unten.

»Guten Abend, Herr Hauptkommissar«, sagte sie. Ihre Stimme klang zerknautscht, als würde das letzte bisschen Luft aus einem Gummibrot gequetscht.

»Von drauß vom Walde komm ich her«, begann Harduin Uttenreuther und trat über die Schwelle. Der Wind schleuderte ein paar Schneepakete herein.

»Angenehm, Palfy«, sagte Katinka. Sie kickte den Scheit weg.

»Was …«, er schloss die Tür hinter sich und sah sie erschrocken an. »Was ist mit Ihrem Gesicht passiert?«

»Sie meinen vielleicht mein rückwärtiges Gesicht«, sagte Katinka. »Ich bin janusköpfig, schon gemerkt?«

Uttenreuther packte sie mit einer Hand am Arm und zog sie zu sich. Sein linker Zeigefinger fuhr sanft über ihre Stirn.

»Was ist das?«

»Was denn?«

»Eine Platzwunde, Herzchen. Wollen Sie mir weismachen, dass sie sie noch nicht bemerkt haben?«

Katinka zog die Stirn kraus.

»Platzwunde?«

»Sie sehen mir ziemlich mitgenommen aus«, sagte Hardo, ein unruhiges Flackern in den Augen. »Und schattig haben Sie es auch hier drin.«

Katinka stöhnte und riss sich los. Jetzt, da das Adrenalin versiegte, machten sich die Kopfschmerzen wieder bemerkbar, und übel wurde ihr auch. Sie setzte sich auf das Sofa.

»Mein Abend lief nicht so rund.«

»Das habe ich bemerkt. Besitzen Sie sowas wie einen Verbandskasten?«

Katinka zuckte die Schultern.

»Das hier ist die Lodge eines passionierten Anglers. Vielleicht hat er ein paar Pflaster und Mull da, um den Karpfen die Schuppen zu verarzten.«

Hardo warf ihr einen Blick zu.

»Warum haben Sie sich nicht gemeldet? Wo stecken Sie eigentlich die ganze Zeit? Wir haben Fortschritte bei der Suche nach GHB gemacht.«

»Daran haben Sie gearbeitet?«

»Sie müssen denken, wir sind völlig gelackmeiert. Wer hat Ihnen die Stirn eingedrückt?«

Katinka grinste säuerlich. Sie hätte sich gerne ein bisschen mit Hardo gestritten. Nicht ernsthaft, mehr so, wie junge Tiere sich rauften. Sie beobachtete ihn, wie er in einem Schränkchen nach Verbandszeug suchte, sprang dann entsetzt auf und rannte zur Toilette.

Das Würgen dauerte ewig. Aber außer einem Mundvoll dünner, blassbrauner Flüssigkeit kam nichts aus ihrem Magen. Sie stützte sich mit den Händen an der Wand hinter der Kloschüssel ab und keuchte.

»Katinka?«

Sie wandte den Kopf. Er stand hinter ihr und sah sie drohend an.

»Was ist los?«

»Mir ist schlecht«, sagte sie.

»Von der Verletzung an Ihrer Stirn aber nicht.«

Katinka warf einen halbherzigen Blick in den Rasierspiegel neben dem Handtuchhalter. Eingetrocknetes Blut klebte knapp unter ihrem Haaransatz. Ihr Zeigefinger fuhr über die Kruste.

»Das hat die Natur schon selbst verarztet«, sagte sie. Ihre Augen tränten. Sie wankte an Hardo vorbei, was nicht ganz leicht ging, denn er verengte mit seinen mächtigen Ausmaßen den Durchgang.

»Woher dann?«, fragte Hardo, drückte auf die Spülung und kam Katinka nach.

»Ich habe einen Schlag auf den Hinterkopf gekriegt.« Sie sank auf das Sofa, schüttelte die Stiefel von den Füßen und zog die Beine an. Die Schmerzen drückten ihren Kopf nach unten. Sie legte sich hin, stopfte sich einen Schlafsack als Unterlage unter das Ohr.

Hardo schob ihre Beine ein Stück aus dem Weg und setzte sich zu ihr.

»Also. Sie erzählen mir das jetzt von Anfang an.«

»Gegenleistung gefordert«, sagte Katinka. »Sie schüren den Ofen wieder an.«

»Geht klar.«

Er ging nach draußen. In seinen Armen brachte er so viele Scheite mit, dass sie die nächsten 24 Stunden würden heizen können. Er kehrte die Asche aus und stapelte Papier, Reisig und Holz in den Ofen. Wenig später flammte Helligkeit auf. Ohne ein Wort füllte Hardo den Topf erneut mit Wasser und stellte ihn auf den Ofen. Er besah sich die Teebeutel.

»Wenn Sie mal Tee trinken«, sagte er, »dann muss es arg schlimm sein.«

»Es ist kein Kaffee da. Lehmann ist, glaube ich, überzeugter Teetrinker.«

Katinka zog die Knie an, um Hardo auf dem Sofa Platz zu machen. Er setzte sich, deckte sie zu und wartete ab, bis sie zu erzählen begann. Saugte alles auf, jede Kleinigkeit. Scannte mit seinem Gletscherblick über die Ausdrucke aus Mendels Ghostwriting-Projekt. Er grinste, als sie zu Schillings Schimpfkanonade kam und ignorierte höflich ihren Fußtritt.

»Sie müssen dem Platzhirsch nicht auch noch die Stange halten«, murrte Katinka.

»Tue ich auch nicht«, entgegnete Hardo. »Reden Sie schon weiter.«

»Er hat mich ziemlich in die Knie gezwungen«, seufzte Katinka.

Das Wasser kochte. Hardo stand auf und braute eine Teemischung aus den vorhandenen Beuteln. Sehnsüchtig warf er einen Blick auf den Bierkasten.

»Meinen Sie, wir könnten Herrn Oberstleutnant Lehmann einen Ersatzkasten besorgen, wenn die Geschäfte wieder öffnen, und uns solange hier bedienen?«

Katinka musste lächeln.

»Nur zu. Ich trinke keins.«

Gespielt entrüstet sah Hardo sie an. Er goss ihr eine Tasse Tee ein und balancierte sie zum Sofa. Kramte einen Schlüsselbund aus der Hosentasche und köpfte eine Bierflasche.

»Haben Sie einen Flaschenöffner dabei?«

»Das wesentliche Werkzeug ist immer am Mann.« Er nahm einen Schluck Bier. »Und Sie? Sagen Sie bloß, Sie haben sich von Schilling ins Bockshorn jagen lassen.«

Katinka stöhnte. Sie probierte von dem Tee und verbrannte sich prompt die Lippen. Der Schmerz lenkte sich kurzfristig von den Tieffliegern in ihrem Hinterkopf ab.

»Er hat mir eingeflüstert, dass ich auf seiner Verdächtigen-Liste an oberster Stelle stehe. Strafvereitelung. Verstoß gegen das Waffengesetz. Was weiß ich noch alles. Und schließlich Beihilfe zum Mord.«

»Und das haben Sie ihm abgekauft?«

Katinka nippte erneut an ihrem Tee.

»Der meinte es ernst!«

»Unsinn. Er hat geblufft, weil er Sie raushaben will. Er hat nichts gegen Sie in der Hand.«

Katinka starrte Hardo entgeistert an.

»Na, kommen Sie schon.« Er lächelte. »Sie sind doch auch nicht eben erst aus dem Ei geschlüpft. So läuft das Geschäft! Sie sind ihm auf die Nerven gegangen. Er hat Andeutungen gemacht, und Sie sind drauf reingefallen.«

»Bin ich nicht!«, erwiderte Katinka verbissen. »Ich habe ihm meine Position erklärt, aber Sie wissen doch: eine Sachlage kann von unterschiedlichen Horizonten aus eben völlig anders aussehen.«

Hardo stand auf und marschierte in dem kleinen Raum hin und her. Er warf seinen Anorak auf den Bierkasten und zog auch den dicken Wollpullover aus. Katinka schloss im Inneren eine Wette ab. Und gewann. Unter dem Pulli kam ein kariertes Holzfällerhemd zutage. Der Hauptkommissar trug seine Uniform. Draußen heulte der Wind um die Hütte. Katinka erzählte weiter. Von dem Treffen mit Irmela Fenering und dem Moment, in dem sie niedergeschlagen wurde. Hardos graue Augen leuchteten über sie hinweg wie das Feuer eines Leuchtturms.

»Ich war wie … ausgeknipst. Ich wusste nur, dass ich aus der Kälte rausmusste und aus der Burg. Also habe ich mich ins Auto gesetzt. Bis nach Hause hätte ich es nicht geschafft, und irgendwie trieb mich der Zufall hierher. Ich war mit Lehmann schon mal in dieser Hütte, er wollte mir den Ort zeigen, wo er versuchte, seine Lebensgeschichte aufzuschreiben, allerdings ohne Erfolg, deswegen hat er ja einen Ghostwriter engagiert«, endete Katinka und schnappte nach Luft. Reden war anstrengender, als sie es in Erinnerung hatte. Mit der Wärme in der Hütte stiegen die Schmerzen wieder an.

»Ich brauche eine Schmerztablette«, sagte sie.

Hardo stand auf und wühlte in dem Verbandszeug.

»ASS 500?«

»Egal was«, sagte Katinka. Sie nahm ihm den Blisterstreifen ab und drückte vier Tabletten heraus.

»Katinka, nicht so viele auf einmal!«

Sie langte nach der Bierflasche in seiner Hand und schluckte.

Hardo schnaubte, schob die Fensterläden ein Stück auf und sah hinaus.

»Es schneit immer noch«, sagte er. »War schon knifflig genug, hierher zu kommen. Die Streufahrzeuge sind unterwegs, aber auf den Nebenstraßen kommen sie nicht nach. Komischer Winter. Erst wochenlang keine Flocke, und dann sowas.«

Katinka seufzte. Sie kämpfte sich aus der Decke und zog sich zum ersten Mal seit Stunden den Mantel aus. Kam sich gleich beweglicher, lebendiger vor. Sie tastete nach ihrem Hinterkopf. Hardo sah ihr zu und sagte:

»Wenn das Wetter nicht so miserabel wäre, würde ich Sie zum Arzt bringen.« Er schloss die Läden. »Und ich würde mich dort oben im Burghof mal umsehen. Aber der Schnee ist gut zu den Bösewichtern. Er deckt alle Spuren zu.«

Katinka nickte. In der Ferne hörte sie ein lautes Knacken. Auch Hardo wandte den Kopf. Dann rauschte etwas.

»Ein Ast, der unter der Schneelast abknickt«, sagte Hardo. Wieder heulte der Wind. »Ich finde, wir haben uns zu wenig mit der hervorstechendsten Eigenschaft dieses Falles beschäftigt.«

»Und die wäre?«

»Mit Ihrer Verwicklung«, sagte Hardo und legte Holz nach.

Katinka drückte die Hand auf ihren Magen. Darin faulte eine diffuse Angst, das Gefühl, ausgeliefert zu sein, sich selbst nicht trauen zu können.

»Sie sind jetzt zweimal ausgeknockt worden«, sagte Hardo. »Was schließen wir daraus?«

»Keine Ahnung.«

Hardo schwieg. Katinka sah die Neuronen in seinem Gehirn feuern, Funken durch die Nervenleitungen stieben. Sie schaute ihm beim Denken zu. Schließlich sagte er:

»Dieser seltsame Auftrag, den Sie bekommen haben. Ich frage mich: Könnte nicht jemand der Beteiligten aus der Agentur Fenering als Ines oder Henryk Pawlowicz aufgetreten sein?«

Katinka schüttelte den Kopf und zuckte unter den rasenden Schmerzen zusammen. Hardo zurrte eine Augenbraue hoch. Wenn sein Kopf nicht komplett kahl gewesen wäre, hätte die Augenbraue den Haaransatz erreicht.

»Ich habe darüber nachgedacht«, sagte Katinka. Sie hob den Kopf und lauschte. Auch Hardo wurde aufmerksam.

»Der Wind wird immer stärker«, sagte er. »Der knickt Baumstämme um wie Zahnstocher. Ich hoffe nur, dass keine Eiche auf diesem Häuschen hier landet.«

»Keiner der Männer, die ich in der Agentur zu Gesicht bekommen habe, kann Henryk Pawlowicz gewesen sein. Sie sind entweder zu groß, zu hager, oder zu klein, zu fett, zu kompakt.«

»Und die Frau? Ines?«

Katinka stellte sich Ines Pawlowicz, oder wie auch immer sie heißen mochte, vor. Wie sie durch die Tür in ihre Detektei trat, ein wenig ängstlich, nervös. Eine schmale Person, schüchtern, kurzes Haar. »Nein, keine der Frauen, die ich gesehen habe, sieht aus wie Ines. Auch nicht Thurid Maas. Die ist zwar auch zierlich, aber sie hat ein ganz anderes Gesicht.«

Hardo sagte nichts. Er trank sein Bier aus.

»Der Gerstensaft wird allmählich warm hier«, sagte er. Er griff nach dem Kasten und trug ihn zur Tür. Drückte die Klinke mit dem Ellenbogen herunter und stellte den Kasten in den Schnee. »Nichts schlimmer als warmes Bier.«

Katinka lachte.

»Andere halten extra den Tauchsieder rein.«

»Alte Männer vielleicht.«

Katinka starrte ihn verblüfft an. Alte Männer. Hardo war um einiges älter als sie. Wie alt war für ihn ein alter Mann?

»Grinsen Sie nicht so unverschämt«, sagte Hardo.

In Katinkas Erinnerung meldete sich ein Gedanke zu Wort. Sie rief sich die Agentur Fenering ins Gedächtnis, sah den leise summenden Laptop auf dem Tisch, mit Mendels Speicherstick. In jenem Zimmer hatte Mendels Foto gestanden. Ein Zeitungsausschnitt in Thurids Büro zeigte ein stolzes Trio aus Hartmann, Mendel und Thurid. Wenn einer der beteiligten Männer die Statur desjenigen hatte, der ihr die K.o.-Tropfen in den Drink gemixt hatte, dann Frank Mendel.

Sie öffnete den Mund und sagte es Hardo. Er sah sie weniger skeptisch an, als sie befürchtet hatte.

»Ich weiß«, fügte sie hinzu, »es ist seltsam. Er ist das Opfer. Aber von allen Männern, die im Umkreis des Mordes aufgetaucht sind …«

»Wenn«, sagte Hardo bedächtig, »Mendel Sie mit K.o.-Tropfen abgefüllt hat, wenn er Ihre Waffe an sich gebracht hat, dann brauche ich eine Erklärung dafür, warum. Und ob er überhaupt die Absicht hatte, Ihre Pistole zu klauen, oder ob er nicht etwas ganz anderes wollte.«

»Außerdem«, gab Katinka zu bedenken, »wenn er die Waffe hatte, wie kam sie dann in die Hand eines anderen, der schließlich Mendel damit erschoss? Hat er die Beretta aus Versehen irgendwo liegen lassen? Ist sie ihm mit Gewalt abgenommen worden?«

»Jedenfalls nicht am Tatort. Da geben die Spuren ganz eindeutig Auskunft.« Hardo kratzte sich die Glatze. Er sah müde aus. Unruhig blickte Katinka auf die Uhr. Halb 2 in der Nacht.

»Sie haben gesagt, dass Sie etwas rausgekriegt haben – über die K.o.-Tropfen.«

»Unsere Drogenkollegen haben erst vor kurzem ein Hexenlabor ausgehoben, nicht weit von Bamberg, auf dem platten Land.«

»Hexenlabor?«

»So nennt man die illegalen Laboratorien, wo Betäubungsmittel dieser Art produziert werden. Drei Giftmischer sind uns ins Netz gegangen. Vermutlich haben sie ganz Oberfranken beliefert. Das Zeug ist nicht gerade preiswert, wohl aber die Ingredienzien. Das Seltsame an Ihrem Fall ist …«

»Was?«

Er druckste herum, bis er sagte:

»O.k., üblicherweise werden diese Art Drogen dafür verwendet, Frauen sexuell gefügig zu machen. Es gibt eine unglaublich hohe Dunkelziffer. Die Frauen, die missbraucht wurden, während sie betäubt und leblos dalagen, wenden sich nicht an die Polizei. Sie können sich denken, warum.«

Katinka nickte. »Ihre Behörde geht weder besonders einfühlsam mit den Opfern um, noch neigt sie dazu, den Frauen zu glauben. Sie könnten ja vorgeben, betäubt und missbraucht worden zu sein, so wie ich vorgeschützt habe, betäubt und bestohlen worden zu sein.«

Uttenreuther warf ihr einen seiner missbilligendsten Blicke zu und fragte: »Sie erinnern sich immer noch an nichts?«

Katinka schüttelte den Kopf. Das Einzige, dessen sie sich sicher glaubte, war, dass sie nicht vergewaltigt worden war. Sonst gab es da nichts, außer Schwärze und dem Gefühl, sich selbst nicht mehr glauben zu können, weil ihr eigenes Gedächtnis unzuverlässig geworden war.

»Die Kollegen sollen morgen den Giftmischern Fotos von den Männern aus der Agentur Fenering zeigen. Auch von Mendel. Vorsichtshalber. Ob sie jemanden wiedererkennen.«

»Die werden ihre Kunden bestimmt nicht preisgeben!«

Hardo wiegte sachte den Kopf.

»Das lassen Sie unsere Sorge sein.«

Katinka sah eine Weile ins Feuer.

»Wie haben Sie mich eigentlich gefunden?«, fragte sie schließlich.

»Das wollen Sie nicht wissen.«

»Das will ich nicht wissen?«

Er seufzte.

»Fallen Sie mich nicht gleich an. Ich habe Schilling angerufen.«

»Schilling? Aber …«

»Sie haben ja recht, Katinka.« Hardo setzte sich zu ihr aufs Sofa und berührte behutsam ihre Schulter. »Er ist ein eitler Fatzke, keiner, mit dem ich gerne ein Bier trinken gehen würde. Fahren Sie beruhigt die Krallen wieder ein.«

Katinka wusste, dass ein gemeinsamer Frühschoppen die höchste Sympathiebekundung war, die Hardo gewährte.

»Sie haben unser Gespräch einfach abgebrochen«, warf er ihr vor.

»Ich musste kotzen.«

Er verdrehte die Augen.

»Drücken Sie sich doch mal etwas liebevoller aus. Ich wusste wirklich nicht, was mit Ihnen los war. Ich rief Ihren Freund an, der meldete sich nicht. Also versuchte ich es bei Schilling. Er dinierte gerade in einem etwas feineren Restaurant und futterte sich mit Zanderfilet auf dem Mangoldbett voll. Sein Handy musste ihm extra gebracht werden, er hatte es an der Garderobe abgegeben und freute sich nicht besonders, gestört zu werden. Ich brauche noch ein Bier.«

Er stand auf und ging in Richtung Tür. Katinka sah ihn gespannt an.

»Ich fragte ihn nach Lehmann. Sie haben mir irgendwas von Lehmann und Karpfen in die Ohren gesäuselt. Weil der lukullisch kenntnisreiche Kollege mich schnell loswerden wollte, zickte er nicht groß herum, sondern verriet mir, was ich wissen wollte. Dass Oberstleutnant Benno Lehmann am Rande des Mordfalles auftaucht und in Seidmannsdorf wohnt.«

Er ging hinaus und angelte sich eine Flasche Bier aus dem Kasten.

Katinka verzog die Lippen zu einem Lächeln.

»Und Sie werfen mir vor, durchtrieben zu sein?«

Er lachte.

»Ich besorgte mir eine Karte und fuhr los. Immerhin hat mein altes Häufchen Blech Winterreifen – im Gegensatz zu den etwas moderneren Wagen gewisser anderer Leute. Seidmannsdorf war leicht zu finden, wenngleich ziemlich schneebedeckt. Wenn es so weiterschneit, ist das Örtchen morgen von der Landkarte verschwunden. Schwieriger waren die Karpfenteiche. Ich probierte sämtliche Wege. Hätte ich noch länger gebraucht, ich wäre bei Lehmann vorbeigefahren und hätte ihn nach seiner Fischzucht gefragt. Das wollte ich aber nicht, Sie wissen ja, möglichst kein Aufsehen.«

»Klar.«

Katinka sah im Geiste Hardo in seinem betagten Golf durch das Schneegestöber steuern.

»An der einsamen Straße dort oben hockte eine überdimensionale Schneekugel. Das musste Ihr Auto sein. Sie fahren wirklich mit Sommerreifen herum«, warf er ihr vor.

Katinka stand auf. Sie schwankte ein wenig, aber das war ihr egal. Sie ging auf Hardo zu, streckte die Arme aus und legte sie ihm um den Hals, drückte ihr Gesicht an seine Brust und sagte leise:

»Danke.«

Er zog sie an sich.

»Ich habe gedacht, ich überlebe das nicht«, flüsterte sie und fragte sich ernsthaft, weshalb sie das zugab. Er grummelte etwas Unverständliches. Sie hob den Kopf und sah ihn an. Seine ernsten grauen Augen glühten wie Neonlicht.

»Warum haben wir uns eigentlich gestritten, neulich?«, fragte Katinka.

»Sie haben mir als Polizisten Unfähigkeit vorgeworfen, sofern ich mich richtig erinnere.«

»Doch nicht Ihnen. Nur dem Polizeiapparat!«

»Lenken Sie nicht ab.« Er zog sie ein bisschen fester zu sich.

»Und Sie«, wehrte sich Katinka, »haben mich größenwahnsinnig genannt.«

»Das sind Sie ja auch!«

Katinka boxte ihn mit beiden Händen gegen die Schultern. Die Erschütterung bohrte zentimeterlange Nägel in ihren Kopf. Sie zuckte zusammen. Hardo tastete sanft mit der Hand über ihr Haar.

»Nicht hinfassen!«, warnte Katinka.

»Keine Angst.« Er zwirbelte ein paar Strähnen. Die sanfte Berührung schickte Gänsehaut über ihren ganzen Körper.

»Und dann haben Sie noch gesagt, Sie würden mich kein zweites Mal aus der Kloake rausfischen«, beschwerte sich Katinka. »Daran haben Sie sich aber nicht gehalten!«

Er lachte auf, aber es klang nicht amüsiert. Sie spürte seinen warmen Atem auf ihrem Haar und barg ihr Gesicht tief in seinem karierten Hemd.

»Das hier ist ein Schneesturm«, sagte Hardo in verzweifeltem Tonfall. »Vollkommen geruchsneutral. Aber Sie haben mich ganz falsch verstanden!«

»Warum?«

»Ich bin auf der Suche nach einem Leben, in dem ich mir keine Sorgen machen muss.«

»Keine Sorgen? Sowas gibt's nicht. So ein Leben wird Ihnen in keinem Katalog angeboten.«

»Ich dachte an Sybille.«

Katinka erstarrte. Sybille Uttenreuther, Hardos Tochter, war in einer Winternacht bei einem Unfall umgekommen. Die Erkenntnis ließ ihr Herz rasen wie nach einem Sprint. Sie hätte es sich denken können. Deswegen war er gekommen. Die alte Panik, dass ein Mensch, der ihm nahe stand, in Schnee und Eis umkam. Aber Katinka war nicht seine Tochter, sie war nicht seine Geliebte. Sie war … Eine Kollegin jedenfalls nicht. Sie war seine Konkurrenz. Sein Advocatus Diaboli. Und sein Spiegelbild, irgendwie.

»Ich«, begann sie und ließ es sein. Sie standen einfach da, aneinandergeschmiegt, lauschten den Windstößen, dem Raunen der Bäume draußen, dem Knistern der Holzscheite.

»Es tut mir leid«, murmelte Katinka schließlich leise. »Ich hätte daran denken sollen. Die Sache mit Sybille … Bloß …«

Sein Atem ging schwer, eine warme, sanfte Abendbrise in ihren Haarsträhnen. Dann nahm er ihr Gesicht in beide Hände und küsste sie. Zuerst die Augen, ganz zärtlich, dann die Augenbrauen, die Nase, die Wangenknochen, unendlich behutsam die Lippen. Sie wollte seinen Namen flüstern. Ihr war schwindelig, vor Verwirrung, vor Kopfschmerzen, vor Müdigkeit. Um das Gleichgewicht nicht zu verlieren, klammerte sie sich an seinem Hemd fest. Rieb ihre Wange an seinen Bartstoppeln. Das Beste an den Männern sind ihre Bartstoppeln, dachte Katinka. Ich wette, Männer haben sie nur, damit wir unsere Wangen dran kratzen können.

Schweiß kroch über ihre Haut. Sie suchte seine Lippen und küsste ihn. Er schmeckte nach Bier. Entsetzt fragte sie sich, wonach sie selbst schmeckte, und wollte sich zurückziehen, aber er ließ sie nicht. Seine große warme Hand hielt ihren Nacken fest umfasst.

Das geht nicht gut, dachte Katinka. Das hatten wir schon mal. Ein Kuss in einer aufregenden, gefährlichen

Nacht, als ganz Bamberg Gefahr lief, von einem gerissenen Mörder vernichtet zu werden. Ein Kuss. Aber nur einer. Kurz, salzig, hart.

Jetzt ließ er nicht locker. Seine Zunge umspielte ihre Lippen, krabbelte über ihr Kinn und schlich ihren Hals hinunter. Er schob ihren Pullover ein Stück beiseite und küsste die weiße Haut darunter. Packte Katinka dann bei den Schultern und hielt sie ein Stück weg.

»Ich weiß nicht, was …«, stammelte er. Er riss die Tür auf und trat in den Sturm hinaus.

»Hardo«, rief Katinka. Sie taumelte, tastete sich an der Wand zur Tür und ging ihm nach. Der eisige Wind kühlte sie sofort aus. Ihr Körper wehrte sich gegen die frostklirrenden Böen.

»Hardo?«, rief sie, doch der Wind riss ihr das Wort weg und zerfetzte es im Weiterwehen.

Sie ging ein paar Schritte. Er stand neben ihrem Auto und starrte auf den Boden. Der Schnee reichte ihm fast bis zu den Knien. Katinka sah ihn unscharf, verwaschen ohne die Kontaktlinsen. Plötzlich bekam sie Angst, sie würde ihn aus den Augen verlieren. Ein Schrei entfuhr ihr. Er drehte sich um.

»Sie sollen hier nicht herumstehen«, sagte er, stapfte auf sie zu, packte sie an den Armen und dirigierte sie vor sich her zur Hütte.

»Schnell. Rein mit Ihnen.«

Zitternd vor Kälte sah Katinka zu, wie er die Tür schloss. Er blickte sich suchend um und schob dann das Schränkchen davor, in dem er die Schmerztabletten gefunden hatte.

»Was ist los?«, fragte Katinka. Hardo ging zum Ofen und legte Holz nach. Er bückte sich nicht, sondern ging in die Knie. Rückenfreundlich macht er das, dachte Katinka. Sie schlang die Arme um sich und sah ihm zu.

»Was ist?«, fragte sie nochmal, als er aufstand und auf sie zukam.

Er nahm eine Decke vom Sofa und legte sie ihr um die Schultern.

»Mädchen«, sagte er, seine Stimme brüchig vor Zärtlichkeit. »Ich begehe eine Dummheit nach der anderen.«

Katinka starrte ihn verständnislos an. Er wischte ihr die schmelzenden Schneeflocken aus dem Haar und sagte:

»Da draußen sind Spuren im Schnee. Fußspuren. Noch gut zu sehen. Vor ein paar Minuten ist jemand um die Hütte geschlichen.«

Katinka schloss die Augen. Immer noch kamen Vierecke auf sie zugeschossen, aber farblos und hell, sehr hell.

»Wer?«, fragte sie und ließ sich auf das Sofa sinken.

Hardo zuckte die Achseln. Er zog den Tisch heran, nahm seine Dienstwaffe aus dem Holster, lud sie und legte sie vor sich ab. Setzte sich neben Katinka.

»Wir müssen abwarten«, sagte er.

»Warum laufen Sie immer weg?«

»Ich laufe nicht weg.«

Katinka verdrehte die Augen.

»Was war das sonst?«

Er wandte sich ihr zu.

»Sind Sie im Kloster großgeworden?« Seine grauen Augen glänzten wie ein sonnenbeschienener Gletscher. »Sie sind nicht zu haben. In festen Händen, wie man sagt.«

Katinka nagte an ihrer Unterlippe. Ich sollte hier

nicht sitzen, dachte sie. Nicht mit Hardo, nicht in dieser Schneenacht. Es bestand nur dieses absonderliche Problem, dass sie gerne hier saß. Trotz der Schmerzen. Der Angst. Der Verwirrung.

Hardo sah sie mit einem Ausdruck vollkommener Verzweiflung an.

»Bitte«, murmelte er. »Fragen Sie mich nicht, wieso die Welt ist, wie sie ist. Ich weiß das nicht.«

Katinka starrte eine Weile ins Leere. Da war Tom, den sie liebte. Immer. Nicht nur, wenn die Situation es heraufbeschwor. Tom. Wo steckte Tom. Sie holte tief Luft und sagte:

»Tom wollte nach Hof. Wegen eines Auftrags. Er hat sich nicht mehr gemeldet.«

»Es wird ihm gehen wie Ihnen«, sagte Hardo müde. »Und hundert anderen. Er wird sich ein Quartier gesucht haben, um nicht nochmal auf die Straße zu müssen. Hof ist quasi Sibirien. Dort oben tauen sie erst zu Ostern wieder auf. Wenn überhaupt.«

»Dann hätte er sich gemeldet«, flüsterte Katinka. Ihr wurde kalt, durch und durch. Sie griff nach ihrem Handy. »Ich habe ihn doch angerufen. Bevor Sie kamen. Lange vorher.«

Sie wählte Toms Nummer. Keine Reaktion. Nur die Mailbox. Sie hinterließ eine kurze Nachricht. Ruf mich bitte zurück. Egal um welche Uhrzeit.

Hardo sah sie so seltsam an.

»Was ist?«, fragte Katinka.

»Nichts. Sie sollten schlafen.«

Sie zögerte einen Moment, bevor sie fragte:

»Könnten Ihre Kollegen …«

Hardo stand auf, schnappte sich sein Handy und telefonierte mit der Polizeidirektion Bamberg. Katinka hörte ihm stumm zu. Es waren eine Menge Unfälle gemeldet worden, aber Kleinigkeiten, ohne Verletzte.

Krankenhäuser, bedeutete sie ihm mit den Lippen.

»Überprüft die Krankenhäuser an der Strecke«, hörte sie ihn sagen. »Es eilt.«

Er legte auf.

»Danke«, sagte Katinka.

Er nickte.

17. Opfer im Schnee

»Können Sie mit der Heckler & Koch schießen?«

»Warum nicht?« Katinka hatte sich auf dem Sofa zusammengerollt. Ihr Kopf lag auf Hardos Schoß, seine mächtige, warme Hand auf ihrem Ohr. Er wies mit dem Kinn auf seine Dienstwaffe.

»Das System ist unüblich. Es gab einige Unfälle damit.«

»Ich weiß«, murmelte Katinka. Sie war schläfrig. Der Gedanke, jemand könne dort draußen im Schnee lauern, kam ihr immer unrealistischer vor. Es war viel zu kalt und unwirtlich in dieser Nacht.

»Die Waffe ist total entspannt«, sagte Hardo, »solange die Spannleiste nicht eingedrückt ist.«

»Ich weiß, ja«, wiederholte Katinka. »Sabine Kerschensteiner hat mich mal mit ihrer Waffe schießen lassen.«

»Unsere Kerschensteinerin?« Er sprach von seiner Kollegin, als sei sie eine Art WG-Blumentopf, den zu gießen reihum jeder Mitbewohner die Pflicht hatte.

»Ja. Klar.« Katinka richtete sich zur Hälfte auf. In ihrem Kopf rumorten Dieselmotoren, die einem Eisbrecher auf hoher See alle Ehre gemacht hätten. »Die Schlagbolzenfeder wird aktiviert, sobald die Spannleiste eingedrückt ist. Mittel-, Ring- und kleiner Finger müssen sie eindrücken, und der Zeigefinger am Abzug muss solange Ruhe halten. Das ist die Krux bei dieser Pistole.«

Hardo lächelte:

»Kluges Mädchen. Sie haben es schon mal probiert?«

»Ja! Sag ich doch.«

»Dann machen Sie es nochmal.«

»Soll ich Lehmanns Hütte wegpusten?«

»Schmonzes. Nur die Trockenübung. Kein Schuss. Dazu kriegen Sie schon noch Gelegenheit.«

Er entlud die Waffe und gab sie Katinka in die Hand. Sie zielte, drückte die Spannleiste.

»Brav.« Er nahm ihr die Heckler & Koch aus der Hand. »Und nochmal.«

Katinka übte ungefähr zehn Minuten lang. Es ging immer leichter.

»Man muss es im Schlaf können«, sagte Hardo. »Ein paar Kollegen haben sich schon in den Hintern geschossen. Die Handhabung läuft der natürlichen Fingerhaltung zuwider. In dem Sinne haben wir eine Fehlkonstruktion in der Faust, um unser Beamtenleben zu verteidigen.« Er nahm ihr die Waffe aus der Hand. Katinka schwitzte mit einem Mal, zog sich den Pullover über den Kopf und warf ihn aufs Sofa.

»Warum gehen wir nicht raus und sehen nach, wer da seinen Nachtspaziergang absolviert?«, schlug sie vor.

»Sind Sie jeck? Wer auch immer dort herumläuft, hat uns sofort im Fadenkreuz.«

»Es sei denn, er ist schon eingefroren. Vielleicht ist es nur Lehmann gewesen, der nach seiner Hütte sehen wollte. Es muss doch niemand mit einer Knarre sein.«

»Kann sein«, murrte Hardo. »Ich weiß nur, dass ich Spuren gesehen habe. Wenn es Lehmann ist, wieso kommt er dann nicht näher und erkundigt sich, wer seine Residenz in Besitz genommen hat?«

»Er kann Sie gesehen haben und fürchtet sich jetzt!«

Hardo wuschelte ihr durchs Haar.

»Ich kalkuliere mit dem Durchhaltevermögen von jemandem, der in diesem Sturm aushalten muss. Das geht nicht lange.«

Sein Handy klingelte. Er riss es ans Ohr und rief: »Ja?« Hörte ein paar Augenblicke konzentriert zu und nickte.

»Danke«, sagte er, die Augen prüfend auf Katinka gerichtet. »Das hilft mir weiter.«

Er legte auf.

»Was ist!«, rief Katinka.

»Kein Tom Thiele zu finden. In den Kliniken an der Strecke ist niemand dieses Namens eingeliefert worden. Beruhigt Sie das?«

Katinka nickte.

»Danke. Danke, Hardo.«

Es beruhigte sie in einer Weise. In einer anderen nicht. Tom sah das nicht ähnlich, einfach zu verstummen. Er würde immer einen Weg finden, ihr zu sagen, wo er steckte und wie es ihm ging. Ihr war bewusst, dass Hardo mehr für sie tat, als sie verlangen oder erwarten konnte. Ihr war nicht ganz klar, warum er das tat.

»Schon gut, Kätzchen!«

Sie kuschelte sich wieder auf dem Sofa zusammen und flüsterte:

»Wenn Sie den Kerl da draußen aufs Korn nehmen, geben Sie mir Bescheid!«

»Mache ich. Ich würde mich ja gar nicht hinaustrauen ohne Katinka Palfy an meiner Seite.«

»Sie machen sich lustig.«

»Nein. Schlaf.«

Ich frage mich, dachte Katinka, während sie in der molligen Wärme des Ofens dem Schlummer entgegentrieb, warum wir noch nicht auf die Idee gekommen sind, uns zu duzen.

Der Sturm heulte um Lehmanns kleine Hütte, riss am Dach und jaulte im Kamin wie ein verendender Wolf. Das Feuer brannte die ganze Nacht. Katinka wachte ab und zu auf, wenn Hardo Holz nachlegte. Dann saß er eine Weile auf dem Sofa und starrte in die Flammen. Ein Buch lag aufgeschlagen auf seinem Schoß. Hardo, der verkrachte Germanist. Wo er auch ging und stand, er schleppte Lesestoff mit sich herum. Katinka machte sich so klein wie möglich, um ihm Platz zu lassen. Schmerzsalven attackierten ihren Kopf. Sie blieb still liegen und starrte vor sich hin. Schlief kurz ein und schreckte wieder hoch. Hardo hatte die Deckenlampe ausgeschaltet, nur der Schein des Feuers erhellte den Raum und bestrich die Wände und die wenigen Möbelstücke mit einem dunklen, satten Orangeton. Sie schloss die Augen und sah ein paar fast transparente Vierecke vorüberwabern, bevor sie wieder einnickte.

Donnerstag, 13. 1. 2005, 6:02 Uhr

»Verflucht!«

»Was ist?« Katinka schoss hoch, in Panik. Ihr Kopf dankte es ihr mit allfälligem Rumoren.

Hardo stand an der Tür, das Ohr dagegen gedrückt. Katinka richtete sich auf, stellte sich vor, sie könne ihre Ohren wachsen lassen und drehen wie Satellitenschüsseln.

»Ein Wagen ist vorgefahren, hat kurz gehalten und ist dann abgezwitschert.«

»Das konnten Sie hören?«, wunderte sich Katinka angesichts des Sturmbrüllens draußen.

Hardo nickte wortlos. Die Bäume raunten und rauschten, das Wäldchen spie Funken in die Dunkelheit hinaus.

»Da oben ist eine Straße«, flüsterte Katinka, »es wäre nicht so ungewöhnlich, wenn dort ein Auto ...«

»*Sch*!«

Sie hob entschuldigend die Hände in einer Geste, die sagen sollte, tut mir leid, war keine Absicht, und wandte ihre Aufmerksamkeit dem Sturm zu. Ein Splittern übertönte das wogende Brausen der Bäume. Wie in einer dramatischen Klangcollage spielten die Geräusche ineinander, vermischten sich in einem dröhnenden Strudel, unterlegt vom beständigen Jaulen des Sturms im Kamin.

»Da ist nichts«, flüsterte sie. »Ein Baum oder ein dicker Ast ist abgeknickt.«

Aber da war noch ein anderes Geräusch gewesen. Ein scharfes, sekundenkurzes Irgendwas. Beinahe unbemerkt weggespült vom Tosen des Sturms, real für einen Moment und sogleich nur noch eine Erinnerung, die man sofort in Frage stellt, unsicher, ob sie je wirklich gewesen ist.

Hardo schlüpfte in seinen Anorak.

»Sie bleiben hier. Schließen Sie die Tür.« Er griff nach seiner Waffe.

»Warum!«, widersprach Katinka. »Sie kontrollieren, ich sichere. Alte Polizeiweisheit.«

Er ging überhaupt nicht auf sie ein.

»Sie öffnen nur, wenn Sie meine Stimme hören, ist das klar?«

Katinka rutschte das Herz eine Etage tiefer. Seit Hardo hier war, taute der Schrecken ihrer beiden Knockouts weg wie die paar Schneehäufchen, die an ihren Schuhen durch die Tür getragen worden waren und nun als braune Schmiere den Boden verschmutzten. Sie wollte nicht, dass er dort hinausging, und wenn, dann wollte sie mit. Schnell zwang sie ihre Füße in die Stiefel. Hardo sah sie warnend an, öffnete die Tür und war verschwunden.

Wie betrunken starrte Katinka auf die Tür. Sie suchte aus dem Deckenhaufen auf dem Sofa ihren Pullover und schlüpfte hinein. Er roch nach Holz, nach Feuer und nach Schweiß. Angewidert verzog sie die Lippen, stand dann wieder ganz still und horchte. Nur tosender Sturm, sonst gab es nichts da draußen.

»Katinka?«

Er klopfte gegen die Tür. Sie riss sie auf.

Hardo stand vor ihr, blass, unrasiert, und sagte:

»Entwarnung. Nur leider keine schöne. Wollen Sie sie ansehen?«

Sie schnappte sich ihre Taschenlampe vom Tisch, lief an ihm vorbei und folgte seinen Spuren. Es schneite noch immer, aber feiner, in Wirbeln, wie Gischt wehte das Weiß aus der schwarzen Nacht heran und setzte sich auf Haare, Gesichter, Bäume. Ihre Autos waren zur Gänze eingeschneit. Katinkas Beetle schmiegte sich wie ein Hügelgrab in die Landschaft.

Katinka stockte, als sie näher zu den Autos kam. Sie sah den aufgewühlten Schneehaufen, wo Hardo gekniet und sich an etwas zu schaffen gemacht hatte. Ein gewaltiger Ast, vom Sturm abgerissen, lag im Schnee, die Zweige um sich gebreitet wie ein Brautschleier. Birke, dachte Katinka. Eine Birke.

»Ich habe die Kollegen gerufen«, sagte Hardo. »Ich hoffe, sie schnallen sich Hermesflügelchen an, sonst sind gleich keine Spuren mehr zu sehen.«

Katinka ließ den Lichtkegel ihrer Lampe bedächtig über die Leiche gleiten. Die Frau lag mit dem Gesicht im Schnee, der Oberkörper bedeckt von dem mächtigen Birkenast. Er war beinahe so groß wie ein junger Baum. Ihr Kopf neigte in einem unmenschlichen Winkel nach links. Der Ast musste ihr das Genick gebrochen haben. Katinka hatte Mühe, die Hand ruhig zu halten. Die vielen dünnen Zweige warfen wackelige Schatten. Ich glaube das nicht, dachte Katinka. Ich glaube meinen Augen nicht mehr und mir selbst am allerwenigsten.

»Sie lebt nicht mehr«, sagte Hardo. »Kein Puls. Ist auch nicht zu erwarten. Nicht bei dieser Verletzung.«

Katinka musste die Gesichtszüge nicht sehen, um die Tote zu erkennen. Es genügten der Lodenmantel, die kleinen Füße.

»Sie ist gerade eben erst gestorben, oder? Das Geräusch, das wir gehört haben. Sie hat geschrieen. Vor Schreck. Und dann war sie auch schon tot.«

»Ja. Sie ist noch warm. Wer ist das, Katinka?«

»Edith«, murmelte sie. »Edith Hartmann. Ich habe Ihnen doch erzählt ... sie ist die Frau von Udo Hartmann, dem Kollegen Mendels, derjenige, mit dem Mendel nicht gut konnte. Der Erpresser.«

»Sind Sie sicher?«

»Das habe ich Ihnen doch erzählt, wie er mich beim Einkaufen abgepasst hat ...«

»Stop. Ich meine, sind Sie sicher, dass die Tote Edith Hartmann ist?«

»Natürlich. Klein, rund. Normalerweise trägt sie eine Handtasche mit sich. Die muss hier irgendwo sein.«

Katinka ließ suchend den Lichtschein über die Schneefläche gleiten.

»Nicht«, sagte Hardo warnend.

»Ich verwische keine Spuren, keine Angst«, sagte Katinka müde. Der Wind drang durch ihren Pullover. Sie merkte, dass sie fror, so sehr, dass es sie schüttelte, und sie wich ein Stück von der Stelle zurück, an der Edith Hartmann ihr Leben gelassen hatte. Ein nicht besonders einfaches Leben. An der Seite eines nicht besonders einfach zu handhabenden Mannes.

Hardo schlüpfte aus seinem Anorak und legte ihn Katinka um die Schultern. Sie lehnte kurz ihre Stirn an seine Brust. Er strahlte Wärme aus wie eine Sauna.

»Gehen Sie hinein«, sagte er, »und setzen Sie Wasser auf. Es ist kurz nach sechs. Zeit, zur Arbeit zu gehen.«

»Ich bin aber nicht die Hausfrau hier«, sagte Katinka.

Er packte sie bei den Schultern und hielt sie ein Stück von sich weg.

»Sie sind wirklich unmöglich. Total unmöglich.«

»Ich weiß echte Komplimente zu schätzen«, erwiderte Katinka und sah zu Edith Hartmanns Leiche hinüber. Starr lag sie im Schnee, die ehemals so temperamentvoll rudernden Hände erlahmt. Katinka erinnerte sich an Ediths funkelnde Augen.

»Sie war so ein Temperamentsbolzen«, sagte sie traurig. Ausgerechnet Edith. Komisch, dachte Katinka, sie war diejenige, die ich am sympathischsten fand von dem ganzen Haufen rund um die Agentur Fenering. Was wollte Edith Hartmann hier draußen? Wusste sie, dass ich hier war? Hat sie mich im Burghof niedergeschlagen? Warum kam sie dann erst jetzt hierher?

Und wie? Hardo hatte von einem Auto gesprochen. Er hat ein Auto gehört. Hat Hartmann seine Frau hergebracht?

Katinka biss die Zähne zusammen. Es war so eine Sache mit den Mordopfern. Im vergangenen Sommer hatte sie eine gute Freundin tot aufgefunden. Das war ihr als das Schlimmste vorgekommen, was sie jemals erlebt hatte. Und dann Mendel. Den sie tot im unbarmherzig gleißenden Licht des Seziersaales gesehen hatte. Mendel, den sie lebend nicht gekannt hatte. Eine nachträgliche Begegnung, mit der sie gut zurechtgekommen war. Weil sie ihn in dem Augenblick nur als einen Spurenträger in einem Kriminalfall verstand. Nun kamen ihr die Tränen, als sie feststellte, dass es keine Skala gab, auf der man schlimme Tode und nicht so schlimme Tode ansiedeln konnte. Es passte keine Messlatte. Sie waren alle schlimm, nur bemerkte man es nicht immer sofort.

»Das war ein Unfall, oder?«, sagte sie zu Hardo.

»Ich vermute es. Ich weiß nur nicht, was sie hier wollte. Aber das wird herauszufinden sein.«

Katinka saß auf dem Sofa, in eine Decke gekuschelt, und tippte die Kurzwahl für Toms Handy. Es dauerte fünf lange Klingeltöne, bis die Mailbox sich meldete. Gerade, als sie eine Nachricht hinterlassen wollte, piepte ihr Telefon. Akku leer. Bitte aufladen.

»Hardo? Darf ich Ihr Handy benutzen? Bitte. Nur ein kurzer Anruf.«

»Natürlich. Gern.«

Er öffnete den Fensterladen und spähte hinaus. Legte dann Holz nach, während Katinkas fliegenden Finger die Nummer tippten. Wieder die Mailbox. Sie bat

Tom, sofort zurückzurufen, und gab Hardos Nummer an.

»Danke«, sagte sie und legte das Handy weg. Auf dem Sofa lag noch sein Buch, aufgeschlagen mit den Seiten nach unten. Dostojewskij. *Der Spieler*. Katinka nahm das Buch in die Hand und blätterte. Er warf ihr einen Blick zu.

Sie suchte ihre Kontaktlinsendöschen heraus und setzte mit zwei geschickten Bewegungen die Linsen ein.

»Das geht ja flott«, sagte Hardo lächelnd.

»Die berühmte Übung, die den Meister macht.« Sie blinzelte.

Das Teewasser sprudelte. Er goss es in die Kanne, die langgezogenen Pulloverärmel als Topflappen benutzend. Katinka sehnte sich nach einem starken Kaffee, noch mehr als nach Sonne, als nach dem Ende des Winters. Dennoch befeuerte der dampfende Tee ihre Lebensgeister. Die Übelkeit war abgeebbt und die Kopfschmerzen kamen ihr erträglich vor, nachdem sie noch zwei Tabletten geschluckt hatte. Die schwebenden Vierecke waren verschwunden.

Sie hörten Wagen heranfahren. Keine Sirenen, das würde nur die Schaulustigen aus dem Dorf anziehen. Hardo zog seinen Anorak über und trat hinaus. Es war kurz vor sieben, dunkel wie im Keller. Die Polizisten brachten Scheinwerfer mit. Sie sah, wie einige der Beamten den Tatort absperrten. Die Plastikbänder knatterten im Wind. Fotos wurden gemacht.

Zwanzig Minuten später erschien Hauptkommissar Wolf Schilling. Er sah derangiert aus, als er aus seinem Peugeot stieg. Katinka wartete vor der Tür. Sie hatte sie zugezogen, damit die Wärme nicht entwich, und beobachtete das Szenario. High Noon, dachte sie. Gleich ziehen sie ihre Colts und duellieren sich.

Hardo streckte die Hand aus und begrüßte seinen Kollegen. Schilling ergriff sie kurz und sah dann argwöhnisch zu Katinka hinüber. Sie stapfte den beiden entgegen.

»Morgen.«

»Frau Palfy!«

Er bemühte sich, seiner Stimme einen amüsierten Unterton zu geben, aber es gelang ihm schlecht. Er war wütend.

»Sie hatten mir zur Auflage gemacht, nach Hause zu fahren. Leider blieb ich im Schnee stecken. Gilt das als Entschuldigung?«

Aus den Augenwinkeln sah sie Hardo grinsen.

»Ich brauche eine Erklärung«, knurrte Schilling. »Von Ihnen beiden.«

Hardo räusperte sich.

»Gehen wir ins Haus. Dort redet es sich etwas leichter als in der Kälte.«

»Von wegen Haus«, murrte Schilling. Er folgte Hardo und Katinka in die Hütte.

Die folgenden zwei Stunden mussten Katinka und Hardo getrennt Bericht erstatten. Katinka wurde von einem Ermittler in einen Zivilwagen gebeten. Sie erzählte von ihrem Treffen mit Irmela Fenering, dann von den Ereignissen der Nacht. Sie vermutete, dass Hardo gerade das Gleiche zu Protokoll gab. Der Sturm ließ ein paar Grade nach, aber der Wind rüttelte immer noch an allem, was nicht niet- und nagelfest verankert war. Auch das Fahrzeug, in dem sie saßen, wurde von den Böen durchgeschüttelt. Aber wenigstens war der Wagen geheizt, und Katinkas Interviewer bot ihr Kaffee aus einer turmhohen Thermoskanne an. Er betätigte eine Pumpvorrichtung, Kaffee spritzte in kurzen Schüben in die Tasse. Wie beim Melken, dachte Katinka.

Der Ermittler reichte ihr eine bis zum Rand volle Tasse und strich sein halblanges Haar hinters Ohr, wo es sofort wieder hervorquoll.

»O.k. Übrigens, ich heiße Matthias Großkopf.«

»Angenehm.«

»Milch ist schon drin, ich hoffe, das stört Sie nicht«, sagte er.

»Im Gegenteil, ich trinke den Kaffee immer mit Milch.«

Katinka seufzte auf und dachte bei sich, wie leicht Menschen zum Reden gebracht werden könnten, würde man nur ihre momentan drängendsten Sehnsüchte kennen. Der Kaffee breitete sich in ihrem Magen aus, lockte die Lebensgeister, schon bevor das Koffein in ihrem Gehirn angekommen sein konnte. Sie atmete tief ein und aus. Beobachtete, wie der Himmel hell wurde, und schilderte dann zum ungefähr zehnten Mal den Moment, als Hardo an diesem Morgen lauschend an der Tür stand.

»Er sagte, er habe einen Wagen gehört«, sagte Katinka. »Ich selbst habe nichts gehört. Der Wind heulte. Noch viel stärker als jetzt. Dann war da ein Splittern. Es klang wie ein Ast, der abgerissen wurde. Vermutlich der Ast, der Edith Hartmann erschlug. Und fast gleichzeitig kam da noch ein Geräusch durch.« Sie versuchte, es zu beschreiben, musste dann aufgeben. »Verstehen Sie«, sagte sie zu dem Mann, der mit in die Ferne gerichteten Augen am Steuer saß, während feine Schneeflocken die Windschutzscheibe zudeckten,

»im Nachhinein glaube ich, wir haben Edith Hartmann aufschreien gehört. Aber in dem Augenblick, als ich das Geräusch hörte, wusste ich nicht, was es war.«

Ihr Magen knurrte vernehmlich. Großkopf griff hinter seinen Sitz und hielt ihr eine Plastikdose mit Schinkenbrötchen hin.

»Bedienen Sie sich«, sagte er.

Ohne zu überlegen, griff Katinka zu. Sie betete, ihr Magen möge sich mit dieser milden Morgengabe anfreunden, und biss herzhaft hinein.

»Ich muss Sie das fragen«, sagte Großkopf. Er grub mit seinen Händen eine Schneise in sein braunes, von hauchfeinen Strähnen versilbertes Haar. »Haben Sie ein intimes Verhältnis mit Hauptkommissar Uttenreuther?«

Katinka war auf die Frage gefasst. Tatsächlich wunderte sie sich, warum sie ihr nicht schon früher gestellt worden war. Wenn sie in einem philosophischen Sinne darüber nachdachte, dann wäre die Antwort, dass sie es nicht wusste. Dass sie sich beide alle Mühe gaben, keines zu beginnen. Dass diese Nacht mit ihren wirren Gefühlen dem verkorksten Fall und dem Schnee zuzurechnen war. Aber das war zu kompliziert, insbesondere für eine polizeiliche Ermittlung. Also sagte Katinka, abgelenkt von der Überlegung, was Hardo wohl auf diese Frage antwortete:

»Nein.«

»Sicher nicht?«

Ich habe zu lange gezögert, dachte Katinka.

»Nein. Wir haben uns gern. Aber wir schlafen nicht miteinander.«

Der Beamte nickte und drehte dann sein Gesicht zu

Katinka. Es war merkwürdig unregelmäßig, als sei die rechte Seite zu kurz geraten.

»Ich kenne Benno Lehmann sehr gut. Wir sind zusammen aufs Gymnasium gegangen. Ab und zu sitzen wir hier gemeinsam herum und reden über alte Zeiten. Leider kommt das viel zu selten vor.«

Er pumpte sich eine weitere Tasse Kaffee aus der Kanne. Katinka hielt ihm ihre hin.

»Haben Sie noch Sprit im Tank?«

Er grinste.

»Sicher.«

Katinka sah zu, wie der Kaffee in die Tasse spritzte.

»Ich habe einiges über Sie in der Zeitung gelesen«, sagte Großkopf, als er Katinka die Tasse reichte.

»Ach ja?«

»Haben Sie einen Manager oder Agenten? Oder warum sind Sie so oft in der Presse!«

Katinka schob überrascht die Unterlippe vor.

»Keine Ahnung. Bin ich oft in der Presse?«

»Es gibt ja ein paar Detekteien hier in der Gegend«, sagte Großkopf und nippte an seinem Kaffee. »Aber von denen sieht oder hört man nie irgendwas.«

Er wartete auf Katinkas Reaktion. Sie zuckte nur die Schultern.

»Und?«

»Finden Sie es geschickt, so an die Öffentlichkeit zu treten mit Ihrem Beruf? Brauchen Sie nicht die stillen Winkel, die Diskretion?«

Katinka musste zugeben, dass sie unter dem Aspekt noch nicht über ihren Job nachgedacht hatte.

»Eine sehr gute Freundin von mir, Britta Beerenstrauch, ist Redakteurin bei der Bamberger Zeitung«, sagte sie schnell, wie um sich selbst eine Erklärung zu geben. »Sie … naja, so ein Start mit einem eigenen Detektivbüro ist nicht leicht. Ich brauchte die Publicity.«

Katinka schwieg und erinnerte sich daran, wie Maria Mendel behauptet hatte, sie aus der Presse zu kennen. Irmela Fenering hatte ebenfalls auf Zeitungsartikel hingewiesen. Womöglich hatte Großkopf recht und sie brauchte mehr Anonymität. Nicht nur zu ihrem eigenen Schutz. Es mochte auch für die Lösung ihrer Fälle von Vorteil sein.

»Es gab da doch diese Aufsehen erregende Geschichte mit der Bamberger Sandkirchweih«, sagte Großkopf jetzt.

Katinka stöhnte. Die Sache war ihr zweiter großer Fall gewesen, aber im Grunde ihr geschäftlicher Durchbruch. Das größte Volksfest Bambergs* war in Gefahr gewesen. Ein biologisches Kampfgift war aufgetaucht, Drohbotschaften und zwei Tote hatten die Stadt in Atem gehalten. Egal was die Zeitungen damals geschrieben hatten, manche reißerisch, andere besonnen: Ohne Katinka wäre die Geschichte anders ausgegangen. Sie hatte den Täter gefunden und gestellt, und sie hatte herausgefunden, wo das Ricin versteckt war. Sie spürte, wie ihr Gesicht warm wurde und trank schnell einen Schluck Kaffee. Dann verlangte Großkopf von ihr, die Ereignisse jener Nacht zu erzählen, in der sie den angeblichen Henryk Pawlowicz beschattet hatte und ausgeknockt worden war. Er schien die Akten ausführlich studiert zu haben und stellte ziemlich konkrete Zwischenfragen. Katinka bemerkte, wie die Kopfschmerzen sich wieder in ihr Bewusstsein fraßen. Während sie redete, tastete sie über ihren Hinterkopf. Dachte daran, dass sie eine Dusche und eine intensive Haarwäsche brauchte und musste frustriert

* Schmöe, Kirchweihmord

hinnehmen, dass sie dazu nicht sehr bald Gelegenheit bekommen würde. Großkopf wechselte wieder zu den Ereignissen der vergangenen Nacht. Katinka lehnte sich erschöpft zurück. Ihr Kaffeebecher war bis zum Rand mit Luft gefüllt. Sie überlegte, ob sie Großkopf um eine weitere Tasse bitten sollte. Außerdem musste sie pinkeln.

Ein Beamter klopfte an die Scheibe. Großkopf ließ das Fenster herunter.

»Was Neues?«

»Wir haben ihre Handtasche gefunden. Sie war zugeschneit. Lag aber nur knapp neben ihr. Sie hatte die üblichen Sachen drin«, er verdrehte die Augen, als er Katinka kurz musterte. »Außerdem ein Fläschchen, unbeschriftet, mit farbloser Flüssigkeit.«

»Das will ich mal sehen.«

Der Beamte verschwand und kam kurz darauf wieder. Großkopf schlüpfte in Latexhandschuhe und nahm es ihm ab.

»Hm«, brummte er und hielt es Katinka hin.

Sie schnupperte.

»Es riecht nach nichts. Allenfalls … leicht salzig.«

Großkopf reichte das Fläschchen zurück.

»Das muss schnellstens analysiert werden. Ich vermute GHB oder was Vergleichbares«, sagte er. Der Kollege verzog sich.

Katinka spürte Ameisen an ihrem ganzen Körper. Jetzt, dachte sie, während Großkopf sein Handy zückte und eine Nummer eintippte, jetzt kommt Bewegung in diesen Fall. Ihre sich überstürzenden Gedanken konnten keinen Haken zum Festhalten finden, aber es kam ihr vor, als schlösse sich ein Kreis, als wendeten sich zwei lose Enden einander zu und verknüpften sich zu einem

Knoten. Den entwirren wir, dachte Katinka. Knoten sind zu lösen. Entschlossen drehte sie sich zu Großkopf und sagte:

»Tut mir leid, aber wir sollten unser Rendezvous vertagen. Ich muss mal für kleine Detektivinnen.«

18. Schlag auf Schlag

Donnerstag, 13. 1. 2005, 11:20 Uhr

Die Ermittlungsgruppe traf sich in einem schlichten Zimmer mit einer Schultafel am oberen Ende und einem Tageslichtprojektor, dessen Kabel zusammengerollt auf der Glasplatte ruhte wie ein schlafendes Tier. Katinka und Hardo warteten, bis die anderen sich gesetzt hatten. Schilling führte den Vorsitz. Neben ihm saß Großkopf, dann kam eine Frau mit kurzem, sehr lockigem blonden Haar, und auf der anderen Seite saßen zwei Männer in grauen Pullovern, einer fast so kahl wie Uttenreuther, der andere mit einem fusseligen Pferdeschwanz.

»Bitte.« Schilling wedelte mit der Hand. »Nehmen Sie Platz. Meine Kollegen, Oberkommissar Großkopf, Hauptkommissarin Carolin Metze, die Kommissare Trautner und Weinbeiß.«

Katinka wusste nicht, wieso Schilling sie und Hardo ohne Murren mitgenommen hatte, aber sie nahm an, dass sie es ohnehin gleich erfahren würde.

»Edith Hartmann kam nach einer ersten Auskunft unserer Rechtsmedizin durch einen Unfall ums Leben«, begann Schilling. Er trug einen schwarzen Rollkragenpulli und schwarze Jeans. Katinka lugte unter den Tisch, um seine Schuhe zu inspizieren. Schwarze, glänzende Lederstiefel, sauber und frisch, er musste sie eben geputzt haben, nachdem sie von Lehmanns Hütte in Seidmannsdorf zurück nach Coburg gekommen waren.

»Frau Hartmann wurde von einem Ast erschlagen, der auf dem Grundstück von«, er blätterte in seinen Unterlagen, »Oberstleutnant Lehmann vom Sturm abgeknickt wurde. Kollege Uttenreuther aus Bamberg steht zu unserer Verfügung«, fuhr Schilling fort. »Außerdem haben wir heute Privatdetektivin Katinka Palfy an Bord. Sie ist in den Fall um den Mord an Mendel auf vielschichtige Weise verwickelt. Ich erhoffe mir Aufschluss von ihrer Darstellung der Dinge. Darf ich Sie bitten, Frau Palfy?«

Katinka kullerten beinahe die Augen aus den Höhlen. Darstellung der Dinge? Hardo erwiderte ihren irritierten Seitenblick mit einer hochgezurrten Augenbraue und einem Ausdruck um den Mund, der eine Mischung aus Feixen und einem ungeduldigen Nun-machen-Sie-schon darstellte.

»O.k. Gut.« Katinka stellte die Außenkanten ihrer Hände auf den Tisch und legte los. Sie hörte ihr Herz pumpern. Das ist eine Chance, die ich nicht wieder kriege, dachte sie, während sie von ihrem Auftrag berichtete, dem Abend in der Kneipe, dem Filmriss. Aus den Augenwinkeln beobachtete sie, wie Kommissarin Metze sich Notizen machte. Ihr Blick aus bernsteinbraunen Augen leuchtete warm, sonnig fast. Katinka erzählte davon, wie sie aufwachte, sich zu Hardo schleppte. Schillings Miene entging ihr nicht. Er verzog die Lippen zu einem Strich. Soll er denken, was er will, dachte Katinka. Sie erzählte von der Fahrt nach Coburg und dem Gespräch mit Edith Hartmann im Bistro. Die Konzentration wirbelte ihre Kopfschmerzen wieder auf.

Großkopf und Carolin Metze unterbrachen sie ab und zu mit Fragen. Schilling und die beiden Grauen sagten keinen Ton. Hartmanns Erpressernummer rief allgemeine Erregung hervor. Schilling rutschte auf seinem Stuhl herum, Carolin Metze schrieb noch schneller. Katinka kam zu Schillings Anruf und zu dem ernsten Gespräch, das er mit ihr geführt hatte. Sie holte tief Luft und spürte ein Stupsen an ihrem linken Bein. Vorsicht, teilte Hardo ihr mit. Sachlich und konkret. Nichts ausschmücken. Es fiel ihr schwer, ein paar gut gewürzte Seitenhiebe auszusparen, doch sie sah ein, dass es ihr nichts bringen würde, Schilling ans Bein zu pinkeln.

Als sie geendet hatte, blieb es geraume Zeit still, nur Carolin Metzes Stift kratzte über den Kollegblock. Schilling sortierte ein paar Unterlagen vor sich.

»Ich habe folgende Fragen«, sagte Katinka. »Erstens: Warum hat Irmela Fenering mich auf die Veste bestellt? Ging es ihr nur darum, den Verdacht auf Edith zu lenken? Falls ja, warum? Oder lenkte sie den Verdacht eigentlich auf Maria Mendel, indem sie einen dubiosen Passus im Ehevertrag erwähnte? Zweitens: Wo steckt Udo Hartmann genau jetzt? Drittens: Wie kam Edith Hartmann nach Seidmannsdorf und warum? Viertens: Das Fläschchen in ihrer Handtasche: Ist das GHB? Und wenn: Wie kommt Edith zu K.o.-Tropfen? Fünftens: Wann bekomme ich meine Waffe zurück?«

Großkopf lehnte sich weit in seinem Stuhl zurück und streckte die Füße von sich. Trautner verkniff sich ein Grinsen. Weinbeiß verzog keine Miene. Hauptkommissarin Metze dagegen lachte laut auf und sagte zu Trautner:

»Ist die ballistische Untersuchung denn immer noch nicht abgeschlossen?«

Der fummelte an seinem Pferdeschwanz und sagte halbherzig: »Doch, sicher.«

Carolin Metze blinzelte Schilling zu:

»Dann, Wolf, sollten wir kein Problem damit haben, Frau Palfy ihre Pistole zurückzugeben.«

Schilling und Carolin Metze tauschten einen Blick, ein sekundenkurzes Lächeln, dann machte Schilling eine unwirsche Handbewegung und Trautner stand auf und verließ den Raum. Katinka atmete so langsam und leise aus, wie sie konnte.

»Frau Palfy, unser Labor hat schnell gearbeitet«, sagte Carolin Metze. »Es ist tatsächlich GHB in dem Fläschchen. Dschii Ejtsch Bii, von mir aus.«

Schilling unterbrach sie.

»Hartmann ist weder zu Hause noch in der Agentur. Er hat sich nicht krankgemeldet, nicht angerufen. Wir versuchen, seinen Sohn zu erreichen.«

»Fragen Sie bei seinem Nachbarn nach«, rief Katinka.

Sie hörte Hardo sich räuspern. Schilling knurrte Weinbeiß an. Der stand auf und ging ebenfalls raus.

Carolin Metze betrachtete all ihr Notizen und sagte:

»Hier haben etliche Leute etliche andere unter Druck gesetzt. Hartmann und Mendel haben Gruschka aus der Agentur gemobbt. Edith Hartmann versuchte, Maria Mendel zu erpressen, hatte aber nichts Schlagendes in der Hand, denn das erotische Ringelreihen in der Agentur Fenering ist Allgemeingut.«

»Muss es ja auch sein«, warf Großkopf ein, »nach der Anzahl der Beteiligten zu schließen.«

Katinka hörte den Vibrieralarm von Hardos Handy neben sich losgehen. Sie warf ihm einen Blick zu. Er nahm das Handy heraus, sah auf das Display und schob es Katinka hinüber. Eine SMS.

Katinka, ich hänge in Hof fest, alles eingeschneit.

Handy ist leer. Ich habe eines ausgeliehen. Alles o.k. Tom.

Carolin Metze fuhr mit dem Zeigefinger über ihren Block.

»Dann ging Hartmann Frau Palfy an.« Die Kommissarin wandte sich Katinka zu. »Können Sie möglichst wortwörtlich wiedergeben, was er sagte?«

Katinka konzentrierte sich.

»Er wollte den Speicherstick, den ich von Thurids Laptop abgezogen habe.« Sie hörte, wie Schilling Großkopf etwas zuraunte, das wie »Hab ich's nicht gesagt« klang. »Er drohte, sich ansonsten an die Polizei zu wenden.« Sie schob das Handy zu Hardo zurück.

»Hier ist nichts aktenkundig«, beeilte sich Schilling zu sagen und drehte den Hals hin und her, als wolle er ihn aus dem Rollkragen schrauben. »Ich habe nachgesehen.«

Großkopf meldete sich zu Wort:

»Was ich eigenartig finde: Wenn Hartmann Mendels Mörder ist, weshalb benimmt er sich dann so auffällig? Es wäre logischer, er würde in Deckung gehen und alles laufen lassen wie normal.«

»Er ist der Einzige, gegen den wir konkret etwas in der Hand haben«, widersprach Schilling. »Er hat kein Alibi für die Mordnacht.«

»Das haben andere auch nicht«, wandte Großkopf ein. »Maria Mendel zum Beispiel. Alissa Herbst. Irmela Fenering. Thurid Maas. Edith Hartmann nicht zu vergessen. Nur Edgar Fenering und die Gruschkas sind vom Haken.«

»Hartmann wollte unbedingt an den Speicherstick kommen. Nehmen wir an, er hat Mendel umgebracht wegen irgendeiner Angelegenheit, die er darauf vermutete?«, versuchte es Schilling.

Großkopf wiegte den Kopf. Zufrieden sah er nicht aus.

»Aber die Afghanistangeschichte des Oberstleutnant kann es nicht gewesen sein«, warf Carolin Metze ein. »Wir haben alle Rechner, an denen Mendel gearbeitet hat, gecheckt. Da waren keine Daten, die Hartmann im Sinne einer Erpressung nützlich gewesen wären. Oder haben wir etwas übersehen?« Sie zog ein paar Ausdrucke aus ihrem Kollegblock.

»Er hat Frau Palfy erpresst«, sagte Schilling. »Der Speicherstick ist wichtig für ihn, ob wegen dieser oder einer anderen Sache.«

»Vielleicht ist Hartmanns Motiv Rache an Mendel. Er hat auf seinen Rat hin Geld in Fonds investiert, die flöten gegangen sind«, sagte Carolin Metze.

Katinka wurde plötzlich unruhig. Hartmann hatte sie auch um Geld erpresst. Zehntausend Euro. Hartmann steckte in Geldnöten, seine Frau arbeitete als Aushilfe, das Geld, das sie dabei verdiente, verdunstete wie der sprichwörtliche Tropfen auf dem heißen Stein. Wenn es Hartmann nur um das Geld gegangen war?

Sie hob die Hand.

»Bitte«, sagte Hauptkommissarin Metze freundlich.

Katinka schilderte ihren Gedankengang. Sie hörte Hardo sich wieder räuspern.

»Dennoch müssen wir annehmen, dass der USB-Stift sein Hauptanliegen darstellte«, kam es von Schilling.

Trautner trat ein, gefolgt von Weinbeiß. Er hielt einen Plastikbeutel mit einer Pistole darin in der Hand. Katinkas Herzschlag legte ein paar Takte zu. Der Anblick ihrer altvertrauten Beretta machte sie glücklicher, als sie zugeben wollte. Es ist eine tödliche Waffe, mahnte sie sich. Und ich habe sie vermisst wie ein entlaufenes Haustier.

»Die Munition liegt bei«, sagte Trautner mit ausdrucksloser Stimme.

»Danke.«

»Das muss noch quittiert werden«, bemängelte Schilling. »Haben Sie das Papier nicht mitgebracht?«

Trautner ging murrend wieder aus dem Zimmer. Sachte fuhr Katinka über die Umrisse ihrer Pistole in dem Plastikbeutel. Ein Hüsteln kam von Weinbeiß.

»Wegen Udo Hartmann«, sagte er. »Der Nachbar ist immer früh auf. Er beobachtete, wie Hartmann gegen fünf das Haus verließ, in sein Auto stieg und davonfuhr. Das fand er ungewöhnlich, denn die Hartmanns gehen morgens sonst immer gemeinsam los. Sehr früh, aber nicht vor sechs.« Weinbeiß zupfte an seinem grauen Pullover. »Hartmann fährt einen alten Saab, Baujahr irgendwann in den Achtzigern. Das Kennzeichen haben wir.«

Katinka hatte das unklare Gefühl, dass irgendwo in ihrem Kopf etwas einrastete. Ein Zahnrad griff in ein anderes und startete ein Manöver, ohne dass sie sagen konnte, was genau sie eigenartig fand.

»Wo steckte dann Frau Hartmann diese Nacht?«, fragte Schilling. Es klang, als frage er sich selbst und erwarte dabei von sich eine eindeutige Antwort.

Katinka knallte die flache Hand auf die Tischplatte. Einige fuhren zusammen.

»Fragen Sie bei Thurid Maas in der Agentur Fenering nach.«

»Das haben wir schon«, sagte Weinbeiß indigniert. »Sie hat sich krankschreiben lassen, erschien schon gestern nicht zur Arbeit.«

»Und zu Hause?«

»Sie geht nicht ans Telefon.«

»Fahren Sie hin!«, rief Katinka. »Fahren Sie zu ihr nach Hause. Ich wette ... ja. Ich wette, dass Edith Hartmann vergangene Nacht bei Thurid war. Frau Fenering sagte mir, dass Thurid jemanden brauche, der sie unter die Fittiche nimmt und sie ein bisschen aufpäppelt, und Edith Hartmann hätte das übernommen.«

Katinka sprang auf, setzte sich jedoch auf Hardos Blick hin wieder auf ihren Stuhl, langsam und bedächtig, als rechne sie damit, dass der Stuhl nicht mehr da war. Schilling sagte irgendetwas, das sie vor Aufregung nicht mitbekam. Weinbeiß ging, und sie wäre ihm am liebsten nachgelaufen.

»Dann wäre da noch zu bedenken, aus welchem Grund Irmela Fenering mit Frau Palfy sprechen wollte«, sagte Carolin Metze und schickte ihre warmen Bernsteinaugen durch den Raum. »Irgendwelche Ideen?«

Großkopf seufzte.

»Das Offensichtlichste wäre, wenn sie Frau Palfy in eine einsame Ecke locken wollte, um sie dann bewusstlos zu schlagen. Aber mir fehlt das Motiv dafür: Warum sollte sie das tun, nachdem sie zuvor mit Frau Palfy ein Gespräch geführt hat? Warum nicht vorher? Sie hätte zum Treffpunkt kommen und Frau Palfy sofort niederschlagen können.«

»Das stimmt«, gab Katinka zu. Sie fröstelte bei dem Gedanken. »Ich wartete vor dem Herzoginbau auf sie, und sie tauchte wie aus dem Nichts auf. Ich hatte schon lange gewartet, war ungeduldig. Mit einem Mal stand sie da.«

»Wir sollten sie fragen«, sagte Carolin Metze.

Die anderen Ermittler schwiegen. Irmela Fenering

passte nicht ins Mosaik. Sie war ein Puzzleteil, das man besser beiseite legte, um es dann einzusetzen, wenn das Gesamtbild sich abzeichnete.

Trautner kam zurück, mit einem Formular in der Hand, das er vor sich auf dem Tisch ablegte und umständlich auszufüllen begann. Schillings Handy klingelte. Er führte ein kurzes Gespräch. Katinka nahm die Beretta aus der Plastiktüte, ließ das Magazin einrasten und genoss das harte Klicken. Sie verstaute die Waffe im Holster und fühlte zum ersten Mal wieder das vertraute harte, schwere Metall unter ihrer Achsel. Sie sah Hardo an. Der versuchte es mit einem winzigen Grinsen, wurde aber abgelenkt von Schilling, der sein Handy auf den Tisch knallte und rief:

»Wir haben einen Zeugen, der Hartmann gestern gegen fünf aus der Veste kommen sah.«

Katinka zog hart die Luft ein. Hartmann. Der Geld von ihr wollte und ihr deshalb einen Schlag versetzt hatte. Das ist sowas von unlogisch, dachte sie.

»Wir holen den Mann her«, sagte Schilling. »Kurze Pause.«

Die Gruppe löste sich auf. Trautner schob Katinka das ausgefüllte Formular herüber. Sie hatte gerade keine Kapazität für Bürokratie frei. Während Trautner, Schilling und Großkopf in den Gang traten, Hardo knapp hinter ihnen, sortierte Carolin Metze ihre Notizen.

»Frau Metze«, sagte Katinka und zweifelte, ob »Frau Hauptkommissarin« nicht passender gewesen wäre, »es gibt da noch eine Sache, die mir durch den Kopf geht.«

»Schießen Sie los.«

»Der Mann, der mir die K.o.-Tropfen einflößte«,

sagte sie, »könnte eventuell Mendel gewesen sein.« Sie tastete nach den schmerzenden Stellen am Hinterkopf und zuckte zusammen.

»Mendel?« Carolin Metze sah entgeistert drein.

»Es klingt idiotisch, ich weiß«, sagte Katinka. »Ich sage ja: eventuell. Aber er ist der einzige Mann unter den Beteiligten, dessen Statur passen würde. Pawlowicz war so groß wie Mendel, hatte die gleiche Figur. Er trug einen Hut und hatte einen Bart im Gesicht. Er könnte sich verkleidet haben! Und zusätzlich die Brille ... Ich habe ihn in der Rechtsmedizin gesehen. Als Toten hätte ich ihn nie wiedererkannt. Aber in der Agentur haben die Mitarbeiter ein Trauerbild aufgestellt. Und je mehr ich darüber nachdenke, desto fester glaube ich, dass Mendel als Pawlowicz in der Kneipe gewesen sein könnte. Könnte, wohlgemerkt.«

Katinka spürte ihr Gesicht warm werden. Diese Sache war knifflig, sie wollte nach ihrem anfänglich akzeptablen Auftritt nicht als Spinnerin gelten. Vor allem nicht Schilling gegenüber. Glauben galt nicht bei Ermittlungen. Kriminalfälle wurden durch harte Arbeit gelöst, nicht durch Intuitionen. Aber manchmal waren die Intuitionen die ersten Vorboten der rationalen Gedankenkette. Leuchtfeuer, auf ihre eigene Weise arbeitende neurologische Verschaltungen.

Carolin Metze sah Katinka eine ganze Weile fest in die Augen. Katinka ertappte sich dabei, nach eingeschlossenen Fliegen in ihrer Bernsteiniris zu suchen.

»Wir schicken jemanden zu den Bamberger Zeugen, die Sie an dem Abend mit Pawlowicz gesehen haben. Sie sollen sich ein aktuelles Foto von Mendel anschauen.« Sie blätterte in ihren vollgeschriebenen Blättern. »Dann werden wir ja sehen.« Sie rief Trautner zurück.

Katinka blies sich die Haarsträhnen aus dem Gesicht.

»Gut«, sagte sie. »Wunderbar.«

Sie folgte den anderen auf den Korridor, wo Hardo mit dem Rücken zu einer Pinnwand stand und auf sie wartete.

»Die Ermittlungsgruppe trifft sich in anderthalb Stunden wieder«, sagte er. »Zeit genug, was essen zu gehen. Kein Kampf ohne Mampf.«

Katinka seufzte auf.

»Absolut. Mein Magen hängt auf halb acht. Was mögen Sie? Pizza?«

»Klingt verlockend.«

Sie landeten in einem Restaurant mit dem erwärmenden Namen *Maccaroni*. Katinka entschuldigte sich und verzog sich auf die Toilette. Die Stufen führten sie in einen Gewölbekeller. Nachdenklich betrachtete sie sich im Spiegel. Ihre Ersatzklamotten steckten noch in ihrem Auto, und das stand am Ufer von Lehmanns Karpfenteich. Ihr Spiegelbild verzog das Gesicht zu einem halbherzigen Grinsen. Sie sah mitgenommen aus. Die kleine Platzwunde verheilte zwar und fiel nicht weiter auf, wenn sie darauf achtete, die Ponys zur Seite hin zu streichen. Doch ihre Augen unter dicken Lidern blickten müde drein. Sie dachte an Tom. Wenigstens war ihm nichts passiert. Sie filzte ihren Rucksack auf der Suche nach ihrer Haarbürste und stieß auf das Mascarabürstchen. Vor zwei Tagen hatte sie es gekauft, bevor sie Hartmann über den Weg gelaufen war. Rasch tuschte sie sich die Wimpern. Das Schwarzbraun brachte ihre Augen zum Glänzen und kaschierte den erschöpften Ausdruck in ihrem Gesicht fürs Erste.

»Ich habe mir erlaubt, Ihre übliche Sorte zu bestellen«, verkündete Hardo, als sie zurückkam.

»Klasse«, sagte Katinka. »Wie gut, dass Sie mich von Grund auf kennen!«

Er lachte. »In Ihnen kann man mitunter lesen wie in einem Buch.«

»Das wird sich ändern«, versprach Katinka und griff nach dem Mineralwasser, das der Kellner schwungvoll in die Gläser zirkelte. »Ich arbeite dran.«

»Gewöhnen Sie sich bloß kein Pokerface an! Das wird man nie wieder los.«

»So wie Sie?«

Er verdrehte die Augen.

»Nur kurz, bevor das Essen kommt. Glauben Sie an einen Udo Hartmann als Täter?«

Katinka seufzte.

»Ich weiß nicht mehr, was ich weiß und was ich glaube. Hauptsache, sie finden ihn und quetschen raus, was in ihm steckt. Das wird die einzige Möglichkeit sein, Licht ins Dunkel zu bringen.«

Hardo sah sie nachdenklich an und fragte dann:

»Seit wann schminken Sie sich eigentlich?«

»Und seit wann merken Sie, ob ich mich schminke oder nicht?«

Er lachte und zeigte mit dem Kinn Richtung Küche.

»Männer haben immer ein Auge dafür, wie Frauen aussehen. Unsere Pizza ist im Anmarsch.«

Katinka stürzte sich auf ihre Pizza Quattro Stagioni und säbelte ein großes Dreieck heraus. Wie immer schnitt sie das Schinkenstück zuerst an. In ihrer persönlichen Weltanschauung hatten Traditionen keinen allzu hohen Stellenwert, aber gelegentlich gab es Ausnahmen, besonders beim Essen. Komisch, dachte Katinka, während sie über ihre dampfende Pizza hinweg Hardos Gesicht studierte. Am Anfang habe ich ihn gebraucht wie ein Lexikon – um nachzuschlagen, was ich richtig mache und was falsch. Aber jetzt, ganz allmählich, fast unmerklich, komme ich ganz gut alleine über die Runden. Als hätte mir jemand über Nacht die Stützräder vom Fahrrad geschraubt, und ich fahre ohne und merke es erst jetzt. Aber eigenartigerweise spürte sie, dass sie ihn immer noch brauchte. Auf eine andere Weise als zuvor. Sie konnte nur nicht genau sagen, wie.

»Schmeckt's?«, fragte Hardo.

»Bestens. Und Ihnen?«

Er nickte, lächelte und bugsierte fast ein Viertel seiner Pizza auf einmal in seinen Mund.

»Was ist eigentlich mit Ihrer Arbeit in Bamberg? Können Sie sich einfach so absetzen?«

»Das ist alles geregelt.« Er gabelte ein Stück Salami auf und verspeiste es voller Appetit.

Wenn Hardo ermordet würde, dachte Katinka plötzlich und schauderte, was würde dann mit meinem Leben passieren? Und mit meinem Beruf? Die Vorstellung schien ihr so grausam und widersinnig, dass sie für einen Moment zu kauen vergaß. Sie legte die Gabel weg, Furcht kroch ihr in den Bauch. Hardo mochte für sie selbst genau so ein Mentor sein wie Mendel für Thurid. Sie angelte mit den Fingern rasch eine Pepperoni von der Pizza und biss vorsichtig hinein.

»Scharf?«, fragte Hardo.

»Geht so«, sagte Katinka abwesend.

Hardo bestand auf einem Tiramisù inklusive Espresso als Nachspeise, sodass keine Zeit mehr blieb, nach

Seidmannsdorf zu fahren und Katinkas Sachen abzuholen. Es hatte aufgehört zu schneien. Die Temperaturen stiegen. Der eisige Wind war einer beinahe milden Brise gewichen. Ein milchiger Schleier lag in der Luft.

»Das Wetter gefällt mir nicht«, murmelte Hardo, während er seinen Golf vorsichtig rückwärts ausparkte und probeweise voll auf die Bremse trat. Katinka warf ihm einen Blick zu, ohne einen Ton zu sagen, und betastete einmal mehr ihren Kopf. Hardos tragische Erfahrungen mit Glatteis machten ihn sensibel für Wetterlagen wie diese. Sie schielte auf die Temperaturanzeige. Null Grad, wunderte sie sich. Letzte Nacht waren es mindestens minus 10 gewesen.

Sein Handy klingelte.

»Ja?« Er stellte den Motor wieder ab. »Ist gut«, sagte er, nachdem er eine Weile schweigend zugehört hatte.

»Was war?«, fragte Katinka.

Hardo drehte den Zündschlüssel.

»Die Kollegen vom Drogendezernat. Sie haben richtig getippt, Katinka: Die Alchimisten geben ihre Kunden nicht preis. Keinen einzigen Mann aus der Agentur Fenering, deren Fotos ihnen gezeigt wurden, wollen sie wiedererkannt haben.«

»Auch Mendel nicht?«

Hardo verneinte.

»Jemand anders könnte das GHB gekauft und an Mendel verscherbelt haben«, schlug Katinka vor.

»Wer?«

»Ines Pawlowicz möglicherweise!«

»Haben wir ein Bild von ihr?«

»Nein. Nur in meinem Gedächtnis.«

Auf der Fahrt zurück passierten sie einige Gruppen städtischer Arbeiter, die umgeknickte Bäume von der

Straße räumten. Winzige Wassertröpfchen besprühten die Windschutzscheibe. Hardo stellte die Scheibenwischer an. Widerwillig rutschten sie über das Glas.

Sie schafften es gerade noch, pünktlich zur Polizeidirektion zurückzukommen. Als sie das Besprechungszimmer betraten, empfing sie angespannte Geschäftigkeit.

»Folgendes«, legte Schilling los, kaum dass jeder auf seinem Stuhl saß. »Thurid Maas berichtete uns, dass Edith Hartmann tatsächlich vergangene Nacht bei ihr war. Frau Maas ist krankgeschrieben, der Arzt hat ihr ein Sedativum verordnet. Ich konnte nicht lange mit ihr sprechen. Sie sagte aus, dass Edith sich seit Mendels Tod sehr besorgt um sie gezeigt hätte. Thurid rief Edith gestern gegen sechs an und bat sie, zu ihr zu kommen. Edith Hartmann besorgte ihr die Arznei aus der Apotheke und sorgte dafür, dass Thurid sich hinlegte und ausruhte. Sie blieb die ganze Nacht.«

Ich habe Thurid mit meinen Fragen um den Verstand gebracht, dachte Katinka zerknirscht. Sie sah Hardo an. Wenn ich ihn verlieren würde …

»Thurid hat geschlafen, als Edith Hartmann sie verließ, hat aber mitbekommen, wie sie vorher noch telefonierte.« Schilling klackerte mit seinen Brillenbügeln wie mit Essstäbchen. »Wie haben die Wahlwiederholung gecheckt. Edith Hartmann hat sich schlicht und einfach ein Taxi gerufen.«

Katinka kräuselte die Stirn. Einfache Lösung, dachte sie.

»Wir haben auch den Taxifahrer schon ausfindig gemacht«, machte Großkopf weiter. »Er hat Edith Hartmann knapp vor 6 Uhr in Seidmannsdorf rausgelassen. Nach seinen eigenen Worten war er gestresst von der

Fahrt, weil die Straßen zugeschneit waren, kaum dass die Räumfahrzeuge sie befahrbar gemacht hatten.«

»Hat er sich nicht gewundert, dass Frau Hartmann an so einer einsamen Stelle aussteigen wollte?«, fragte Katinka.

»Sie hat ihm erzählt, dass sie regelmäßig in der Fischerhütte eines Freundes nach dem Rechten sieht.«

»Wir wissen aber nicht, weshalb Edith Hartmann Lehmanns Grundstück angesteuert hat«, meldete sich Carolin Metze. »Frau Palfy, ist Ihnen letzte Nacht jemand gefolgt?«

Katinka konzentrierte sich, doch alles, was ihr einfiel, waren die Kälte und die Kopfschmerzen und die überwältigende, traumwandlerische Suche nach Schutz.

»Ich habe nichts bemerkt«, sagte sie schließlich. »Ich würde aber nicht die Hand dafür ins Feuer legen.«

Carolin Metze nickte abwesend und suchte Schillings Blick. Der drehte sich zu Großkopf:

»Was habt ihr aus dem Mann herausbekommen, der Hartmann die Veste hat verlassen sehen?«

»Leider nichts Brauchbares«, seufzte Großkopf. »Der Zeuge hat einen breit gebauten Mann gesehen, der sich schwerfällig bewegte. Mehr nicht.«

Die Ermittler guckten unzufrieden drein.

»Gut, vielleicht war es Hartmann. Er hat die Burg verlassen. Er könnte Ihnen nachgefahren sein, Frau Palfy. Denken Sie nach!«, insistierte Schilling. Er fuhr sich genervt mit der Hand unter den Rollkragen. Sein Pullover kratzt ihn, dachte Katinka, und dieser Gedankengang hielt sie gefangen. Die vergangene Nacht und die grauenvollen Kopfschmerzen. Sie sah sich selbst im Auto durch die Sturmnacht fahren, mit dem Dietrich die

Tür zu Lehmanns Hütte öffnen, spürte den säuerlichen Geschmack von Erbrochenem in ihrem Mund. Fetzen. Erinnerungsfetzen. Mehr nicht. Ihr Kopf schmerzte. Dann war da Hardos Umarmung, und Sicherheit, endlich Sicherheit. Klar, kristallklar.

»Tut mir leid«, sagte sie, die Tischplatte umklammernd, »ich weiß es nicht.«

Man ließ sie in Ruhe.

»Ein Bamberger Kollege ist unterwegs, um den Zeugen, die Frau Palfy mit dem Unbekannten in der Kneipe gesehen zu haben, Mendels Foto zu zeigen«, berichtete Carolin Metze.

Großkopf und Schilling stutzten.

»Frau Palfy könnte sich vorstellen, dass Mendel hinter Pawlowicz steckt und ihr die K.o.-Tropfen in das Getränk mixte.«

»Wenn die beiden Fälle zusammenhängen«, meldete sich Hardo zum ersten Mal, seit sie in diesem Zimmer zusammensaßen, zu Wort, »dann wäre es nur logisch, wenn einer jener Männer, die in Mendels Umkreis auftauchen, auch derjenige war, den Frau Palfy in der Kneipe traf. Ein Gesicht kann man verändern. Aber von der Figur her passt nur Mendel. Kein anderer.«

Großkopf nahm ein Papier zwischen Daumen und Zeigefinger hoch, wie mit einer Kneifzange.

»Ich habe mich im Vorleben des Frank Mendel umgesehen«, sagte er. »Er wurde mal angezeigt. Von einer Frau, die behauptete, er habe sie mit K.o.-Tropfen ausgeschaltet und anschließend missbraucht. Ihm konnte aber nichts nachgewiesen werden, weil das Opfer erst mehr als zwölf Stunden später untersucht wurde und die relevanten Bestandteile im Blut bereits abgebaut waren.«

Die Ermittler sahen sich an.

»Warten wir's ab«, sagte Großkopf schließlich. »Ich war außerdem bei Irmela Fenering.«

Er strich sich sein dichtes Haar hinters Ohr. Katinka sah aus den Augenwinkeln, wie Hardos Augen sich verengten und machte sich Gedanken darüber, ob Männer ohne Haare ein Problem mit Männern mit Haaren haben könnten. Dabei verpasste sie Großkopfs Einleitung.

»Sie scheint mir glaubwürdig«, berichtete er gerade. »Sie wollte Frau Palfy treffen, weil sie wegen der vielen Presseberichte neugierig auf sie geworden war. Außerdem hatten schon Maria Mendel und Edith Hartmann mit der berühmten Detektivin Bekanntschaft gemacht. Frau Fenering schien es wohl, als habe sie sich etwas Aufregendes entgehen lassen.«

Alle außer Hardo grinsten. Katinka verdrehte die Augen.

»Nach dem Treffen auf der Veste fuhr Frau Fenering zu einer Zusammenkunft ihres Schützenvereins. Eine Menge Leute können das bestätigen.«

»Ver–«, fing Schilling an.

»Von Hartmann weiter keine Spur«, fuhr Großkopf fort und schaufelte mit Nachdruck seine Haare hinter die Ohren. »Er hatte übrigens eine Krankmeldung von seinem Arzt. Am Montagmittag klagte er über diffuse Herzbeschwerden, Schwindel, Übelkeit. Er leidet an hohem Blutdruck. Allerdings ging er am Dienstag trotzdem arbeiten.«

»Aber gestern nicht mehr?«, fragte Katinka. Sie hatte Hartmann am Dienstag selbst nach der Krankmeldung gefragt. Angeblich hatte seine Frau ihn gedrängt, zum Arzt zu gehen.

»Nein«, bestätigte Großkopf und sah Katinka grüblerisch an.

»Entscheidend ist«, sagte Hardo, »dass Hartmann seit 5 Uhr nicht mehr gesehen wurde. Sind die anderen Beteiligten nochmal befragt worden?«

Trautner hob halbherzig die Hand, ohne seinen Ellenbogen von der Tischplatte zu heben.

»Maria Mendel war gestern Nachmittag, als Frau Palfy niedergeschlagen wurde, mit einem ihrer Kinder beim Arzt. Alissa Herbst arbeitete bis 19 Uhr im Reisebüro. Edgar Fering ist seit Dienstagabend auf Reisen, augenblicklich hält er sich in Zürich auf. Benno Lehmann verbrachte den gestrigen Nachmittag mit Frau und Kind im *CranaMare* in Kronach.«

»Was ist das denn!«, fragte Schilling.

»Ein Erlebnisbad«, antwortete Trautner ungerührt.

Schilling verzog die Lippen, vermutlich dachte er an Fußpilz und pinkelnde Kleinkinder.

»Ich gebe die Fahndung raus«, sagte Matthias Großkopf und verließ den Besprechungsraum.

Katinka sah träumerisch aus dem Fenster. Die Welt draußen zog die Nebeldecke immer dichter um sich. Es sah aus, als fiele allerfeinster, transparenter feuchter Staub. Das Essen, die kurze Nacht, die Aufregung machten sie müde. Sie fühlte sich abgekämpft und hatte Sehnsucht nach einem dunklen Zimmer mit gedämpfter Klaviermusik und einem weichen, warmen Bett. Während ihre Gedanken immer weiter abtrieben, beobachtete sie, wie Schilling telefonierte. Sie stellte sich Hartmann in einem alten, verbeulten Auto vor, wie er über Straßen voller Schneematsch dahinjagte, düstere Abzweigungen nahm und zwischen zwei beängstigend nah beieinanderliegenden Straßengräben hin- und herschleuderte, eine halb leergetrunkene Whiskeyflasche zwischen Knieen und Bauch.

»Katinka, aufwachen«, raunte Hardo ihr zu.

Sie blinzelte.

»Der Bamberger Kollege hat sowohl Susanna Heinze als auch Tonio Albert erreicht. Tonio Albert arbeitet im«, Schilling stöberte in seinen Papieren nach dem Namen.

»*Rio-Club*«, half Carolin Metze aus.

»*Rio-Club*«, griff Schilling nach dem dargebotenen Haken und bedankte sich mit einem Lächeln bei seiner Kollegin. »Er hatte Schicht an dem Abend, als Frau Palfy dort auf Pawlowicz traf. Er behauptete, dass Frau Palfys Gesprächspartner Mendel sein könnte.«

Katinka biss sich die Lippen wund und wechselte einen Blick mit Hardo. Ruhig jetzt, suggerierte sie sich. Keine Gefahr. Reiß dich zusammen.

»Und schließlich ...«, Schilling machte es spannend und genoss die Pointe wie ein Zirkusdirektor, der eine neue Raubtiernummer ankündigt:

»Frau Heinze, die zum Geldwechseln in die Kneipe kam, reagierte auf das Foto von Mendel mit den Worten: ›genau das ist er‹. Tja.«

19. Ein schwerer Verdacht

Donnerstag, 13. 1. 2005, 14:57 Uhr

»Die Indizien, die gegen Hartmann sprechen, sind erdrückend«, sagte Uttenreuther, als sie zum Wagen gingen.

»Schon«, murmelte Katinka. Sie ärgerte sich immer noch über Schillings zweideutiges Grinsen, als er ihr und Hardo einen schönen Abend gewünscht hatte. »Aber wenn mir Mendel als Henryk Pawlowicz maskiert die Waffe abgenommen hat, wie kommt dann Hartmann an die Pistole, und warum erschießt er Mendel damit?«

Sie beobachtete den Kommissar von der Seite. Seine Kiefer mahlten auf dem Problem herum, aber es gab keine Antworten auf all die Fragen, die sich an diesem Nachmittag neu gestellt hatten. Auf die alten Fragen genauso wenig.

Es war erst kurz nach vier. Die Dämmerung hielt die Stadt fest in der Zange, der Nebel tat ein Übriges.

»Tristesse pur«, kam es von Hardo, während er aufschloss und sich hinters Steuer klemmte. »Was machen wir jetzt?«

»Gute Frage. Wie wäre es mit Sightseeing?«

Er verzog das Gesicht. »Muss das sein?«

»Bestimmt interessiert Sie das erste Wasserklosett Europas.«

»Wollen Sie mich verkohlen?«

Katinka lachte.

»Nein. Die Königin Victoria besaß …«

»Hören Sie schon auf. Sie wollen mich los sein?«

»Nicht direkt«, wehrte Katinka ab. »Ich hätte Lust auf einen Kurzbesuch bei Thurid Maas. Vielleicht geht es ihr besser und sie erzählt mir, was Edith heute Morgen zu uns in die Fischbude getrieben hat.«

Hardo befestigte mit einem *Klack* seinen Gurt.

»Ich sekundiere Ihnen«, sagte er. »Wo wohnt Thurid?«

»Bei der Morizkirche. Mitten im Zentrum.«

Hardo drückte Katinka einen Stadtplan in die Hand.

»Sie denken, ich lenke.«

Katinka unterdrückte wohlweislich den Impuls, ihn zu fragen, wie der Tag für sie beide zu Ende gehen würde. Im Grunde genommen konnten sie in Coburg nichts mehr ausrichten. Schilling und seine Leute hatten Hartmann zur Fahndung ausgeschrieben. Ihnen blieb nichts anderes übrig, als nach Hause zu fahren und in den Winterschlaf überzuwechseln. Diese Aussicht schien Katinka verlockend und deprimierend zugleich.

Sie brauchten einige Anläufe, um mit den Einbahnstraßenregelungen zurecht zu kommen. Hardo parkte den Golf auf dem Kirchhof direkt vor einer Töpferei. Feiner Regen sprühte auf den Wagen und gefror binnen Sekunden zu einer filigranen Eisschicht.

»Sie warten auf mich?«, fragte Katinka.

»Klar.«

Katinka schlüpfte aus dem Auto und war dankbar für das knappe Kilogramm Metall, das sie unter ihrer linken Achsel trug. Als ob eine gute alte Freundin aus dem Urlaub zurückgekommen ist, dachte sie und grinste bei dem Vergleich. Waffe als Freundin, meine Güte.

Sie feixte den roten Hydranten an und drückte auf Thurids Klingelknopf.

Keine Reaktion. Katinka sah an der roten Fassade hoch. Sie versuchte es nochmal. Eine ältere Dame kam heraus, einen Dackel auf dem Arm.

»Klingeln Sie ruhig oben«, sagte sie. »Die Außenglocke funktioniert manchmal nicht.« Sie setzte den winselnden Dackel auf die Straße und ging davon.

Katinka stieg die enge Treppe hinauf. Die Müdigkeit legte ihre Muskeln lahm. Sie klingelte und wartete ab. Schließlich klopfte sie und rief verhalten:

»Frau Maas? Sind Sie zu Hause?«

Stille.

Hilft nichts, dachte sie. Thurid Maas ist entweder nicht da oder liegt mit Schlafmitteln zugedröhnt im Bett. Thurid tat ihr ein bisschen leid. Sie hatte selber furchtbare Nächte durchgestanden, im vergangenen Sommer, als eine Freundin aus Kindertagen ermordet worden war. Dank Toms und Hardos Unterstützung hatte sie die kritischen Phasen ohne Chemikalien überstanden und war als eine neue und doch immergleiche Katinka aus der Krise hervorgegangen. Ein letztes Mal klopfte sie an die Tür und rief nach Thurid, aber alles blieb still.

»Sie pennt oder sie ist nicht daheim«, sagte Katinka zu Hardo, als sie sich wieder auf den Beifahrersitz fallen ließ.

»Ersteres, schätze ich.«

»Was machen wir jetzt?«

Sie sahen einander ratlos an. Bevor die Situation peinlich wurde, fragte Katinka:

»Könnten Sie mich zu meinem Auto fahren? Ich muss wenigstens meine Sachen rausholen. Zahnbürste und sowas.«

»Kein Thema«, nickte Hardo und ließ den Motor an.

Katinka studierte den Stadtplan und lotste Hardo auf dem kürzesten Weg nach Seidmannsdorf. Ihr Auto hockte immer noch unter einer dicken weißen Schicht aus Schnee. Mit Sommerreifen käme sie nie aus der Schneekuhle heraus.

»Der arme Kerl«, seufzte Katinka und kletterte aus dem Golf.

»Das ist nur ein Auto«, rief Hardo ihr hinterher.

Schnell angelte sie sich ihre Tüten und verstaute sie in Hardos Kofferraum. Der Schnee fühlte sich glatt an, mehr wie Eis als wie Schnee. Harsch, dachte Katinka, harsch ist ein Wort, das genau darauf passt und nur darauf. Sie knallte die Tür zu und schloss ab.

»Hat eigentlich irgendjemand Lehmann Bescheid gegeben, dass er letzte Nacht Gäste hatte?«

Hardo zuckte die Schultern.

»Möglich.« Katinka sah seine grauen Augen aufleuchten. »Wissen Sie, was mich interessiert, Katinka?«

»Nein. Was?« Sie sank neben ihn auf den Sitz.

»Wie sind Sie eigentlich von der Veste aus hierher gekommen?«

»Das kann ich Ihnen zeigen.«

»Haben Sie sich den Weg gemerkt?«

»Wo ich einmal war«, dozierte Katinka feierlich, »da finde ich auch wieder hin.«

Er lachte.

»Gut. Also los, das will ich sehen.«

Wehmütig sah Katinka die Fischteiche in der Dunkelheit verschwinden. An den Kreuzungen wusste sie genau, wie sie gefahren war. Es machte ihr nichts aus, die Fahrtrichtung von gestern im Kopf umzudrehen.

Sie passierten die Kirche und hielten sich beim Kriegerdenkmal links.

»Ganz schön steil«, sagte Hardo, als er den Golf mit der Nase nach oben über die verschneite Straße steuerte.

»Glatt, was?«, fragte Katinka. Ihre Muskeln verspannten sich.

Uttenreuther nickte. Der Golf brach hinten aus.

»Himmel, Arsch und Wolkenbruch, ist das ein Sauwetter.«

»Hardo! Sie fluchen wie ein Leichtmatrose!«

»Das hier ist eine protestantische Stadt.« Er tarierte behutsam das Steuer aus.

»Und die Lutheraner dürfen fluchen, bis sie blau im Gesicht sind, oder was?«

Hardo grinste. Sie durchquerten Löbelstein. Der Nebel hing dicht wie eine Tapete zwischen den Häusern. An der Kreuzung mussten sie rechts abbiegen, die Kurve war scharf, der Anstieg steil. Ein Streufahrzeug kam ihnen entgegen, das gelbe Licht blinkte aufdringlich. Katinka kniff die Augen zusammen und klammerte sich an ihrem Sitz fest. Hardo steuerte knapp an dem breiten Gefährt vorbei. Sie hörte die Ketten rasseln und spürte die Erschütterung.

»Träumen Sie auch schon vom Sommer?«, fragte Katinka, als sie die Ebene erreichten.

Der Nebel saß direkt vor den Scheinwerfern. Hardo blendete ab und tastete sich Meter für Meter vor.

»Ehrlich gesagt«, erklärte er, »habe ich keine Vorlieben. Winter oder Sommer … das macht keinen großen Unterschied in meinem Leben.«

»Warum nicht?«

Er lachte auf.

»Welchen? Sagen Sie mir welchen, Katinka.«

Das klang bitter und zusammen mit dem gefrierenden Grau auf der Windschutzscheibe ziemlich depressiv.

»Ich dachte nur«, versuchte Katinka sich aus der Affäre zu ziehen, »im Sommer kann man auf den Keller gehen.«

Es gab nichts, was ein Franke lieber tat: Die Bamberger gingen auf den Keller, wo andere den Biergarten aufsuchten, aber ein kühles Bier stand für alle auf der Agenda. Hauptkommissar Uttenreuthers Passion war ein Kellerbesuch, das wusste Katinka genau.

»Ach«, sagte er jetzt und ließ den Wagen rollen. »Wissen Sie …«

Er schwieg. Katinka starrte auf den grünen Zaun, der das Flugplatzgelände absperrte, nur wenige Meter sichtbar, als rage er aus einem diffusen Traum. Erdrückt von der Stille und plötzlichen Traurigkeit versuchte es Katinka mit einem Themenwechsel.

»Hier rechts ist ein kleiner Flugplatz. Wenn wir der Straße folgen, geht es bald steil bergab. Und dann …« Sie brach ab. Schlagartig lichtete sich der Nebel, und links unten konnten sie die Veste Coburg sehen, beleuchtet, intakt, wahrhaftig und wunderschön. Uttenreuther fuhr ein Stück rechts ran und stellte den Motor ab.

»Ein echter Beschützer, diese Burg, was?«

Katinka nickte.

»Ja. Wenn man sie gesehen hat, weiß man erst, was eine Festung eigentlich ausmacht. Was das Wort *Festung* bedeutet.«

Sie schwiegen einen Moment. Der Anblick der Burg löste Gefühle von Ehrfurcht und Bewunderung in Katinka aus. Nicht nur vor dem Bauwerk und seiner

Schönheit. Vor seiner Geschichte. Vor den Menschen, die dieses Kunstwerk geplant, erbaut und gepflegt hatten. Sie fragte sich, wieviele der Menschen, die daran beteiligt waren, Gelegenheit erhalten hatten, stolz auf ihre Schöpfung zu sein. Sie sprach es laut aus, erschrak dabei über sich selbst. Den meisten waren ihre Gedankengänge zu verwinkelt, zu versunken in alten Zeiten.

»Das frage ich mich auch oft«, sagte Hardo. »Doch es mag sein, dass wir uns das Erschaffen zu ästhetisch vorstellen. Da war viel Leid und Schikane dabei. Außerordentlicher Einsatz und wenig Gegenleistung.«

Katinka sah Uttenreuthers rechte Hand auf dem Schaltknüppel liegen. Am liebsten hätte sie sie berührt, flüchtig nur. Stattdessen sagte sie:

»Dort unten versteckt sich das Hotel, in dem ich übernachtet habe, bevor ich zu den Karpfen gezogen bin.«

»So?« Er grinste. »Sieht nicht gerade preisgünstig aus. Aber Sie haben ja geerbt.«

»Hej!« Katinka spürte die Röte in ihr Gesicht fluten. Sie war nun wirklich nicht besonders reich geworden. Die Geldsorgen, die sie seit Gründung ihrer Detektei verfolgt hatten, waren zwar fürs Erste in den Hintergrund getreten, aber immerhin investierte sie einen nicht unerheblichen Teil des geerbten Vermögens in eine Stiftung zur Förderung junger Künstler, die sie mit ihrem Vater zusammen aufgebaut hatte. Sogar die Wiener Wohnung, die Bestandteil ihres Erbes gewesen war, hatte sie verkauft und den Erlös in die Stiftung gesteckt. Tom hatte diese Freigebigkeit mit einem beifälligen Nicken zur Kenntnis genommen. Katinkas Freundin Britta, die selber meistens am Limit ihrer Möglichkeiten lebte, konnte sich nicht verkneifen, nachzufragen, ob auch eine Jungjournalistin einen Antrag auf Förderung stellen dürfte.

»Ich bin doch keine Millionenerbin! Sie tun ja, als wäre ich Jackie Onassis.«

»Schon gut! Gehören Sie auch zu der Generation, die sich beleidigt fühlt, wenn sie mehr Geld hat als für ein Stück Käse und Toastbrot im Sonderangebot?«

Katinka starrte ihn verblüfft an.

»Nein. Oder vielleicht …« Sie dachte nach. »Vielleicht ein bisschen.«

»Aha.«

Sie mussten lachen.

»Wie läuft die Stiftung?«, fragte Hardo.

»Ganz gut. Nächstes Jahr können wir die ersten Fördermittel bewilligen.«

»Wie geht es eigentlich Ihrem Vater?«

Im Laufe des letzten großen Falles hatte Hardo Katinkas Vater kennen gelernt, den bekannten Wiener Architekten Ignaz Palfy. Die beiden Männer hatten sich auf Anhieb sehr gut verstanden, worüber Katinka sich immer noch wunderte, grundverschieden, wie die beiden waren. Ein eitler, jugendvernarrter Unternehmer mit Pferdeschwänzchen und einem Fünf-Sterne-Jahresverdienst, der auf Partys Kir Royal schlürfte, und ein introvertierter Polizeibeamter mit genormtem Gehalt und Glatze, dem Äußerlichkeiten weniger als nichts bedeuteten.

»Ganz gut. Zur Zeit wohnt er auf Teneriffa in seinem Bungalow. Und meine Mutter ist auch dabei. Das habe ich ja noch nie kapiert. Erst lassen sie sich scheiden, und dann überwintern sie in trauter Einigkeit auf den Kanaren.«

»Wissen Sie«, sagte Hardo nach einer Minute des

Nachdenkens, »es gibt Träume, die man nie mehr aus dem Kopf kriegt. Man setzt tausendmal den Radierer an, aber sie gehen nicht weg. Und manche Menschen schaffen es wohl, diese Träume am Köcheln zu halten.«

»Was meinen Sie damit?«

»Zum Beispiel den Traum, mit dem geschiedenen Partner ein halbwegs menschenwürdiges Verhältnis zu bewahren.«

Katinka schlang die Arme um ihren Oberkörper. Es wurde kalt im Auto, und klamm.

»Sie und Ihre Frau ... Ex-Frau ... Sie haben überhaupt keinen Kontakt mehr, oder?«

»Nur, wenn es Streit gibt wegen des Grabschmucks für unsere Tochter.«

Er ließ die Bremsen los und startete den Motor im Hinunterrollen.

»Haben Sie die Veste überhaupt schon besichtigt?«, fragte Katinka. Sie brauchte ein neues Thema.

»Palfy, Sie bringen mich auf eine Idee.« Er lenkte den Golf in eine Parkbucht, aber er hätte sich auch mitten auf den Platz stellen können, sie waren das einzige Auto weit und breit. »Wie lange ist offen?«

»Um vier schließen die Kunstsammlungen.«

Katinka stieg nur widerwillig aus. Die nasse Kälte kroch durch ihren Mantel und den Pullover, legte eine Eisschicht auf die Haut. Unruhig kämpfte sie sich hinter Hardo den überfrorenen Zufahrtsweg zum Burgtor hinauf. Der Nebel, aus dem sie gekommen waren, waberte auf die Veste zu. Sie sah sich um. Hotel und Parkplatz hatte die weißgraue, nasse Masse schon verschluckt. Katinka meinte, jenseits der Nebelwand die Schweinwerfer eines Autos zu sehen. Neben ihnen knackte etwas zwischen den Bäumen. Es klang, als sei ein in Watte gepackter Specht am Werk. Katinka zog scharf die Luft ein.

»Keine Angst«, sagte Hardo und grinste ironisch. »Ich bin doch bei Ihnen.«

Katinka warf ihm einen Blick zu, der sein Grinsen verstärkte, ihn jedoch schweigen ließ. Rechts von ihnen ragte die Bastei *Bunter Löwe* ins Dunkel wie der Bug eines Ozeanriesen. Nebelschwaden krochen die mächtigen Mauern hinauf.

»Sehen Sie die Wachtürme?«, fragte Katinka und deutete in die Düsternis.

»Ein ziemlich ungemütlicher Arbeitsplatz.«

»Stimmt«, nickte Katinka. Ihr Atem ging hastig. Das Wetter verschluckte alle Lichter und alle Geräusche. Hätte jemand ihr erzählt, der Festungsberg habe sich von der Erde gelöst und treibe nun herrenlos durchs All, sie hätte wenig Fantasie aufbringen müssen, um es zu glauben. Sie geriet ins Rutschen.

»Obacht!« Hardo packte sie gerade noch am Arm. »Es wird wirklich elend glatt.«

Er schlitterte selbst ein Stück. Sie fingen sich und stakten vorsichtig über die ehemalige Zugbrücke.

»Hier gibt's ja sogar eine Burgschänke«, sagte Hardo und zeigte nach rechts. Das Häuschen verbarg sich schicklich hinter Nebelfetzen.

»Leider geschlossen«, murmelte Katinka. Vor ihnen riss die Burg ihr Maul auf.

Katinka zögerte, sah Hardo vorangehen und blickte kurz zurück. Da gab es nichts mehr, jenseits des Vortores hatte der Nebel die Welt verschlungen. Sie fror, zog den Schal enger um sich. Ihre Hände zitterten. Ihr Gedächtnis hatte den gestrigen Abend genauestens abgespeichert, und die dazugehörigen Gefühle trommelten nun auf sie nieder wie Hagel. Der Schmerz im Kopf, die vorbeidriftenden, bunten Vierecke, die Panik, eingesperrt zu werden. Katinka horchte kurz auf die Welt dort draußen, dann drehte sie sich um. Hardo war weit voraus. Katinka trat in den Gang und sah über sich die Zähne des Gittertores.

»Hardo?«

Ihre Stimme hallte von den dicken Mauern, brach sich in dem gewundenen Gang.

»Ich bin hier, kommen Sie!«

Sie lief schneller, sah ihn am Ende des Ganges in den Burghof treten.

»Himmel!«, sagte er, als Katinka aufgeschlossen hatte, den Blick auf die prachtvolle Fassade des Fürstenbaus gerichtet. »Was für eine Herrlichkeit.«

Dankbar sah Katinka sich um. Das matte Licht im Burghof verschwamm im Nebel, aber es tröstete sie, wärmte sie fast für einen Moment.

»Der Fürstenbau geht auf den alten Palas zurück«, hörte Katinka sich sagen. »Aber die Fachwerkfassade ist neueren Datums und erst bei Restaurierungsarbeiten …«

Sie brach ab und sah sich um. Ein Geräusch taumelte durch den Nebel.

Hardo hatte nichts bemerkt. Er lächelte und sagte:

»Ja ja, Palfy, die Geschichte ist doch Ihre alte Liebe, und die rostet bekanntlich nicht.«

Sie konnte nichts gehört haben. Sie waren allein. Niemand war hier.

»Wissen Sie, dass Luther, als er auf der Veste war, an der Übersetzung der Propheten Hesekiel und Jeremias gearbeitet hat?«, fragte Katinka schnell.

»Nein. Aber, sagen Sie, die Kapelle dort an der Ecke …«

»Das ist die Lutherkapelle«, bestätigte Katinka. Sie sollte sich von der Stadt Coburg Provision für Werbetätigkeit und Fremdenführung auszahlen lassen. »Gegenüber von uns befindet sich das Gästehaus, und dort oben rechts wäre der Bulgarenturm zu sehen, wenn der Nebel ihn nicht aufgefressen hätte.«

Sie schauderte. Der Nebel arbeitete sich zu ihnen vor, als seien sie seine Beute, genau sie beide, Hauptkommissar Uttenreuther und Privatdetektivin Palfy.

»Kalt?«

»Nicht mehr als sonst.« Katinka biss fest die Zähne zusammen.

»Sie haben recht. Man sollte sich das im Sommer ansehen.« Er wies auf die Treppe vor ihnen.

»Wo geht's hier hin?«

»Ich glaube, zur *Hohen Bastei.* Ich wollte gestern schon raufgehen, um die Aussicht zu genießen. Heute ist es wohl sinnlos.«

»Schauen wir mal«, widersprach Uttenreuther. »Kommen Sie.«

Sie folgte ihm die Treppen hinauf, an der Lutherkapelle vorbei. Der Nebel leckte an den Mauern. Schichten nassen und wieder gefrorenen Schnees machten das Steigen mühselig. Das Wachtürmchen auf der Bastei tauchte für Sekunden aus dem Nebel auf und versank wieder, wie ein kenterndes Boot. Hardo hielt direkt darauf zu und wurde von einer Sekunde auf die andere unsichtbar.

»Hardo?«

Sie konnte die Furcht nicht aus ihrer Stimme verdrängen, die Angst saß zu fest, ihr Kopf begann zu dröhnen und Katinka streckte beide Arme aus, um das Gleichgewicht zu halten. Sie ging knapp an Hardo vorbei, ohne ihn im Nebel zu sehen, und streifte seine Hand. Vor Schreck entschlüpfte ihr ein panischer Laut, der vom Nebel zerdrückt wurde und irgendwo in der weißen Masse hängenblieb.

»Katinka!« Er nahm sie beim Arm. »Was ist los mit Ihnen?«

»Entschuldigen Sie. Ich bin … einfach nervös.«

»Tut mir leid. Ich hätte daran denken sollen. Sie hatten hier gestern wirklich kein schönes Erlebnis.«

»Es war in dem anderen Burghof.« Sie standen vor dem Wachtürmchen. Kurz riss der Nebel auf. Katinka sah Kanonen an der Basteimauer stehen. Schemenhaft, unwirklich. Sie zitterte in der Kälte und sehnte sich nach einem warmen Auto, einem brummenden Motor, der sie von hier wegbrachte. Hardos Gesicht war nah vor ihrem.

»Gehen wir«, sagte er.

Sein Handy klingelte. Katinka machte einen Satz vor Schreck und konnte Hardos Blick nicht mehr standhalten. Sie lehnte sich an das Wachtürmchen. Die Mauer fühlte sich eiskalt an.

»Uttenreuther?«

Er lauschte einen Moment. Dann antwortete er, und seine Stimme klang zu laut in dem stillen, wattebepackten Burghof:

»In Ordnung, Schilling. Danke für den Anruf.«

Er legte auf und steckte das Handy weg.

»Was wollte er?«, fragte Katinka.

»Die Kollegen haben noch etwas herausbekommen. Hartmanns Sohn Freddy hat einen Waffenschein und eine Waffe. Eine neun Millimeter SIG Sauer-Pistole.«

»Ich verwette meine Beretta: Die Pistole lagert in Hartmanns Haus.«

»Exakt.«

Katinka unterdrückte das Klappern ihrer Zähne.

»Wir sollten gehen«, bemerkte Hardo.

Der Schuss raste so plötzlich durch den Burghof, dass sie beide zunächst nicht realisierten, was sie gehört hatten. Der Knall kam gedämpft und echote zwischen den Mauern, ein ganzer Chor abgehackter Stimmen. Katinka wich ein Stück zurück und packte Hardo am Arm.

»Hier rein«, wisperte sie. Sie zwängten sich in das winzige Wachtürmchen. Am hinteren Ende ging es wieder hinaus, auf eine schmale, nur durch ein einfaches Geländer gesicherte Aussichtsplattform hoch oben, mindestens zwanzig Meter über der Erde. Darunter lag nichts als Nebel.

»Hier kommen wir nicht weg«, flüsterte Katinka.

Hardo hielt schon wieder sein Handy in der Hand.

»Schilling, Uttenreuther hier«, sagte er leise. »Ich kann nicht lauter sprechen. Wir sind auf der Veste, Frau Palfy und ich. Hartmann muss uns gefolgt sein. Er schießt auf uns.«

Katinka zog die Beretta aus dem Holster und befahl ihrer Hand, ruhig und sicher zu zielen. Nur zur Probe.

»Schilling schickt jemanden«, flüsterte Hardo, während er das Handy wieder verstaute.

Katinka konnte kaum sprechen, ihre Zähne schlugen hastig aufeinander, als hätten sie es eilig, von hier wegzukommen. Ein zweiter Schuss krachte. Katinka drückte sich an die Mauer des Wachtürmchens. Diese Burg hatte Jahrhunderte lang Schutz gegen Eindringlinge geboten. Ausgerechnet sie beide gerieten nun ins Visier eines Mörders, im Inneren der Trutzburg, schutzlos plötzlich, und nur auf sich selbst angewiesen.

»Hartmann!«, hörte sie Uttenreuther rufen. Er stellte sich vor Katinka, sein mächtiger Rücken nahm ihr die spärliche Sicht durch den schmalen Eingang auf einen schmauchgrau verschleierten Burghof. »Die Veste wird in diesen Augenblicken umstellt, Sie haben keine Chance!«

Es herrschte eine so umfassende Stille, dass Katinka für Sekunden zu atmen vergaß.

»Kauern Sie sich in den Durchgang zur Plattform«, wies Hardo sie an. »Sollte er hier auftauchen, haben wir nur eine Chance, wenn wir nicht beide in derselben Falle sitzen.«

Katinka nickte und tastete sich zu der Maueröffnung vor. Sie musste sich bücken, um durchzupassen.

»Vergessen Sie's!«, tönte zeitversetzt eine Stimme über den Hof.

Das gibt's nicht, dachte Katinka und erstarrte. Das gibt's einfach nicht. Das war nicht Hartmanns mürrischer Bass, der durch die Nebelwolken wallte, sondern eine helle, samtige Stimme. Thurid Maas.

20. Gottes Gedanken

Hardo und Katinka starrten einander für einen Augenblick entgeistert an.

»Thurid!«, rief Katinka. »Das hat keinen Sinn! Sie …«

Ein neuer Schuss war die Antwort. Katinka richtete sich auf und wisperte in Hardos Ohr:

»Thurid? Warum Thurid!«

Er zuckte die Achseln.

»Haben Sie eine Ahnung?«, fragte er.

Katinka lehnte den Kopf an die kalte Mauer. Einige Male atmete sie tief durch. Thurid Maas lauerte ihnen mit einem Schießeisen auf der Veste auf. Das reimte sich in Katinkas Ohren nur mit einem: Thurid hatte Mendel erschossen. Nicht der Unsympath Hartmann, sondern die zierliche Thurid, Mendels Schützling. Katinka ging durch den Kopf, was sie sich die ganze Zeit über den Mord an Mendel gedacht hatte: Nur jemand, der von großer Verzweiflung getrieben wurde, mochte die Kaltblütigkeit aufbringen, sein Opfer erst aus der Ferne anzuschießen und dann zu exekutieren.

»Warum?«, flüsterte Katinka.

»Reden Sie mit ihr!«, befahl Hardo. »Sie darf sich uns nicht nähern. Wenn sie redet, orten wir vielleicht ihren Standpunkt. Machen Sie schon.«

»Aber ich …«

»Reden Sie. Von Frau zu Frau.«

Katinka holte tief Luft und kroch ein paar Zentimeter näher an den Ausgang des Wachtürmchens heran.

Sie spürte, wie Hardo mit seiner Pistole in den Nebel zielte.

»Los!«, kommandierte er.

»Thurid«, rief Katinka und räusperte sich, um ihre Stimme ruhig zu halten. »Thurid.«

Ein vierter Schuss. Hardo drückte Katinkas Schulter.

»Ich verstehe Sie, Thurid!«, rief Katinka. »Es war der Druck, oder? Seinem Druck konnten Sie nicht standhalten.«

Wie im Fieber suchte Katinka nach Worten, verzweifelter noch nach all dem, was Thurid ihr in ihrem bullig warmen Wohnzimmer über sich und Mendel erzählt hatte. Mendel, der Mentor, der sie in eine berufliche Richtung presste, die nicht ihre war. Der ihr ein Leben nach seinen eigenen, verpassten Plänen aufdrückte.

»Sie müssen verzweifelt gewesen sein«, schrie Katinka durch den Nebel. »Sie sahen keinen Weg, sich dem Druck zu entziehen, dem Mendel Sie ausgesetzt hat, war es so?«

Stille. Katinka zitterte vor Kälte und Anspannung. Hardo drückte sie mit seinem Rücken gegen die Mauer. Das wärmte sie ein wenig. Weiterreden, dachte sie.

»Es ist nicht schön, wenn andere über das eigene Leben entscheiden wollen, oder?«

»Nein. Ganz und gar nicht.«

Thurids Stimme kam jetzt aus einer anderen Richtung. Schwer zu orten im Nebel.

»Wo ist sie?«, wisperte Katinka.

»Weiter. Machen Sie weiter!«

»Ich kann das nachvollziehen«, rief Katinka. »Ich habe mich immer selber entschieden für das, was ich tun wollte. Einigen Leuten hat das nicht gepasst, und sie ließen es mich ziemlich unsanft spüren.« Sie wartete einen Augenblick, aber es kam keine Reaktion.

»Sie findet heraus, wo wir sind«, flüsterte Hardo. »Ich wechsle die Position. Reden Sie weiter.«

»Nein! Sie wissen doch nicht, wo Thurid steckt. Wenn Sie da rausgehen, laufen Sie über das Silbertablett. Da muss sich nur der Nebel ein paar Sekunden verziehen, und schon sind Sie …«

»Sie reden weiter, zu zweit nehmen wir sie in die Zange. Halten Sie durch, gleich kommt Schilling mit seinen Leuten. Nur noch ein paar Minuten. Los!«

Er duckte sich wie ein Läufer am Startblock.

»Ich weiß, wie schwer es ist, sich mit den eigenen Vorstellungen durchzusetzen«, schrie Katinka ihr Entsetzen in die Nebelnacht hinaus. Jetzt, da Hardo sie nicht mehr mit seinem breiten Rücken beschirmte, drang die kalte, neblige Feuchtigkeit mit Macht auf sie ein. Der Nebel streckte seine weißen Finger durch die Schießscharten. »Es gibt immer jemanden, der vorgibt, alles besser zu wissen. Umso wichtiger ist es jetzt, dass Sie sich gute Voraussetzungen schaffen. Wir können Ihnen helfen! Ein guter Anwalt wird auf die desolate Situation hinweisen, in der Sie steckten.«

»Da gibt es nicht mehr viel rauszuholen«, erwiderte Thurid, und zu Katinkas Grauen klang sie sehr nah. Hardo startete. Er rannte wie ein Hase, geduckt und in Haken, und wurde vom Nebel verschluckt. Das plötzliche Alleinsein versetzte Katinka in Panik.

»Erzählen Sie es mir, Thurid. Erzählen Sie, wie Mendel Sie gepiesackt hat.«

»Ich habe den Job bekommen«, kam es aus den Nebelschwaden.

»Den in Hamburg?«

»Ja!« Nun kam Thurids Stimme aus einer ganz anderen Richtung. Der Nebel ist ein Clown, dachte Katinka. Ein weißer, verlebter Clown.

»Und Sie wollen ihn nicht, oder?«, rief sie Thurid zu. »Sie wollen diesen Job nicht.«

Ich will meinen auch nicht mehr.

»Nein.«

»Aber Mendel hat Sie gedrängt. Er zwang Sie in die Knie. Sie durften ihn nicht enttäuschen. Bei allem, was er für Sie getan hat, ist das richtig?«

»Er drohte mir damit, es Fenering zu erzählen. Er sagte, mir sei nicht zu helfen, wenn ich diesen Job nicht nehme. So einen würde ich nie wieder kriegen. Das war das, was er gesagt hatte.«

»Diese Stelle in Hamburg, warum wollen Sie die nicht?«

Es kam keine Antwort. Katinka dachte an Hardo dort draußen im Nebel. Sie hoffte nur, dass er eine brauchbare Deckung gefunden hatte. Himmel, Schilling, beeil dich, murmelte sie und rief: »Thurid, das war doch nicht alles, oder? Es ging nicht nur um diesen Job.«

»Er hat mir immer wieder gesagt: Ich bin nur, was ich bin, weil ich ihn habe.« Sie brach für einen Augenblick ab. »Er hat es einfach nicht mehr geschafft, von Fenering wegzukommen. Er hat sich bei Hunderten von Werbeagenturen beworben, aber er ist nie genommen worden.«

»Dann hat er keine Chance auf einen Wechsel gehabt? Und Frau und Kinder hat er nur vorgeschoben?«

»Genau.«

Lange Stille.

»Er wollte, dass Sie zu Ende bringen, was er für sich gewünscht hatte«, rief Katinka schließlich.

Gottes Gedanken, dachte sie. Der Rest besteht aus Details. Alles dreht sich um Thurids Abhängigkeit von Mendel. Aus der sie verzweifelt rauswill, ohne sich auch nur um einen Millimeter zu befreien.

Katinka hatte den Eindruck, Thurid sei nun ganz nah. Sie rückte zur Plattform hinüber. Sobald Thurid mit der Pistole in der Faust auftauchen würde, würde sie … würde sie schießen. Auf die Beine, egal. Kälte und Entsetzen schüttelten ihren Körper, aber sie bemerkte es nicht, nahm nicht einmal mehr die Nässe wahr, die ihre Kleider durchfeuchtete und ihr eine Gänsehaut machte.

»Haben Sie ihm das vorgehalten? Haben Sie das, Thurid?«

»Mendel hat immer durchgesetzt, was er wollte. Klappte das eine nicht, paukte er das andere umso radikaler durch. Niemand hatte neben ihm eine Chance. Nur ein Kotzbrocken wie Hartmann, der sich um nichts schert.«

»Wussten Sie, dass Hartmann auf Anraten Mendels in Fonds investiert hat? Dass diese Anlagen geplatzt sind?«

Katinka lauschte, meinte, etwas gehört zu haben. Etwas, das nicht in diesen Hof gehörte. Schilling konnte gekommen sein. Sie ging in die Hocke, vor Erschöpfung, und stützte den Arm, der die Waffe hielt, auf ihr Knie.

»Hartmann ist ein Nilpferd minus Intelligenz. Er hat doch zusammen mit Mendel den Gruschka aus der Agentur gemobbt. Mendel brauchte Hartmann dazu, aber dann wollte Hartmann von Mendel eine Gegenleistung. Da hat Mendel ihm die Fonds vorgeschlagen und sich hintenrum ins Fäustchen gelacht«, hallte es über den Hof.

Die Nebelschwaden wurden dünner, transparenter. Katinka stand auf. Für einen kurzen Moment sah sie Sternchen vor ihren Augen. Sie wagte sich bis zum Durchgang zum Burghof vor, es waren nur zwei große Schritte. Der Hof lag verwaist. Zu ihrer Linken sah sie in einigem Abstand die Kanonen stehen, schwarze, bedrohliche Schatten an der Burgmauer.

»Und Hartmann?«, rief sie in den Burghof hinaus. »Wollte der sich nicht rächen?«

»Hartmann ist ein Idiot!«, kam es von Thurid. »Der kennt sich nur mit seinem Job aus, alles andere ist eine Nummer zu hoch für ihn.«

Der Nebel wurde dicker und hüllte Katinka in ihrem Wachtürmchen ein. Dankbar fast antwortete sie:

»Mendel hatte meine Pistole. Oder? Mendel hatte sie.«

»Er hat sie mit ins Büro gebracht. Er hatte Angst vor Hartmann, der war so sauer, weil ihm sein Geld durch den Ausguss geflutscht ist. Mendel hat wirklich geglaubt, Hartmann würde ihm den Hals umdrehen.« Sie lachte laut auf. »Hartmann droht doch nur und macht auf dicke Hose. Der tut keiner Fliege was.«

Katinka fasste sich an den Kopf. So herum funktionierte die Geschichte, ganz unerwartet.

»Wie haben Sie die Pistole an sich gebracht?«

»Er hat über Sie gelästert«, redete Thurid an der Frage vorbei. »Er hat in der Zeitung von Ihnen gelesen. Er fand es lächerlich. Wie kann eine Frau Detektiv werden, hat er gesagt.«

»Hatte er die Waffe in der Agentur bei sich?«

»Er hat sie einfach in seine Schreibtischschublade gelegt. Er war sich so sicher. Hat nicht mal abgeschlossen.«

Katinka sah sich um. Der Nebel lichtete sich unerwartet und gab in wenigen Augenblicken einen dunklen, sternklaren Nachthimmel über ihnen frei. Tief unten hielten sich die Schwaden und schwappten einem behäbigen Ozean gleich gegen die Burgmauern.

»Sie hätten mich in Ruhe lassen können!«, schrie Thurid schrill. »Warum haben Sie mir hinterherspioniert?«

Die Stimme war nah, sehr nah. Fatalistische Entschlossenheit schwang da mit.

»Thurid, geben Sie auf«, das war Hardos Stimme von weit weg. »Die Burg ist umstellt.«

Katinka ließ den Blick über den vom Nebel mit einem Mal wie leergefegten Burghof schweifen. Und dann sah sie Thurid. Sie rannte vom hinteren Ende der Bastei weg in Richtung des Gästehauses und verschwand.

»Vorsicht!«, brüllte Katinka, so laut sie konnte. »Sie ist beim Gästehaus. An der Treppe!«

Ein Schuss dröhnte, noch einer. Dann hörte sie Schillings Stimme:

»Polizei! Thurid, kommen Sie aus Ihrem Versteck. Werfen Sie die Waffe weg. Halten Sie die Hände über den Kopf.«

Katinka verließ das Wachtürmchen und schlich sich von Kanone zu Kanone an der Mauer entlang, immer in Deckung gehend hinter den dicken Speichen der Karren, auf denen die Rohre in Position gegangen waren und auf Lunten warteten, die nie mehr kommen würden.

Sie richtete sich ein Stück auf und spähte durch den Burghof. Die Beleuchtung reichte nicht, sie war zu düster, zu gelb und warf zu viele Schatten.

»Katinka, Deckung!«

Ein Schuss peitschte an Katinka vorbei, in gutem Abstand, aber der Knall reichte, um all ihre Muskeln in Anspannung zu versetzen. Es folgten viele Schüsse hintereinander. Sie hörte Schilling etwas rufen, was sie nicht verstand, und dann entwand sich dem Chaos ein Schrei, angsterfüllt und gleichzeitig erstaunt, heiter fast. Katinka sprang auf und raste gebückt zur Kapelle hinüber. Eine Kugel jagte über den Hof. Katinka hörte eine Scheibe klirren. Sie starrte in die Richtung, aus der der Schuss abgegeben worden war. Thurid musste sich genau auf der gegenüberliegenden Seite verschanzt haben, hinter der Mauer des Treppenaufgangs, die neben dem Gästehaus auf die Bastei führte.

Katinka vernahm ein Stöhnen.

»Bleiben Sie in Deckung, Frau Palfy!«, schrie Schilling.

Katinka hörte ihn kaum. Das MEK konnte unmöglich schon da sein. Eine Handvoll Profis sollte es schaffen, eine ungeübte Zufallsschützin wie Thurid im Nu einzukreisen und unschädlich zu machen. Schilling bluffte. Katinka sah Hardo unten ein gutes Stück neben dem Brunnen liegen, die eine Hand auf seine Brust gedrückt, mit der anderen verzweifelt nach seiner Waffe suchend.

»Hardo!«

Wie unter dem Vergrößerungsglas sah Katinka seine Hand über das nasse Kopfsteinpflaster tasten.

»Schilling!«, schrie sie in die Nacht. »Geben Sie mir Feuerschutz.«

»Machen Sie das nicht!«, kam es von Schilling, von irgendwo, aber Katinka hörte nicht auf ihn. Sie gab mehrere Schüsse in die Richtung ab, in der sie Thurid vermutete, hechtete die Treppe hinunter und robbte hinter den Brunnen in Deckung. Zwei Schüsse gingen ins Leere, irgendwo weit über ihr. Sie ist nicht gut im Zielen, dachte Katinka. Sonst hätte sie mich längst erwischt.

»Hardo«, rief sie gedämpft. »Hardo, ich hole sie rüber.«

»Katinka, nicht«, keuchte er. Er hob den Kopf, ließ ihn aber sofort wieder sinken. Katinka sah, wie er um Atem rang, hob die Waffe und kam aus ihrer Deckung. Schilling schien sie zu sehen, denn sie hörte Schüsse vom Ausgang her. Sie erreichte Hardo, bevor der erste Schuss aus Thurids Richtung kam. Das Projektil raste vorbei. Katinka drückte ab. In diesem Augenblick hätte sie Thurid erschossen, wenn sie sie vor sich gesehen hätte. Sie hätte nicht auf die Beine gezielt, und sie wusste es. Das machte ihr Angst und gab ihr zugleich Kraft.

Die Pistole klickte.

Ich habe nicht mitgezählt, dachte Katinka. Ich Kanaille habe nicht mitgezählt. Ein Gefühl von Unwirklichkeit überwältigte sie. Sie taumelte durch einen Alptraum, durch einen von der Art, in dem man rannte und rannte bis es einem die Lungen zerriss, ohne auch nur einen Zentimeter vorwärts zu kommen. Aber sie war eines nicht: hilflos. Noch konnte sie handeln.

Sie warf sich über Hardo und angelte nach seiner Waffe.

»Katinka«, flüsterte er kaum hörbar. »Gehen Sie weg. Gehen Sie ... in Deckung.«

»Sie kommen mit«, gab sie zurück und packte ihn unter den Armen. Er kam auf die Knie, kroch ein Stück und brach zusammen. Katinka zielte mit seiner Pistole in Thurids Richtung. Er keuchte, sie sah Blut durch seinen Anorak sickern. Viel Blut.

Später konnte sie nicht sagen, wie sie ihn hinter den

Brunnen bugsiert hatte, raus aus Thurids Schussfeld. Sie lag über ihm und zielte auf Thurid. Licht flammte auf. Geblendet hielt sie inne. Ein paar Schüsse fielen, dann war alles still.

»Wir haben sie«, war alles, was Katinka hörte. Sie riss ihren Blick von den Mauern und sah den Kommissar an.

»Hardo!«, schrie sie. Über seine Augen zog ein Schleier, wie Nebel. »Hardo! Sie sterben nicht, kapiert? Sie können gar nicht sterben! Sie sind unsterblich!«

Er lächelte und stöhnte zugleich. Mit schmerzverzerrtem Gesicht sah er Katinka an und flüsterte etwas, das sie nicht verstand.

»Nein!«, schrie sie. »Lassen Sie mich nicht allein! Tun Sie das nicht!«

Sie schob seinen Pullover hoch und riss das Hemd auf. Ohnmächtig vor Angst und Wut presste sie ihre flache Hand auf die Wunde in seiner Brust. Warmes Blut befeuchtete ihre Hand.

»Frau Palfy«, kam es von hinten.

»Wir brauchen einen Druckverband«, schrie Katinka. »Los!«

»Frau Palfy«, sagte Schilling ruhig. »Es ist ein Rettungswagen unterwegs. Die brauchen höchstens noch ein paar Minuten.«

»Die paar Minuten sind mir zu lang«, schnappte Katinka.

Schilling ging neben ihr auf die Knie.

»Es ist spiegelglatt auf den Straßen.«

Er wickelte seinen Schal zu einem dicken Pfropf und drückte ihn auf Hardos Wunde.

»Hardo, Sie schaffen das«, flüsterte Katinka eindringlich, während sie ihre Hand wegzog. »Sie müssen einfach.«

Schilling knirschte mit den Zähnen. Katinka fühlte Hardos Puls am Hals. Er war zu spüren, aber schwach, zu schnell, zu leicht.

»Halten Sie das«, sagte Schilling zu Katinka. Sie presste ihre Hand auf den Wulst aus Wolle. Aus ziemlich teurer Wolle. Schilling half Hardo, sich ein Stück aufzusetzen und sich an den Brunnen zu lehnen. Über seinem Kopf hing ein Schild, das die Brunnentiefe mit zweiundvierzig Metern angab.

»Bitte«, sagte Katinka zu Hardo und legte ihre Wange sacht an seine. Die war kalt, aber sie hörte den Kommissar etwas flüstern und hielt das Ohr an seine Lippen:

»Diesmal müssen Sie mich aus der Kloake fischen, Katinka.« Er hustete und spuckte helles, schaumiges Blut aus.

»Wir wechseln uns eben ganz demokratisch ab«, sagte Katinka und versuchte, ihre Stimme zuversichtlich klingen zu lassen. »Gleich ist der Notarzt da.«

»Katinka!«, flüsterte Hardo.

»Ja. Ich bin hier.«

»Vergessen Sie mich nicht.«

Sie starrte ihn an, kalt und leer vor Entsetzen. Sah sein Gesicht, wie er die Augen mit aller Kraft offenzuhalten versuchte, um Atemluft kämpfte und um ein Lächeln. Er begann am ganzen Körper zu zittern, Schweiß glänzte auf seiner Stirn. Unruhig tastete er mit einer Hand über den Boden. Sie zog ihren Mantel aus und breitete ihn so gut es ging über ihn. Griff nach seiner tastenden Hand.

»Ich vergesse Sie nicht, und Sie werden das überleben«, flüsterte sie.

Der Ambulanzwagen rollte auf den Burghof. Katinka sah zu, wie die Liege gebracht wurde, während ein Notarzt angerannt kam und sich an Hardos Seite niederließ. Schilling zog Katinka weg.

»Machen Sie Platz, Frau Palfy.«

Sie stand auf, entlud die Heckler & Koch, steckte das Magazin in die hintere Hosentasche.

Zwei Polizisten in schwarzer Montur brachten Thurid. Sie mussten abwarten, dass die Sanitäter die Durchfahrt freigaben. Katinka sah ihr einen Augenblick lang ins Gesicht. Ihre Hand schwitzte. Sie hörte Hardo vor Schmerz aufstöhnen, als er auf die Liege gelegt wurde. Hinter ihrer Stirn pochte etwas, ein Gefühl, ein erregender Schmerz, den sie nie in solcher Intensität verspürt hatte. Ihre Finger krallten sich um Hardos Pistole.

»Sie haben also auch einen Beschützer«, sagte Thurid. Ihre Stimme klang fast schüchtern. In ihren Augen glitzerte Trauer, aber auch ein Anflug von Spott und Ironie. »Ich wollte …« Sie überlegte es sich anders. »Ich meine, ich hoffe, Sie werden eher frei sein als ich.«

Katinka holte aus und schlug Thurid mit der Heckler & Koch mitten ins Gesicht. Thurids Kopf flog zur Seite. Katinka hörte sie aufkeuchen. Niemand sagte ein Wort.

Die Türen des Ambulanzwagens schlossen sich.

»Halt!«, schrie Katinka. Sie schob Hardos Pistole in die Jeans und rannte zu den Sanitätern hinüber. »Ich komme mit.«

»Ich glaube aber …«, begann einer, während Katinka ihn schon zur Seite schob und die hintere Tür wieder aufriss.

»Ich komme mit, und wagen Sie nicht, mich davon

abzuhalten.« Der Sanitäter guckte betreten auf die Waffe in Katinkas Hosenbund, dann auf die Polizisten im Burghof. Schilling machte keinen Mucks.

Katinka stemmte sich hoch. Die Tür schlug zu, als der Wagen anfuhr. Sie sah Hardo an. Er hatte die Augen geschlossen und eine Sauerstoffmaske über Mund und Nase.

Sie begann, diese Sitzgruppe zu hassen, das braune Gewebe, so rau und kratzig unter ihren Fingern, dass sie sich die Haut daran abscheuern konnte.

Ihre wilde Erregung, der rauchende Zorn hatten sich verzogen und einer Apathie Platz gemacht, die sie davor rettete, sich selbst oder anderen etwas anzutun. Sie kaute an einem Pappbecher, aus dem es nach kaltem Kaffee roch, und zählte die waagerechten Rippen auf dem Polster. Dann die senkrechten. Ihr Blick vermochte den Linien nicht standzuhalten. Sie tanzten und entzogen sich der Numerik.

Katinka hatte ungefähr zwanzig Leute seit ihrer Ankunft im Coburger Klinikum angebrüllt. Sie würde nicht weggehen, sie würde warten, bis Uttenreuther operiert war, und sie würde mit dem Chirurgen sprechen, und wenn sie bis in die Morgenstunden Wache vor der OP-Tür schieben würde. O ja, man würde ihr Auskunft geben müssen, denn *sie* habe ihn aus der Schusslinie einer völlig ausgerasteten Mörderin gezerrt, und wenn man ihr die Informationen nicht freiwillig gebe, wüsste sie sie sich zu besorgen.

Zuerst half die Wut gegen die Verzweiflung, aber dann verbrauchte sie das letzte Quäntchen Kraft in Katinka, und sie ging zu dem Kaffeeautomaten und holte sich einen Becher und dann noch einen, und warf während der endlosen Stunden des Wartens noch etliche weitere Münzen in den Schlitz.

Während ihr Herz holprige neue Schrittfolgen ausprobierte, sie an dem Becher nagte und die Linien im Polster zählte, versuchte sie, ihre verkrampften Muskeln zu lockern. Sie atmete so tief und lang aus, wie sie konnte. Holte langsam und behutsam Atem. Sobald sie die Schwelle des Schlafes erreichte, schaltete ihr Gehirn eine Stufe höher und riss sie zurück. Es rief ihr den blutigen Schaum in Erinnerung, der aus Hardos Mund gekommen war, den Klang von Thurids Stimme, erfüllt von Traurigkeit und einer verzweifelten Selbstzufriedenheit.

Jemand berührte sie an der Schulter. Sie roch Zigarettenrauch und riss die Augen auf.

»Sie sind Frau Palfy?«

»Ja!« Katinka rappelte sich hoch. »Und wer sind Sie?«

»Dr. Diestler.«

»Sie haben ihn operiert?«

Diestler stand groß und hager vor Katinka, zog gierig an seiner Zigarette und sagte:

»Ich habe es schon gehört«, er wies auf die Pistole in Katinkas Jeansbund und machte eine Bewegung mit der freien Hand, als müsse er seine Erklärungen über das, was er gehört hatte, nicht fortführen.

»Was ist mit dem Kollegen?« Katinka sprang auf, spürte das Blut aus ihrem Kopf sacken und musste sich an der Wand festhalten.

»Wir haben ihm ein Neun-Millimeter-Projektil entfernt«, sagte Diestler. »Es steckte in seinem rechten Lungenflügel, hat ein paar kleinere Gefäße erwischt, aber nichts Dramatisches.«

Er drückte seine Zigarette aus und zündete die nächste an.

»Er hatte eine Pneumothorax. Dabei fällt die Lunge zusammen und wird funktionsuntüchtig. Günstigerweise hat der Mensch zwei Lungenflügel. Die berühmte zweite Chance.« Er blies drei perfekte Rauchkringel an die Decke. »Der Schuss, den er abgekriegt hat, muss ein Prallschuss gewesen sein. Das Projektil ist zuerst gegen eine Mauer oder so gerast und daran abgeprallt, bevor es ihn getroffen hat.«

»Sowas wie ein Querschläger?«

»Genau. Das Geschoss hat dadurch an Schlagkraft eingebüßt. Die Patrone ist auch nicht aus seinem Rücken wieder ausgetreten, und das war sein Glück, denn bei dem Schusswinkel wäre sonst ein Wirbel verletzt worden. Schon ulkig, das Projektil ist haarscharf zwischen zwei Rippen durch.«

»Ich will ihn sehen.«

»Sie können kurz rübergehen, sobald er in der Intensivstation liegt. Ich zeige Ihnen den Weg.«

Katinka nickte und quetschte sich ein »Danke« ab. Jahrelang antrainierte Höflichkeit war doch nicht immer schlecht.

»Wie geht's ihm?«

»Wenn er diese Nacht schafft«, sagte Dr. Diestler, »dann hat er gute Aussichten. Er ist geschwächt. War im Schockzustand, als er eingeliefert wurde. Der Kreislauf ist uns unter der OP ein paarmal zusammengebrochen. Aber er ist ein starker Kerl. Er hat Reserven. Kommen Sie mit?« Er zerdrückte mit wehmütigem Blick seine Zigarette.

Katinka nickte und folgte ihm durch ein paar Gänge. Sie fragte sich, ob der Chirurg Hardos Bierbauch meinte, als er von Reserven sprach.

»Ich kann nicht viel Zeit erübrigen«, sagte Diestler und drückte Katinka vor den Türen der Intensivstation die Hand. »Heute Abend sind soviele Unfälle passiert, meistens kleine Sachen, aber auch ein paar komplizierte Knochenbrüche. Es ist spiegelglatt draußen. Da war der Lungenschuss beileibe das Spektakulärste.«

»Na toll«, sagte Katinka.

»Sie waren das, oder?«

»Was?«

»Sie haben ihn aus der Schusslinie geholt. Beim Militär würden Sie jetzt einen Orden kriegen.«

»Ich scheiße auf Orden«, gab Katinka zurück und spürte die Wut wieder. »Und woher wissen Sie das überhaupt?«

»Krankenhäuser sind gut organisierte Kaffeekränzchen. Jemand sagt Ihnen Bescheid, wenn Sie zu ihm können.« Diestler nickte ihr zu und verschwand.

Hardos Gesicht war fahl, grau unter dem kalten Licht. Ein Schlauch leitete durchsichtige Flüssigkeit in eine Vene an seiner rechten Hand, ein anderer kroch in seine Nase und versorgte ihn mit Sauerstoff. Sein Brustkorb war mit einer dicken Bandage verschnürt, seitlich führte ein Schlauch weg. Eine Manschette am Oberarm blähte sich in regelmäßigen Abständen auf und maß den Blutdruck. Verschiedene Apparate piepten und plirrten. Irgendein Gerät blubberte.

Katinka schloss für einen Augenblick die Lider und stellte sich vor, von Vogelkäfigen voller exotischer gefiederter Freunde umgeben zu sein, die ihre Lieder in Sprachen pfiffen, aus denen sie nicht übersetzen konnte.

Sie berührte Hardos freie Hand.

»Er schläft«, sagte der Pfleger im Hinausgehen. »Wecken Sie ihn nicht auf.«

Katinka streichelte die Hand auf dem Laken. Sie sah sie in der Dunkelheit wieder nach der Pistole tasten. Die Hand fühlte sich warm an. Hardos Atem ging regelmäßig. Katinka legte den Kopf neben seine Hand und gab sich einem Dämmerschlaf hin, eingelullt von Hardos Atemzügen und dem Fiepen und Surren der Geräte. Irgendwann wachte sie auf, weil etwas an ihren Haaren zog. Sie schlug die Augen auf.

Hardos Finger bewegten sich. Seine große Hand lag auf ihrem Gesicht und kraulte ihre Haarsträhnen. Sie verharrte bewegungslos und suchte in seinem Gesicht nach Leben.

»Hardo«, wisperte sie.

Er blinzelte, schickte ein winziges Lächeln und schloss die Augen wieder.

Katinka weinte, ohne sich um Tränen und Rotz zu scheren. Als der Pfleger kam und sie behutsam an der Schulter berührte, stand sie ohne Widerstand auf und ging mit ihm nach draußen.

»Schafft er es?«, fragte sie.

»Ich bin kein Hellseher.« Er reichte ihr ein Taschentuch. »Aber ich denke schon. Die Verletzung war nicht so schwer, wie es den Anschein hat.«

Katinka bat um ein Telefon.

»Tom?« Sie konnte nicht laut sprechen, neben ihr standen zwei Schwestern über Papiere gebeugt und diskutierten. Immer wieder sahen sie auf und starrten zu Katinka hinüber.

»Katinka!«, rief er.

Gut, er war lebendig. Und sein Handy war auch wieder aufgeladen.

»Wo bist du?«, fragte sie.

»Immer noch in Hof. Ich musste übernachten, habe heute wieder den ganzen Tag an dem neuen Projekt gearbeitet und bin trotzdem nicht viel weiter gekommen. Heimfahren kann ich sowieso nicht. Draußen ist es glatt wie auf der Curlingbahn.«

»Hardo ist angeschossen worden.«

»Was?«

Katinka fuhr sich mit der Hand übers Gesicht.

»Er hat einen Lungenschuss abgekriegt und ist operiert worden.«

»Katinka, rede! Was ist mit dir?«

»Ich …« Sie stutzte. Im Hintergrund hörte sie eine Tür gehen. »Wo steckst du denn?«

»In einer Pension in Hof«, antwortete Tom. »Es ist alles o.k. Was meinst du mit angeschossen! Wie geht es ihm!«

»Tom, ist da jemand bei dir?«

Er machte eine verdutzte Pause.

»Nein. Jetzt erzähle endlich.«

Katinka seufzte.

»Es gab eine Schießerei. Der Fall ist gelöst. Aber wir haben uns alle getäuscht und auf den falschen Täter gesetzt.«

Die Schwestern sahen von ihren Papieren hoch und warfen sich vielsagende Blicke zu.

»Sobald die Straßenverhältnisse besser sind, fahre ich nach Coburg. Übernachtest du im Hotel?«, wollte Tom wissen.

Wieder das Geräusch im Hintergrund. Eine Tür wurde geschlossen. Ganz leise. Aber hörbar.

»Oder im Krankenhaus. Tom, wer ist da bei dir?«

»Niemand«, sagte Tom irritiert.

Katinka seufzte.

»Gute Nacht.«

Sie legte auf und wählte die einzige Coburger Telefonnummer, die sie im Kopf hatte. Es war mitten in der Nacht und es dauerte logischerweise eine Weile, bis abgenommen wurde.

»Selbstverständlich«, war die Antwort. »Selbstverständlich können Sie kommen.«

Freitag, 14. 1. 2005, 2:04 Uhr

Ein Taxi brachte sie in die Lossaustraße. Der Weg durch die nächtliche Stadt dauerte nur ein paar Minuten, obwohl der Fahrer langsam und extrem vorsichtig fuhr. Graupelschauer besprühten die Welt mit einem sofort vereisenden Firniss. In den Hauptverkehrsstraßen war Salz gestreut worden, dennoch glitzerte der schwarze Asphalt vor Glätte wie ein Sternenhimmel. Sie reichte einen Geldschein nach vorn, setzte beide Füße auf die Straße und musste sich an der geöffneten Tür festhalten, um nicht hinzufallen. Vorsichtig tastete sie sich mit winzigen Schrittchen zur Haustür, sofort durchnässt wie nach einem Gang durch eine Autowaschanlage. Schilling öffnete auf ihr Klingeln. Er trug einen seidig glänzenden Kimono und sah müde aus.

»Kommen Sie rein«, sagte er, seine Augen zwinkerten nervös. »Wie geht es ihm?«

»Er schafft es wohl. War ein Prallschuss.« Katinka ignorierte den metallischen Geschmack in ihrem Mund.

»Wenn einem Kollegen sowas passiert«, sagte Schilling, »dann ...« Er vollendete den Satz nicht und bot ihr Platz auf einem schwarzen Ledersofa an. »Ich habe einige Male im Klinikum angerufen«, fuhr er fort. »Möchten Sie was trinken?«

Katinka sank auf das Sofa. Sie war durchgefroren, ihr Pulli war durchnässt, und ihr Mantel lag irgendwo im Burghof oder bei der Polizei. Das Lederpolster, auf das sie sich setzte, fühlte sich eisig an.

»Ja. Ja, bitte.« Sie schob die eiskalten Hände zwischen die Knie.

»Einen Cognac vielleicht?«

Katinka lehnte dankend ab. Bei all dem Kaffee, dem Nichts an Essen und der Panik in ihrem Magen, würde Alkohol sie umbringen.

Die Tür zum Nebenzimmer öffnete sich, und Hauptkommissarin Carolin Metze kam heraus. Sie hatte einen zerknitterten Pyjama an und einen Norwegerpulli drüber. Also doch, dachte Katinka zufrieden. Wäre ja auch ein Witz gewesen, wenn ich mich so getäuscht hätte.

»Frau Palfy«, sagte sie, und nach Schillings Unbeholfenheit klang ihre Stimme teilnahmsvoll und warm. Sie drückte Katinkas Hand mit ihren beiden. »Sie müssen mich entschuldigen. Ich habe schon ein Stündchen geschlafen. Sicher wollen Sie was Warmes trinken?«

»Ja, danke«, antwortete Katinka und freute sich ganz entgegen ihrer Gewohnheit auf den Tee, den Carolin Metze in der Küche aufgoss.

»Wir müssen ein paar Dinge klären«, sagte Schilling, als Katinka die dampfende Tasse in den Händen hielt. Carolin Metze warf ihm einen Blick zu und zog ihren Pullover aus.

»Ziehen Sie meinen an, Frau Palfy. Ihrer ist klatschnass.«

»Danke.«

»Wolf, ich nehme mir einen von dir.«

Ungeniert spazierte sie im Schlafanzug ins Schlafzimmer, ließ die Tür offen und kramte in einem Wandschrank herum.

»Ich brauche Ihre und Uttenreuthers Waffe. Wir müssen nachvollziehen, wer wieviele Schüsse abgegeben hat.«

»Kein Problem.« Katinka legte beide Pistolen auf den Couchtisch.

»Und dann …«, es war ihm sichtlich unangenehm, »haben Sie immer noch nicht quittiert, dass Sie Ihre Waffe zurückbekommen haben.«

»Ich kann sofort unterschreiben.« Katinka war zu erschöpft, um sich aufzuregen. Papier war unsterblich.

»Morgen. Im Büro.«

»Wo steckt Hartmann?«, wollte Katinka wissen.

»Wir haben ihn noch nicht aufgetrieben.«

»Das brauchen Sie auch nicht mehr.«

»Doch«, kam es von Carolin Metze. Schillings Augen weiteten sich, als er sah, welchen Pulli sie sich geliehen hatte. Es musste einer seiner teuersten sein.

»Carolin, meinst du nicht …«

Sie gab ihm einen Stups auf die Nase und sagte:

»Wir brauchen Hartmann als Zeugen. Bei allem, was Wolf mir erzählt hat über Thurids Geständnis, fehlt uns eine genaue Vorstellung von Thurids und Mendels Beziehung. Und da können uns wohl die Kollegen der beiden weiterhelfen.«

»Die weggeworfene Waffe«, sagte Katinka. Carolin Metzes Pulli roch gut. Nach Seife und nach Kirschen. »Meine Beretta im Mausoleum, meine ich. Ich dachte mir gleich, dass das ein Signal für große Panik und noch größere Verzweiflung war.«

»Aber sie war geistesgegenwärtig genug, nach dem tödlichen Schuss auf Mendel alle Fingerabdrücke von der Waffe abzuwischen«, sagte Carolin Metze.

Katinka trank den Tee aus, und die Hauptkommissarin schenkte ihr nach. Auf dem Couchtisch lag Schillings Lesebrille, die Gläser zuunterst, die Bügel stakten in die Luft wie abgeknickte Masten eines Schiffsmodells.

»Exakt. Das Verrückte ist: Wenn Thurid nicht durchgedreht und Ihnen nachgeschlichen wäre, um wild um sich zu schießen, dann hätten wir ihr nie was nachweisen können«, bestätigte Carolin Metze und setzte sich neben Katinka.

»Es gibt keine Beweise«, bestätigte Schilling. »Wir hätten uns auf Hartmann eingeschossen. Ihn gefunden, ihn unter Druck gesetzt, am Ende aber aufgeben müssen. Der Fall wäre nie geklärt worden. Thurid hätte weiter den schockierten Schützling des fürsorglichen Förderers gespielt.«

»Wo hat sie dieses andere Schießeisen her?«, fragte Katinka.

»Das ist Freddy Hartmanns Waffe«, antwortete Carolin Metze. »Wir nehmen an, dass sich Thurid bei Hartmanns aufhielt und Freddys Pistole an sich nahm.«

»Ich glaube trotzdem, dass Hartmann um die Hütte geschlichen ist, letzte Nacht, und nicht Thurid«, sagte Katinka.

»Warum Hartmann?«

Es ging Katinka schon seit Stunden durch den Kopf.

»Wie konnte Edith Hartmann sonst wissen, wo ich

war? Er muss es ihr gesagt haben. Ich bin sicher, sie wollte mit mir reden, wegen Thurid.«

Carolin Metze nickte bedächtig, setzte sich neben Katinka auf das Sofa und zog ihre Schlafanzughose zurecht.

»Edith hat Thurid unter ihre Fittiche genommen. Vielleicht hat Thurid Andeutungen gemacht, dass sie in der Klemme steckt, und Edith machte sich auf, mit Ihnen zu sprechen«, sagte sie.

Katinka sah Schilling an. Er saß ihnen gegenüber in einem Sessel, die Handflächen aneinandergelegt, mit den Fingerspitzen an seine Stirn tippend.

»Aber als Edith starb, brannte bei Thurid eine Sicherung durch. Ich wollte sie gestern zu Hause besuchen«, erzählte Katinka. »Sie machte nicht auf, muss uns aber nachgefahren sein. Wir fuhren zuerst nach Seidmannsdorf, damit ich meine Sachen aus dem Auto holen konnte. Dann wollte Hardo sehen, ob ich den Weg zur Veste von dort aus noch finden würde. Wir stiegen aus und gingen zur Burg rauf, einfach nur um zu gucken. Sie muss hinter uns hergekommen sein.«

Katinka spürte die Tränen wie eine Fontäne in sich hochsprudeln, stellte die Tasse weg und presste beide Fäuste auf die Augen.

Sie sah Hardos fahles Gesicht und sein kurzes Lächeln. Ein Abschiedslächeln. Carolin Metzes Hand auf ihrer Schulter bemerkte sie kaum.

»Thurid ist komplett ausgerastet«, sagte Schilling. »Wenn jemand dermaßen um sich schießt …«

»Wolf«, mahnte Carolin Metze.

Katinka biss sich auf die Lippen und mobilisierte die letzten Kraftreserven.

»Thurid«, sagte sie und sah zuerst Schilling, dann

Carolin Metz an, »hat aller Welt weisgemacht, wie schockiert sie über Mendels Tod war. Sie war wirklich schockiert – aber darüber, dass *sie* ihn erschossen hatte. Dass *sie* eine Mörderin war.« Katinka brauchte einen Augenblick, um ihre Gedanken in eine schlüssige Struktur zu pressen. »Eine extreme Erregung kann Planlosigkeit und hektische Aktivität hervorrufen, aber auch das Gegenteil. Thurid steckte nach dem Mord an Mendel in einer Schockstarre fest. Wie ein Tier, das sich totstellt. Sie bemühte sich, ihr ganz normales Leben weiterzuführen. Wenn sie nicht ausgetickt wäre …«

»Wir wissen jetzt jedenfalls, wie sie an Ihre Waffe kam, Frau Palfy«, begann Carolin Metze und grinste verhalten, als Schilling ihr ins Wort fiel. »Mendel kam, so sagt Thurid jedenfalls, am Sonntagabend, nachdem er Ihnen die Pistole geklaut hatte, ins Büro, um sie dort zu verstauen. Thurid war auch da, sie musste irgendeine Arbeit beenden. Sie beobachtete, wie er die Pistole in die Schublade seines Schreibtisches legte. Es reizte sie einfach, sie ihm wegzunehmen. Mendel ging auf die Toilette und sie spazierte frisch, frei, fröhlich in sein Büro und nahm die Waffe wieder raus.« Schilling fuhr mit den Fingern die Tischkante entlang. »Aber später«, erzählte er weiter, »bemerkte Mendel den Verlust. Thurid machte zum Abschied wohl irgendeine spitze Bemerkung. Als er nach der Pistole sah, war sie weg. Er rief Thurid an. Niemand außer ihr konnte die Waffe genommen haben.«

»Ich ahne es«, rief Katinka. »Sie verabredeten sich im Hofgarten, vielleicht wollte Thurid ihm die Pistole tatsächlich zurückgeben. Aber als sie da stand, auf ihn wartete und ihn schließlich kommen sah, hat sie für einen kurzen Moment die Kontrolle verloren. Sie hat eine

Art Chance gesehen. Sich zu befreien, den Druck loszuwerden, mit dem Mendel sie erstickt hat. Ein Gefühl der Macht. Sie hat abgedrückt. Selbst nach dem ersten Schuss hätte sie noch alles ins Lot bringen können, er war ja nicht ernsthaft verletzt, aber da war es zu spät, der Damm war gebrochen, und in ihrer Verwirrung hat sie ihn erschossen. Aus nächster Nähe. Sie muss unendlich verzweifelt gewesen sein.«

Schilling räusperte sich.

»Ich weiß«, Katinka hob die Hände. »Ich habe ihr eine geknallt. Ist ihr was passiert?«

»Ein dicker Bluterguss, sonst nichts.«

»Ich nehme das auf mich«, sagte Katinka. »Ich will nicht, dass da etwas vertuscht wird.«

»Sie steckten in einer Ausnahmesituation«, tröstete Carolin Metze, aber Katinka schüttelte den Kopf:

»Nein. Sie war wehrlos. Sie stellte keine Gefahr mehr dar.«

Ihr Körper begann zu zittern. Zuerst nur ein feines, leichtes Vibrieren, das schließlich stärker und stärker wurde.

»Ruhen Sie sich erstmal aus«, schlug die Hauptkommissarin vor. »Haben Sie Hunger? Darf ich Ihnen etwas zu essen zurechtmachen?«

»Ja«, sagte Katinka, und zu ihrem eigenen Erstaunen kam ein Seufzer der Erleichterung aus ihrem Mund. »Ja. Bitte. Irgendwas.«

Carolin Metze ging in die Küche und kam wenig später mit einem Teller Kartoffelsuppe und zwei Salamibroten zurück.

»Es gibt fantasievollere Gerichte«, entschuldigte sie sich mit einem Zwinkern. »Die Suppe ist ein Rest von gestern. Sie kennen ja unsere Arbeitszeiten.«

Entgeistert über ihren eigenen Appetit futterte Katinka alles binnen Minuten auf. Carolin Metze machte ihr ein Bett auf dem Sofa zurecht. Katinka schlief ein, kaum dass die beiden Polizisten das Licht gelöscht und ins Nebenzimmer gegangen waren.

21. Details

Sie wurde gegen sieben geweckt. Die Hauptkommissare machten sich auf den Weg zur Arbeit.

Katinka stellte sich unter die Dusche. Das heiße Wasser mobilisierte ihre Kräfte. Sie versuchte nicht an das zu denken, was sie im Krankenhaus erwarten könnte. Er überlebt das, redete sie sich im Stillen zu. Er überlebt, weil er stark ist und Reserven hat. Als ihre Haut krebsrot leuchtete, kletterte sie aus der Dusche, trocknete sich ab und benutzte Schillings Mandel-Lotion für trockene Haut zum Eincremen. Was Hardo jetzt dazu sagen würde, wenn ich die Kosmetika des Kollegen klaue, fragte sie sich und spürte die Tränen in ihren Augenwinkeln kitzeln.

»Daraus wird nichts«, sagte sie laut. »Hier wird nicht geheult.«

Sie ging in die Küche. Carolin Metze hatte ihr einen Zettel hinterlassen:

Es ist noch Kaffee in der Kanne, bedienen Sie sich.

Sie goss sich den heißen Kaffee in eine Tasse und suchte vergeblich nach Milch. Im Kühlschrank fand sie eine Palette Joghurt mit Cornflakes und Fruchtgeschmack. Sie aß zwei, starrte dabei aus dem Fenster und sah das Tageslicht den Himmel fluten, eisgrau zunächst, in ein düsteres Violett übergehend, schließlich türkis und dann blau schimmernd.

Sie wartete im Pullover auf ihr Taxi, frierend in der

eisigen Luft. Ich muss mir eine Winterjacke besorgen, überlegte sie. Später.

Im Klinikum klingelte sie beim Eingang zur Intensivstation, gab ihren Namen an und bat, zu Hauptkommissar Harduin Uttenreuther vorgelassen zu werden.

»Augenblick«, kam es schnarrend zurück. Katinka wartete. In ihrem Magen drehte sich eine Schiffsschraube.

»Frau Palfy?«

»Ja?«

»Er ist nicht mehr bei uns.«

Katinka schluckte und schrie in die Sprechmuschel: »Was heißt das! Er ist nicht mehr bei uns?«

»Wir haben ihn verlegt.«

Der Pfleger gab die Nummer der Station und des Zimmers an, und sie musste dreimal nachfragen, bis sie sich die wenigen Ziffern merken konnte. Auf dem Weg dorthin verlief sie sich einige Male und wurde schließlich von einer fürsorglichen Putzfrau hingeführt.

Sie klopfte an die Tür. Nichts.

Geh rein!, kommandierte sie. Geh rein.

Sie betrat ein Zwei-Mann-Zimmer. Hardo lag gleich an der Tür. Er hielt die Augen geschlossen. So leise wie möglich zog Katinka sich einen Stuhl heran und wartete ab. Wieder war das eigenartige Gurgeln zu hören.

»Morgen, Marlowe!«

Sie fuhr zusammen und starrte ihn an.

»Schlafen Sie eigentlich?«, fragte sie.

Er öffnete die Augen. Ihr gleißendes Grau traf Katinka wie ein eiskalter Blitz.

»Ein bisschen. Wie geht's Ihnen?«

Katinka kriegte den Mund nicht mehr zu.

»Wie geht's Ihnen? Das interessiert mich viel mehr.«

Sie berührte behutsam seine Hand und betrachtete die Verweilkanüle in seiner Vene.

Er verzog das Gesicht. Obwohl er zu juxen versuchte, klang seine Stimme heiser und matt.

»Das ist nicht mein stärkster Tag heute.«

»Sagen Sie schon!«

»Müde. Kaputt. Durcheinander.«

»Haben Sie Schmerzen?«

Er wies mit den Augen auf die Infusionsflasche.

»Die geben mir was. Nur das Blubbergerät nervt.«

»Was ist das?«

»Eine Drainage. Die saugt die restliche Luft aus meiner Lunge.«

Katinka biss sich auf die Lippen.

»Ich habe bei Schilling übernachtet.«

»Treulose Tomate!«

»Auf dem Sofa. Schilling und Carolin Metze sind ein Paar. Wussten Sie das?«

Das schiefe Grinsen in seinem abgekämpften Gesicht sah gespenstisch aus.

»War nicht zu übersehen.«

Er schloss die Lider und döste eine Weile vor sich hin. Katinka wartete.

»Kann ich etwas für Sie tun?«, fragte sie schließlich.

»Kommen Sie heute Abend wieder. Mit zwei Flaschen Bier im Rucksack. Kaltem.«

»Bier?«

»Das ist allemal besser als der labberige Kaffee und die diversen Glucoselösungen.«

»Gut.« Katinka lächelte. »Sie kriegen Ihr Bier.«

»Danke, Marlowe. Für alles.«

»Ich bin nicht Marlowe«, sagte Katinka den Tränen

nah. »Ich bin weder so knallhart wie er noch so fatalistisch, noch so sarkastisch …«

»Schon klar. Aber mit dem Schießeisen können Sie umgehen. Und Mut haben Sie auch.«

»Nein, ich …«

Er bemühte sich, drohend dreinzublicken.

»Ich will mich bei Ihnen bedanken, merken Sie das nicht?«

»Ich … gern geschehen.«

Er nickte und schlief ein.

Katinka rief Tom an und bat ihn, bei Hardo im Klinikum auf sie zu warten, sobald er gegen Nachmittag in Coburg einträfe. Anschließend fuhr sie mit dem Taxi in die Stadt und kaufte sich in einem Sportgeschäft einen dicken Parka. Eine gute Stunde später stand sie in Schillings Büro. Es ging drunter und drüber. Leute rannten rein und raus. Telefone klingelten auf dem gesamten Korridor. Schillings Kaffeemaschine mahlte Kaffeebohnen.

»Hartmann ist bald hier«, kündigte Schilling an. »Wollen Sie warten? Vielleicht möchten Sie auch mit ihm sprechen.«

Katinka nickte, bediente sich an Schillings Kaffeeautomat und las die Papiere, die er ihr reichte. Carolin Metze holte sie eine Stunde später ab.

»Hartmann hat Ihnen was zu sagen. Wie geht's dem Kollegen?«

»Er ist sehr schwach. Aber ich glaube, er schafft es.«

Katinka betrat das Büro der Hauptkommissarin. Es erinnerte sie an Hardos, mit Stapeln von Papieren, Aktendeckeln und Haftnotizzetteln.

Hartmann hockte wie ein ausgebeulter Sack auf dem

Stuhl, und Katinka fiel ein, dass seine Frau gestorben war. Ich habe das vergessen, dachte sie entsetzt über sich selber, während sie sich dem unförmigen, erschöpften Brocken von einem Mann gegenübersetzte. Ich habe so sehr meine eigenen Sorgen kultiviert, dass ich Edith Hartmann vergessen habe.

»Mein Beileid«, sagte sie rasch, erstaunt, dass trotz des dicken Klumpens in ihrer Kehle ihre Stimme gehorchte. »Es tut mir sehr leid, das mit Ihrer Frau.«

Er machte eine unwillige Kopfbewegung und sah weg.

»Den Schlag auf den Kopf haben Sie nicht von mir.«

Katinka hob die Augenbrauen.

»Und weiter?«

»Die Fenering kam zurück. Ich wollte ja eigentlich mit Ihnen reden, aber dann stand sie plötzlich hinter Ihnen und knallte Ihnen einen Ast an den Kopf.«

Katinka schnappte nach Luft. Irmela Fenering! Ihre plötzliche Wut, der Fehdehandschuh.

»Warum haben Sie mir nicht geholfen?«

Hartmann zuckte die Schultern.

»Sie sind doch ganz gut alleine zurechtgekommen, oder?«

Katinka glaubte nicht, was sie hörte.

»Sie sind mir gefolgt, oder? Und dann haben Sie Ihrer Frau durchgegeben, wo ich zu finden bin.«

»Sie hat mich gefragt, ob ich eine Ahnung hätte, wo Sie sich aufhalten. Das war unser letztes Gespräch.«

»Warum wollten Sie mit mir reden?«

»Edith und ich«, er schluckte, »konnten uns Thurids Schockzustand nicht richtig erklären. Weil … alle wussten, dass Thurid Mendel nicht nur viel verdankte, sondern auch unter ihm zu leiden hatte.«

Katinka nickte langsam. Alle schienen es zu wissen. Aber keiner hatte es für nötig befunden, darüber zu reden. Und keiner hatte Thurid geholfen.

»Nochmal: mein Beileid.«

Hartmann starrte ihr trübsinnig nach, als sie das Zimmer verließ.

»Wollen Sie Anzeige erstatten?«, fragte Schilling später.

»Es war nicht Hartmann. Der ist ohnehin schon dem Boden gleichgemacht. Es war Irmela Fenering.«

Schillings Gesicht wurde rund.

»Frau Fenering?«

»Hartmann hat es beobachtet.«

Schilling machte sich eine Notiz.

»Das ist Körperverletzung, Frau Palfy. Sie sollten …«

»Fragen Sie sie, warum sie es getan hat.«

»Das werde ich allerdings tun und …«

»Auf mich wartet eine Anzeige«, unterbrach Katinka ihn unwirsch. »Wegen der Backpfeife, die ich Thurid verpasst habe.«

»Thurid Maas zeigt Sie nicht an. Sie hat es mir heute früh gesagt.«

»Wenn sie ihre Meinung ändert«, sagte Katinka, »dann sagen Sie mir Bescheid. Ich stehe zu dem, was ich tue.«

Hauptkommissar Wolf Schilling betrachtete Katinka nachdenklich. Er trug den Pulli, den Carolin Metze sich gestern Nacht von ihm ausgeliehen hatte. Am Kragen hingen ein paar blonde, lockige Haare.

»Wir werden später noch einmal mit Thurid sprechen. Wenn Sie dabei sein wollen …«

»Nein.« Katinka schüttelte den Kopf. »Das kann ich nicht. Nein.«

Schilling nickte und spielte mit seiner Brille herum.

»Wie kam Edith an die K.o.-Tropfen?«, fragte Katinka schließlich und verkniff sich ein Grinsen. Er hatte die Haare an seinem Pulli nicht bemerkt, sonst hätte er sie längst mit spitzen Fingern entfernt.

Schilling drückte den Café au lait-Schalter.

»Thurid fand angeblich das Fläschchen mit den Tropfen bei Mendel im Schreibtisch. Sie nahm alles an sich, aber Stick und Telefon haben Sie ja ... sichergestellt.« Schilling grinste. »Thurid zeigte es Edith, die steckte es ein. Das war's.«

»Und sein Handy hat sie ihm abgenommen, als sie ihn niedergeschossen hatte? Nach der Tat?«

Schilling nickte. Er kramte eine Formular aus seinem Schreibtisch. Es war schon ausgefüllt. Katinka erkannte es wieder.

»Wenn Sie uns nun noch den Erhalt Ihrer Waffe quittieren ...«

Zu Mirko Büchners Freude mietete Katinka im *Festungshof* ein Doppelzimmer.

»Ich brauche ein paar Flaschen eiskaltes Bier und eine Kühltasche.

»Kühltasche?« Er sah ratlos drein. »Wir haben Minustemperaturen.«

»Egal. Und einen Öffner noch, bitte. Sie kriegen ihn zurück.«

Mirko Büchner brachte vier Flaschen *Sturm's Pilsner* in jedem Arm und guckte ziemlich verwirrt drein.

Hardo saß aufrecht im Bett, als Katinka am späten Nachmittag bei ihm eintraf. Sie hielt die Kühltasche hoch.

»Macht Ihnen das Appetit?«

Sie küsste ihn auf die stachelige Wange.

»Appetit, ja.« Er lachte. Das Blubbergerät war verschwunden. »Und Mut. Vielleicht komme ich ja doch lebend hier raus.«

»Das nehme ich an«, bemerkte Katinka und setzte den Öffner an die erste Flasche Bier.

Die Tür ging.

»Katinka! Kommissar!«

Tom stürzte herein, eisige Luft um sich verbreitend, die Wangen gerötet. So sollte ein gesunder Mensch aussehen, dachte Katinka, während sie in umarmte, und nicht so blässlich wie Hardo.

»Alles o.k.?«, murmelte Tom in ihr Haar, ließ sie dann los und hielt Hardo die Hand hin.

»Tom!« Hardo sah überrascht aus, eine Gemütsregung, die er sonst zu verbergen pflegte. »Soviel Besuch. Ich habe erst im Altersheim damit gerechnet.«

Katinka beobachtete die beiden Männer, während sie endlich die Bierflaschen köpfte. Da war ein Glänzen in Hardos grauen Augen. Der freut sich, dachte sie. Es soll gesund sein, wenn man sich freut, auch wenn man die Freudentränen wegbeißt.

Sie reichte ihm eine Flasche und wandte sich an Hardos Leidensgenossen in dem anderen Bett.

»Möchten Sie auch?«

Der Mann machte ein dummes Gesicht, bevor er nach dem Bier griff.

Die Flaschen stießen mit einem satten *Klack* aneinander.

»Und Sie machen sowas bitte nicht noch mal.« Katinka sah Hardo streng an.

»Nur, wenn Sie dabei sind.«

Katinka streckte ihm die Zunge raus.

»Ihre Freundin ist zwischen den Fronten herumgerobbt wie eine Guerillakämpferin«, sagte Hardo zu Tom.

»Das stimmt nicht. Ich habe nur den verwundeten Kameraden geborgen. Das ist eine Sache der Ehre.«

Tom legte den Arm um sie. Sie tranken und witzelten herum, bis es nicht mehr viel zum Reden gab. Als Katinka hinter Tom das Krankenzimmer verließ, stürzten ihr die Tränen aus den Augen.

Sie lagen in dem breiten Bett, sahen den Schnee die Fensterscheibe entlangtänzeln.

»Leckeres Essen hier in der Bude«, sagte Tom.

Katinka seufzte. Sie kuschelte sich in seinen Arm, glücklich über den abgeschlossenen Fall und über die Maßen erleichtert von Hardos Fortschritten. Eine böse Stimme suggerierte ihr zwar, dass zu schnelle Genesung nach einer solchen Verletzung und Operation verdächtig wäre, aber sie verdrängte die Bedenken, um nicht wieder unruhig zu werden und diese enorme Wut in sich kochen zu spüren.

Stattdessen lenkte sie ihre Gedanken zu ihrem gestrigen Telefonat mit Tom. Sie war sich hundertprozentig sicher, dass jemand in seinem Zimmer gewesen war, mitten in der Nacht, und dafür gab es nur eine Schlussfolgerung. Aber die wollte sie nicht ziehen. Tom war nicht der Typ Mann, der locker flockig einen Seitensprung beging. Wenn er es getan haben sollte, dann aus der Situation heraus, überrumpelt von den Emotionen. Sie wäre die letzte, die dazu eine Meinung haben dürfte.

»Tom, gestern, in deiner Pension. Da war doch jemand bei dir, oder?«

Er zog sie zu sich, sodass sie auf seinem Bauch zu liegen kam und ihm direkt in seine blauen Augen sehen konnte.

»Ja. Aber nicht, was du denkst.«

»Was denke ich denn?«

»Dass ich was mit einer Frau hatte. Aber das stimmt nicht. Meine neue Auftraggeberin hat mich zu der Pension gelotst. Ich kenne mich in Hof doch gar nicht aus. Wir haben dann noch bis weit nach Mitternacht besprochen, wie ich ihre Software umgestalten kann. Sie hat eine Zeitarbeitsfirma. Deren Programm ist überhaupt nicht für ihre Bedürfnisse ausgelegt. Ich musste mir erstmal einen Überblick verschaffen.«

»Warum hast du mir das am Telefon nicht gesagt?«

Er atmete tief ein und hob Katinka so ein Stückchen in die Luft.

»Ich wusste nicht, wie. Ich war völlig von den Socken, als du mir das mit Hardo erzählt hast. Du selbst hast dich angehört wie neben der Spur. Außerdem kriegte ich die Panik, nachträglich. Die Kugel hättest ja auch du abkriegen können. Du hättest tot sein können!«

Katinka legte ihren Kopf auf seine Brust. Sie glaubte ihm. Sie glaubte ihm wirklich. Er schien das zu merken. Dann fragte er, und sie spürte, wie er sich dazu überwinden musste:

»Und du und Hardo? Was ist da los?«

Sie wusste nichts zu sagen.

»Ihr seid euch so nahe.« Tom fuhr zärtlich durch Katinkas Haar. »Außerdem, wo du ihm das Leben gerettet hast …«

»Ich habe nicht überlegt, Tom«, sagte Katinka. »Es geschah mit mir. Ich hätte jeden anderen auch da rausgeholt.«

Schweigen.

»Ich habe nicht mit ihm geschlafen.«

Wieder Schweigen. Schließlich sagte Tom:

»Er hat dich sehr gern. Du bist sein Familienersatz.«

Katinka dachte an die Nacht in Lehmanns Hütte.

»Wir sind das, Tom. Wir sind seine Familie.«

Er sagte nichts mehr dazu, aber sie war sich im Klaren, dass es nicht stimmte. Nicht ganz und gar.

Am Samstag gingen Katinka und Tom in die Stadt und kauften für Hardo ein neues Hemd. Schäkernd und lachend wählten sie das mit den buntesten Karos, suchten einen Pullover dazu aus und einen Pyjama mit den Gesichtern von Ernie und Bert drauf.

»Der wird ihn von dem widerlichen Krankenhausnachthemd befreien«, sagte Tom. »Diese Klamotte würde mich ja umbringen.«

»Kommst du mit ins Krankenhaus?«

»Ich dachte, ich sehe mal nach dem eingeschneiten Käfer.«

Hardo freute sich wie ein Kind.

»Wo haben Sie denn Ihren Tom gelassen?«, fragte er. Die Haut spannte über seinen Schädelknochen. Katinka erschrak ein wenig, zwang sich aber zu einem Lächeln.

»Er schaufelt mein Auto frei.«

Hardo zog die Augenbrauen hoch.

»Wie gut, dass es Männer gibt«, fiel ihm dazu ein.

»Eben. Deswegen seid ihr ja so unwiderstehlich. Gehen wir in die Cafeteria? Sie haben keine Schläuche mehr in Ihren Venen.«

Er seufzte.

»Das stellen Sie sich so leicht vor, Schäfchen. Ich weiß nicht, ob meine Beine mich tragen.«

»Ich besorge Ihnen einen Rollstuhl, wenn Sie mögen.«

»Kommt nicht in die Tüte. Verkrümeln Sie sich mal kurz. Ich ziehe mich um, und dann komme ich mit.«

Wenige Minuten später trat er auf den Gang hinaus. Katinka sah ihm an, wie geschwächt er war. Jeder Schritt kostete ihn Kraft, und sein Gesicht schimmerte blass und eingefallen. Sie tranken einen Kaffee und gingen dann langsam zurück zu seinem Zimmer.

»Ich bin müde«, sagte er, »und Sie sollten was aus Ihrem Tag machen, anstatt einem alten Mann beim Sterben zuzusehen.«

Er nahm sie in die Arme und drückte sie mit erstaunlicher Kraft an sich.

»Wir kommen heute Abend wieder«, versprach Katinka. »Auf ein kühles Blondes.«

Am Sonntag sah Hardo schon besser aus. Seine Wangen hatten Farbe bekommen, seine Stimme klang kräftiger.

»Da sieht man mal, was ein paar Bierchen bewirken«, erklärte Tom.

Während Tom mit Hardo Richtung Cafeteria abschwirrte, hängte sich Katinka ans Telefon und erreichte endlich ihre Freundin Britta.

»Katinka!«, schrie Britta. »Wie hast du mir gefehlt!«

»Ich hätte da wieder eine Geschichte für dich«, sagte Katinka, nachdem das Begrüßungsprotokoll absolviert war.

»Du rettest mein Leben! Diese Fortbildung hat mich schon nach zwei Tagen ausgetrocknet wie der Scirocco. Ich meine, ich bin eben lieber unterwegs auf der Suche nach Storys, als mir Regeln für das Strukturieren von Interviews in die Feder diktieren zu lassen.«

»Dann bist du bei mir richtig. Mein Epos wird dein Reporterherz höher schlagen lassen.«

Als Katinka auflegte, konnte sie förmlich sehen, wie Britta ihren Computer auf Höchstleistung trimmte.

Montag, 17. 1. 2005, 9:40 Uhr

»Na endlich, das wurde ja auch Zeit.«

Katinka und Tom blickten ungläubig den Gang entlang, wo Hardo komplett angezogen auf einem Stuhl saß.

»Sind Sie irre? Was haben Sie vor!«, rief Katinka.

»Mich von Ihnen abholen zu lassen.«

»Wie bitte? Jetzt? Sie sind erst operiert worden.«

»Das war am Freitag. Die Kliniken müssen schwarze Zahlen schreiben und schmeißen harte Kerle wie mich aus dem Bett.«

Tom lachte. Katinka schüttelte den Kopf.

»Das geht nicht. Ich …«

»Katinka!« Er stand und küsste sie zur Begrüßung auf die Wange und reichte Tom die Hand. »Ich bin entlassen. Es geht mir gut. Ich werde nach Hause fahren und mich hinlegen und ausruhen.«

»Und in einer Woche wieder im Büro sitzen und Verbrecher jagen.«

Hardo seufzte. »Womöglich nicht in einer, und in zwei Wochen auch nicht. Aber bald.«

Sie gingen zum Parkplatz. Die Sonne schien hell von einem unglaublich blauen Himmel.

»Hm, das ist eine ganz andere Luft«, sagte Hardo und atmete tief ein und aus. »Vor allem, wenn man Lungen hat, die funktionieren.«

Tom schloss ihm auf.

»Machen Sie es sich bequem.«

»Hat dieser Wagen immer noch Sommerreifen?«

»Es ist alles gestreut, keine Panik. Sobald wir zu Hause sind, bringe ich die Kiste in die Werkstatt«, versprach Katinka.

»Haben Sie Ihre Autoschlüssel parat?«, fragte Tom. »Dann fahre ich Ihre Kiste nach Hause.«

»Kiste, ja«, brummte Hardo und fischte den Schlüssel aus der Jeans. »Ich meine, mein Wagen ist nicht mehr so neu, aber Kiste erinnert mich an Sarg.«

Katinka biss sich auf die Lippen. Die Tränen saßen momentan ziemlich locker.

Tom kroch auf die Rückbank. Hardo schnallte sich an. Ein Stöhnen kam aus seinem Mund. »Das tut doch noch weh«, murmelte er ärgerlich.

Katinka fuhr so sanft und vorausschauend sie konnte den Festungsberg hinauf. Hardos Golf stand geduldig auf dem Parkplatz, wie üblich allein.

»Kein Mensch kommt auf diesen Berg, sofern er nur einen Funken Verstand hat«, seufzte Tom und kletterte aus dem Beetle. »Ich fahre euch nach.«

Sie rollten über die Bundesstraße nach Bamberg. Der strahlende Wintertag ließ Katinkas Gedanken aufleben. Im Rückspiegel sah sie Tom mit Sonnenbrille grinsend hinter dem Steuer thronen und witzige Gesten machen. Den Gesichtern stand bei diesem Wetter ein Lächeln viel besser. Auch wenn sie sich Sorgen machte.

Es gibt keinen Grund für Sorgen, mahnte sie sich. Er schafft es. Er hat es bis hierher geschafft. Es geht aufwärts.

»Was mich interessiert«, sagte Hardo, als die vierspurige Strecke endete und sie mit Tempo 70 hinter einem Möbelwagen herfuhren. »Warum hat Irmela Fenering Ihnen eigentlich den Ast an den Kopf gerammt?«

»Sie ist tief drinnen einfach zerrüttet. Auch wenn sie sich nach außen cool gibt, als habe sie alles überwunden und sei unangreifbar.«

»Das ist kein Grund.«

»Nein. Gibt es jemals wirklich einen Grund, jemandem Gewalt anzutun?«, fragte Katinka.

»Um eine andere Gewalttat abzuwenden, beispielsweise.«

»Das ist ein Motiv, aber kein Grund«, philosophierte Katinka. »Irmela Fenering ist eine stolze Frau, und sie wollte Mendel. Sie tat unbewusst alles, um mir genau das mitzuteilen.«

»Stolz und Vorurteil«, seufzte der Kommissar. »Jane Austen. Kommt im Oktober als Neuverfilmung in die Kinos.«

»Vielleicht wollte sie auch böses Blut gegen Edith Hartmann und Maria Mendel verbreiten. Wer allerdings komplett aus der Geschichte herausgeplumpst ist«, sagte Katinka, »ist Ines Pawlowicz. Wir wissen weder, wer sie ist, noch wie sie zu Mendel steht. Keine Spur. Nichts.«

»Ich vermute, sie ist einfach irgendeine Frau, die Geld brauchte, und Mendel diesen kleinen Gefallen tat. Warum zeigen Sie Irmela Fenering nicht an? Der Schlag auf den Kopf …«

»Ich habe einfach die Nase gestrichen voll von Papierkram.«

Sie schwiegen eine Weile. Katinka ließ den Blick über die verschneiten Hügel schweifen und spürte, wie Hardo sich zurücklehnte und eindöste.

»Was ich Sie schon länger mal fragen wollte«, wagte sich Katinka vor, als sie in Bamberg einrollten. »Wie schaffen Sie das eigentlich, alle Informationen, die Sie von Ihren Zeugen bekommen, in Ihrem Kopf zu speichern?«

Hardo lachte. »Das sieht nur so aus. Ich schreibe mir alles auf, sobald ich Ruhe habe. Dabei systematisiere ich dann.«

»Ach so«, sagte Katinka enttäuscht. Sie bog zum Ulanenplatz ein, erwischte eine Parklücke und stellte den Motor ab.

»Palfy«, sagte er tröstend, »dies hier ist die Infogesellschaft. Unmöglich, alle Bemerkungen, Zwischenrufe und Widerreden im Hirn abzuspeichern.«

»Ich will keine Infogesellschaft sein«, murrte Katinka.

Er lächelte.

»Nein. Ich auch nicht.«

Tom parkte gegenüber, sprang aus dem Wagen und schloss ab.

Hardo brauchte länger zum Aussteigen als sonst und hielt sich an der Tür fest.

»Haben Sie heute Abend schon was vor? Schließlich muss jemand ab und zu nachsehen, ob ich noch lebe.«

»Könnten Sie nicht bitte mit diesen Witzchen sparsam umgehen? Wenigstens in der nächsten Zeit?«, bat Katinka.

»Wir kommen gerne«, sagte Tom.

»Gegen sieben? Passt das?«

»Wunderbar«, nickte Tom. »Wir holen bei *Mahrs* einen Kasten Bier.«

Hardo grinste.

»Wie sagte Hildegard vom Bingen? Cervisiam bibat.«

»Hören Sie bloß mit Latein auf«, brummte Katinka.

»Wie? Die Historikerin mag kein Latein?«, spöttelte Hardo.

»Die spinnen, die Römer. Wie war das nochmal? Was hat die alte Hildegard gesagt?«

Sie gingen auf die Haustür zu.

»Cervisiam bibat. Man trinke Bier.«

»Denkste«, sagte Katinka. »Der Spruch geht anders und stammt außerdem von Jean Paul: Bier, Bier, Bier, wie es auch komme.«

Tom lachte laut und nahm Hardo den Hausschlüssel ab.

»Darf ich?«, fragte er und sperrte auf.

»Ich persönlich habe ja kein Problem damit, wenn eine Frau das letzte Wort hat«, sagte Hardo. »Sie, Tom?«

»Nicht die Bohne!«

»Welche Frau?«, fragte Katinka. »Hildegard von Bingen oder ich?«

Tom drückte auf den Fahrstuhlknopf.

»Im Zweifelsfall«, gab Hardo zurück und blinzelte Tom zu, »halten wir es mit den zeitgenössischen Frauen.«

ENDE

Danksagung

Ihr Wissen mit mir geteilt haben…

… Rechtsanwältin Gerlinde Kurzka, die über die ausgezeichnete Begabung verfügt, juristische Zusammenhänge auf Deutsch erklären zu können,

… Dr. Bernd Dietz, dessen chirurgischen Sachverstand ich in Sachen Schussverletzungen und ihre Behandlung in Anspruch nehmen durfte,

… Hauptkommissar Werner Vogel, der meinen Fragen zur Polizeiarbeit Geduld und kriminalistische Feinheiten entgegenzusetzen hatte und

… Hauptkommissar Günter Pelzel, der eine inspirierende Führung durch die Polizeidirektion Bamberg gestaltet hat.

Der Mensch ist fehlbar und frei. Daher liegen alle Fehler, Abwandlungen und Freiheiten in der Verantwortlichkeit der Autorin.

*

Einige Informationen zu Geschichte und Gegenwart der Stadt Coburg stammen aus den folgenden Publikationen:

Coburg Stadt und Land. Hrsg. vom Verkehrsverein Coburg und dem Fremdenverkehrs- und Kongressbetrieb der Stadt Coburg. Coburg: Druckhaus Coburg Februar ^{3}*1995.*

Ein Herzogtum und viele Kronen. Coburg in Bayern und Europa. Katalog zur Landesausstellung 1997. Hrsg. von Michael Henker u.a. Regensburg: Friedrich Pustet 1997.

*Erich Kästner
Sachliche Romanze

Als sie einander acht Jahre kannten
(und man darf sagen: sie kannten sich gut),
kam ihre Liebe plötzlich abhanden.
Wie andern Leuten ein Stock oder Hut.

Sie waren traurig, betrugen sich heiter,
versuchten Küsse, als ob nichts sei,
und sahen sich an und wussten nicht weiter.
Da weinte sie schließlich. Und er stand dabei.

Vom Fenster aus konnte man Schiffen winken.
Er sagte, es wäre schon Viertel nach Vier
und Zeit, irgendwo Kaffee zu trinken.
Nebenan übte ein Mensch Klavier.

Sie gingen ins kleinste Café am Ort
und rührten in ihren Tassen.
Am Abend saßen sie immer noch dort.
Sie saßen allein, und sie sprachen kein Wort
und konnten es einfach nicht fassen.

Grundriss – Veste

1. Herzoginbau
2. Roter Turm
3. Carl-Eduard-Bau
4. Steinerne Kemenate
5. Fürstenbau
6. Luther-Kapelle
7. Hohe Bastei
8. Eselsturm
9. Gästehaus
10. Bastei „Bunter Löwe“
11. Burgschänke
12. Ehemalige Zugbrücke
13. Barockes Vortor (Prunkportal), dahinter Renaissance-Tor (Haupttor)
14. Torturm (Bulgarenturm)
15. Rautenkranz-Bastei
16. Hohes Haus
17. Bärenbastei
18. Blauer Turm

FRIEDERIKE SCHMÖE

Schweigfeinstill

371 Seiten, Paperback.
ISBN 978-3-89977-805-2.

TOTGESCHWIEGEN Ärger für Ghostwriterin Kea Laverde: Erst raubt ein Einbrecher all ihre Unterlagen und stirbt kurz darauf bei einem Verkehrsunfall; dann wird ihr Kunde, der Aphasiker Andy Steinfelder, des Mordes beschuldigt. Gegen den Willen von Hauptkommissar Nero Keller nimmt Kea im winterlichen München den Kampf gegen ihre unsichtbaren Feinde auf.
Ghostwriterin Kea Laverde in ihrem ersten Fall.

FRIEDERIKE SCHMÖE

Spinnefeind

374 Seiten, Paperback.
ISBN 978-3-89977-782-6.

STRENG GEHEIM Jens Falk, Mathematiklehrer und Hobby-Kryptoanalytiker, steckt in der Klemme: Im letzten Halbjahr sind nicht nur wichtige Klausuren und Schülerakten verschwunden, sondern auch sein Schüler Hannes Niedorf - während einer Exkursion mit Falk.

Aus Angst um seinen Job sucht er Hilfe bei Privatdetektivin Katinka Palfy. Sie soll die wahren Hintergründe aufdecken. Da wird Doris Wanjeck, Falks Ex-Verlobte, ermordet, und der Lehrer ist dringend tatverdächtig. Gemeinsam mit seiner Anwältin macht sich Katinka an die Aufklärung des Falls, fühlt sich aber bald von der Juristin hintergangen. Es scheint, als würde jemand gezielt versuchen, die einzige Person aus dem Rennen zu werfen, die an Falks Unschuld glaubt ...

FRIEDERIKE SCHMÖE

Käfersterben

322 Seiten, Paperback.
ISBN 978-3-89977-681-2.

MYSTERIÖSES KÄFERSTERBEN IM SÜDEN Eine spektakuläre Verbrechensserie im kalten Bamberger Frühsommer: VW-Käfer werden rituell ›erdolcht‹ und in der Stadt ›ausgestellt‹.

Die Polizei glaubt an einen Spinner, doch Privatdetektivin Katinka Palfy hat schlimmere Sorgen: Warum verschwindet ihre Freundin, die Wiener Bildhauerin Dani Zanini, kurz vor einer wichtigen Ausstellung? Und wer stellte den ›erdolchten‹ Spielzeug-Käfer vor Danis Haustür ab? Als Katinka einen Hilferuf von Dani erhält, sucht sie Rat bei ihrem kunstverständigen Vater. Doch Ignaz Palfy verheimlicht seiner Tochter etwas und bringt sie damit in größte Gefahr ...

FRIEDERIKE SCHMÖE

Fratzenmond

277 Seiten, Paperback.
ISBN 978-3-89977-675-1.

JAGD AUF DEN BAMBERGER REITER Privatdetektivin Katinka Palfy wird von der 76-jährigen Ida Schenck um Hilfe gebeten. Angeblich schleicht allabendlich ein als der berühmte »Bamberger Reiter« verkleideter Mann um ihr Haus und jagt ihr Angst und Schrecken ein. Katinka glaubt zunächst an eine etwas zu üppige Fantasie der alten Dame, doch als sie sich im Garten auf die Lauer legt, bemerkt sie, dass kein Spuk umgeht, sondern ein Mörder …

GMEINER

Wir machen's spannend

Alle Gmeiner-Autoren und ihre Krimis auf einen Blick

ANTHOLOGIEN: Gefährliche Nachbarn • Mords-Sachsen 3 • Tatort Ammersee (2009) • Campusmord (2008) • Mords-Sachsen 2 (2008) • Tod am Bodensee • Mords-Sachsen (2007) • Grenzfälle (2005) • Spekulatius (2003) **ARTMEIER, HILDEGUND**: Feuerross (2006) • Katzenhöhle (2005) • Drachenfrau (2004) **BAUER, HERMANN**: Karambolage (2009) • Fernwehträume (2008) **BAUM, BEATE**: Häuserkampf (2008) **BECK, SINJE**: Totenklang (2008) • Duftspur (2006) • Einzelkämpfer (2005) **BLATTER, ULRIKE**: Vogelfrau (2008) **BODE-HOFFMANN, GRIT / HOFFMANN, MATTHIAS**: Infantizid (2007) **BOMM, MANFRED**: Glasklar (2009) • Notbremse (2008) • Schattennetz • Beweislast (2007) • Schusslinie (2006) • Mordloch • Trugschluss (2005) • Irrflug • Himmelsfelsen (2004) **BONN, SUSANNE**: Der Jahrmarkt zu Jakobi (2008) **BUTTLER, MONIKA**: Dunkelzeit (2006) • Abendfrieden (2005) • Herzraub (2004) **CLAUSEN, ANKE**: Ostseegrab (2007) **DANZ, ELLA**: Kochwut (2009) • Nebelschleier (2008) • Steilufer (2007) • Osterfeuer (2006) **DETERING, MONIKA**: Puppenmann • Herzfrauen (2007) **DÜNSCHEDE, SANDRA**: Friesenrache (2009) • Solomord (2008) • Nordmord (2007) • Deichgrab (2006) **EMME, PIERRE**: Schneenockerleklat (2009) • Florentinerpakt • Ballsaison (2008) • Tortenkomplott • Killerspiele (2007) • Würstelmassaker • Heurigenpassion (2006) • Schnitzelfarce • Pastetenlust (2005) **ENDERLE, MANFRED**: Nachtwanderer (2006) **ERFMEYER, KLAUS**: Geldmarie (2008) • Todeserklärung (2007) • Karrieresprung (2006) **ERWIN, BIRGIT / BUCHHORN, ULRICH**: Die Herren von Buchhorn (2008) **FRANZINGER, BERND**: Kindspech (2008) • Jammerhalde (2007) • Bombenstimmung (2006) • Wolfsfalle • Dinotod (2005) • Ohnmacht • Goldrausch (2004) • Pilzsaison (2003) **GARDEIN, UWE**: Die Stunde des Königs (2009) • Die letzte Hexe – Maria Anna Schwegelin (2008) **GARDENER, EVA B.**: Lebenshunger (2005) **GIBERT, MATTHIAS P.**: Zirkusluft (2009) • Kammerflimmern (2008) • Nervenflattern (2007) **GRAF, EDI**: Leopardenjagd (2008) • Elefantengold (2006) • Löwenriss • Nashornfieber (2005) **GUDE, CHRISTIAN**: Binärcode (2008) • Mosquito (2007) **HAENNI, STEFAN**: Narrentod (2009) **HAUG, GUNTER**: Gössenjagd (2004) • Hüttenzauber (2003) • Tauberschwarz (2002) • Höllenfahrt (2001) • Sturmwarnung (2000) • Riffhaie (1999) • Tiefenrausch (1998) **HEIM, UTA-MARIA**: Wespennest (2009) • Das Rattenprinzip (2008) • Totschweigen (2007) • Dreckskind (2006) **HUNOLD-REIME, SIGRID**: Frühstückspension (2008) **IMBSWEILER, MARCUS**: Schlussakt (2008) • Bergfriedhof (2007) **KARNANI, FRITJOF**: Notlandung (2008) • Turnaround (2007) • Takeover (2006) **KEISER, GABRIELE**: Gartenschläfer (2008) • Apollofalter (2006) **KEISER, GABRIELE / POLIFKA, WOLFGANG**: Puppenjäger (2006) **KLAUSNER, UWE**: Walhalla-Code (2009) • Die Kiliansverschwörung (2008) •